落ちこぼれ花嫁王女の婚前逃亡

岡達英茉

Ema Okadachi Presents

fairy kiss

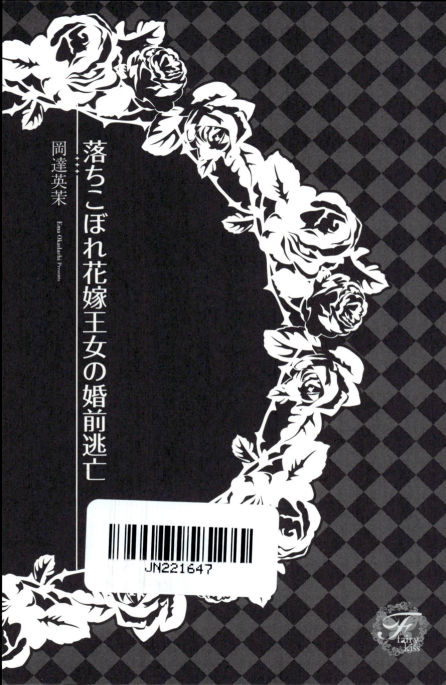

この作品はフィクションです。
実際の人物・団体・事件などに一切関係ありません。

落ちこぼれ花嫁王女の婚前逃亡

fairy kiss

プロローグ　王女の補欠結婚

聖王城の前には、数えきれないほどの王侯貴族達《たち》が集まっていた。

今日、隣国ダルガンの王太子に嫁ぐ第二王女を見送るために。

馬車までの長い石畳には真紅の絨毯《じゅうたん》が敷かれ、ドレスと同じ色の銀色の刺繍《ししゅう》をされたベールが、冬の冷たい風に靡《なび》いている。

誰もがこの歴史的なめでたい瞬間のために、豪奢《ごうしゃ》に着飾り生まれ育った国を出ていく私を祝福した。

「我が聖王国とダルガン、万歳！」

「リーナ王女殿下、どうか両国の架け橋とおなりください！」

道の両側に並ぶ王侯貴族達は、私が目の前を通るのに合わせて膝を折り、笑顔で声をかけてくる。

皆めでたい言葉を山ほど浴びせてくれるけれど、内心では祝福どころか、私に同情しているに違いない。

何しろ私は三十年もの間対立し合い、敵国だった国へ嫁ぐのだから。

馬車までの距離は長いものではない。

だが私は震える足を叱咤《しった》し、どうにか前へ前へと進んでいた。

ついに馬車の前に辿《たど》り着いた足が止まる。

馬車の扉の前には父である聖王《せいおう》と義母の王妃、そして私とは腹違いの王子王女達が立っていた。

真っ先に口を開いたのは、第一王女のアンヌだ。

彼女は絹のハンカチを握りしめ、悲しげに目尻を下げて私に声をかけた。

「ああ、リーナ。本当はわたくしがダルガンに嫁ぐはずだったのに。わたくしの代わりに補欠として貴女《あなた》が嫁がねばならないなんて。本当にごめんなさいね」

アンヌは三ヶ月前に生んだばかりの赤ん坊を、大事そうに腕の中に抱えていた。

愛らしい赤毛のその男の子は、ゆくゆくは公爵家を継ぐ予定である。

アンヌの実母である王妃は、まだ産後で体が本調子に戻っていない娘を気遣ったのか、彼女の肩を優しく抱く。

「貴女が謝ることはないわ。泣いたりしたら、かわいい赤ちゃんに申し訳ないでしょう?」

そうは言っても、アンヌの目には涙が出ておらず、手の中のハンカチもカラカラに乾いているようで、泣いている芝居をしているだけにも見える……。

「わたくしの代わりに敵国に嫁ぐことになって、申し訳ないわ」

アンヌの謝罪は妙に芝居がかっていて、本心から出たものとは思えなくて、つい聞き流してしまう。できればここで別れ際に謝ってくるのは、やめてほしかった。自分の国を出て行く最後の日に、辛《つら》い思い出や会話を残したくはなかったからだ。

次に口を開いたのは妹――第三王女のミーユだ。アンヌの手に触れ、まるで舞台の主人公のように大袈裟《おおげさ》なまでに悲痛な声を上げる。

「リーナに謝らないといけないのはわたくしの方ですわ。お姉様が公子と相思相愛になられてご結婚されたことで、次にダルガンの王太子様の婚約者になったのは、わたくしだったのですから！」

ミーユは顔を白いレースのベールで覆っていた。

昨年末に重篤《じゅうとく》な病に罹《かか》り、幸い完治したのだが顔に大きな発疹《ほっしん》の痕が残ってしまったのだという。

ミーユは悲しみに暮れるように鼻を啜《すす》った。

今度は王妃が労《いたわ》るように、ミーユの肩を抱く。

「おお、泣かないでミーユ。病はお前の責任ではないもの。リーナは貴女達と違って美姫として有名ではないし、魔力のない『持たざる者』だけれど、れっきとした聖王家の娘だもの。ダルガンの王太子様も、きっと許してくださるわ」

ミーユが王妃の耳元に顔を寄せ、呟《つぶや》く。

「わたくしリーナが心配だわ。……噂《うわさ》ではダルガンの王太子様は、我が国から与えられる妃《きさき》が側妃《そくひ》の王女だと知って、聖王国の使者を追い返しそうな勢いでお怒りになったとか！」

心配だなんて言っているが、気のせいか口調は愉快そうだ。もしかしたら、ミーユはこの状況を楽しんでいるのかもしれない。アンヌと違って顔がベールで隠されているから、表情は見えないけれど。

私の腹違いの姉と妹にとっては、昔から私を困らせることは娯楽の一つなのだ。

芝居がかった嗚咽《おえつ》をやっとやめたアンヌが、ミーユの失言をやんわりと諌《いさ》めるように、重そうなダイヤモンドの指輪をはめた人差し指を左右に数回振る。

「ミーユったら、そんなことを今言ってはいけないわ。いくら本当のこととはいえ、リーナが王太子様に嫌われていると知ってしまったら、かわいそうでしょう?」

「そうね、お姉様。私ったらつい正直に……。リーナ、ごめんなさい。ふふふっ」

やはり面白がっているのか、ミーユは謝罪の途中で喉の奥から込み上げる笑い声を抑えるのに失敗していた。

娘の失態を庇《かば》うように王妃が咳払《せきばら》いをし、私の肩にそっと触れる。

「亡くなった側妃も、一人娘の貴女の晴れ舞台を、きっと喜んでいるわ。胸を張ってお行きなさい」

私の生母は私が幼い頃に、事故で他界していた。

(お母様がこの場にいたら――?)

王妃はアンヌとミーユを敵国に嫁がせなくて済んだことを大喜びして、女官たちに臨時ボーナスを支給するほど上機嫌になったくせに、同じ母親としてなぜそんなことが言えるのだろう。

王妃が私の正面に立ち、諭《さと》すように言う。

「暗い顔をしてはいけないわ。それではまるで結婚を悲しんでいるように見えるもの。――もちろん、貴女は悲しんでなんていないわよね? 仮にも王女とはいえ、貴女のような魔力を『持たざる者』が王太子妃になれるのだから」

「は、はい。お義母《かあ》様。この結婚は……身に余る幸せです」

悲しんでいないはずがないじゃない——とは流石《さすが》に言えず、懸命に口角を上げて微笑を作る。

自分の国を、できれば笑顔で離れたい。最後の日を思い出す時に、悲しい気持ちも一緒に頭の中に蘇《よみがえ》ってしまいそうだから。

聖王城の正門の外の広場には数多《あまた》の民が駆けつけ、聖王国の旗を振っている。でも私は彼らが夜になると、酒場でこう言っているのを知っている。

「ダルガンは聖王からサファイアかルビーを与えてもらう代わりに、聖王国に剣を向けるのをやめたはずなのに。実際に与えられたのは、城に落ちていた石ころだったとさ！　いい気味だよ」

誰も石ころの気持ちなど、考えないのだろう。

これが、私の結婚だった。

第一章　祝福されない王女の誕生日

七歳になる少し前のこと。

私は絵本の挿絵を見て、稲妻に打たれたように突然気がついた。

「私、お誕生日会を一度もしたことがない！」

絵本の中の登場人物達は、皆自分が生まれた日にパーティーを開き、年齢を一つ重ねたことをたくさんの人々から祝福されていた。

ジュースやクッキー、それに蠟燭《ろうそく》を立てたケーキ。プレゼントが載る大きなテーブルを、おめかしした家族や友人達が囲んでいる。

私はどうして今までこんなに大切なお祝いを、してこなかったのか。誕生日の過ごし方といえば、いつも乳母と二人で、静かにケーキを食べるだけだった。

突然気がついた事実に焦り、私は挿絵を見せながら慌てて乳母に相談をした。

「私、大変なことを忘れていたんだわ！」

挿絵に視線を落としつつも、乳母の口から何も言葉が発せられない間が、ひどく長く感じられる。

乳母は少し困った様子で考え込み、提案してくれた。

「それでは、リーナ様の今度の七歳のお誕生日に、ご家族をご招待なさってはいかがでしょうか？　パーティーの準備は私もお手伝い致しますので」

なんて素敵なアイディアだろう。

自分で準備をしなかったから、今まで私の誕生日は誰もが祝うのを忘れてしまっていたんだ。

――幼い私は無邪気にもそう考えた。

「初めて」の誕生日会の支度をするのは、とてもワクワクした。

ガラスのボウルに入れられた色とりどりのゼリーキューブは、宝石のように輝いている。

採れたての野菜で作られたサラダは瑞々《みずみず》しく、卵をたっぷり使ったシフォンケーキは、ふんわりと甘い香りを辺りに漂わせている。

私は「7」の数字形に切り抜いた大きな色紙を片手に、椅子を壁際まで引きずり、ダイニングテーブルからよく見える位置を探した。

椅子に上り、両手で色紙の数字を広げて壁に貼る。椅子から下りて少し後ろに下がり、遠くから眺めて大きく頷《うなず》く。

「うん、凄《すご》くいい！　お祝いのパーティーらしくなってきたなぁ」

テーブルの上の花瓶には、庭園で摘んできた花を飾った。

絵本の中の誕生日会では、皆が紙製のトンガリ帽を被《かぶ》っていたので、絵を描いた紙を巻いて円錐《えんすい》形に整え、紐《ひも》をつけてお手製の帽子を作った。一つ一つに違う模様を描き、参加者達が自分で好きな模様を選べるようにしている。

（お父様はきっと、青色に星の模様が入ったトンガリ帽を選ばれるわ。お姉様は赤色に花柄のものを選ばれるかしら。きっと、妹はピンク色のクマのやつね。弟はまだ赤ちゃんだから、被れないけれど。お義母様は……、どうかしら？）

義理の母の好みは分からなかった。でもどれも丁寧に時間をかけて作ったので、きっと一つは気に入ってくれるだろう。

「リーナ様、こちらのモールを入り口のドアに飾りませんか？」

ダイニングにやってきた乳母が笑みで顔を真ん丸にして、両手に持つ銀色のモールを広げて見せてくれる。光を反射してキラキラと輝き、とても美しい。飾れば、皆の楽しい気分を盛り上げてくれるに違いない。

「素敵！　飾って、飾って！　でも早くしないと、もうすぐみんな来ちゃう」

誕生日会は午後のお茶の時間に設定したので、三時からなのだ。私に背を押され、乳母がモールを取り付け始める。

今日は持っているドレスの中で、一番豪華なものを着てきた。黄色のレースのドレスで、裾《すそ》が袋状になっていて、中に紫色の花びらがたくさん入っているものだ。歩くたびに花びらが揺れて、可《か》愛《わい》い。

裾の花びらが均等に入るように揺すって整え、ダイニングの入り口に控える乳母の隣に立つ。

「お父様達も、楽しみにしてくれているかしら？」

「ええ。もちろんですよ。リーナ様がご自分で企画されて、可愛い絵を入れた招待状まで渡されたんですもの」

乳母にそう言われ、私は招待した家族達が現れるのを、今か今かと待った。

私の父は特別な人だった。

大陸で最も由緒正しい国を統《す》べる高貴な存在であり、世界で唯一「聖王」と呼ばれて崇拝される人物だった。そう、私は聖王家の王女として生まれたのだ。

私は聖王の二番目の娘——第二王女として生まれたが、母は側妃だった。私の母方の実家は下級貴族だったが、運の良いことに母は偉大な風の魔術の使い手であり、力を認められて父に気に入られたらしい。

けれども私が母のお腹《なか》の中にいた頃、正妃も同じく聖王の子を妊娠中だったために、母は正妃から親の仇《かたき》のごとく憎まれた。

とはいえ私が生まれるまでは、母は威容を誇る聖王城の中で、いくつもの部屋を与えられていた。

だが、私が生まれて母の運も尽きた。なぜなら私が聖王の最も嫌う「持たざる者」だったからだ。

魔力を「持てる者」か「持たざる者」か、どちらであるかは、生まれた瞬間に分かる。

水の魔術の使い手は金色の髪を、火の使い手は赤い髪を、風は黒髪を持つ。

神が地上の子らに与えし神聖なる力を持つことができなかった「持たざる者」は、茶色の髪に生まれ、茶髪と言えば聖王国では無価値な者の象徴なのだ。茶色は祝福されない色とされ、瞳の色まで茶色だともはや絶望的な組み合わせとして、聖王国では徹底的に不人気だった。

父であるはずの聖王は、生まれたばかりの私を一瞥《いちべつ》するや否や、こう言った。

「穢《けが》らわしい」

いや、「忌々《いまいま》しい」だったかもしれない。

とにかく、私は聖王にとっては、視界に入れたくない娘でしかなかった。

だから生まれて三日後には、私と母は聖王城の中で聖王の寝室から最も遠く、一番日当たりが悪い北の棟に部屋を移された。部屋を移ることがなければ、母もまだ健在だったかもしれない。なぜなら母は北の棟から突き出る高い塔の窓を開けようとして、下に落ちて亡くなったからだ。

（いつもお忙しいお父様だけれど、今日は来てくださるわよね？　だって、私のお誕生日会なんだもの）

聖王の機嫌を悪くしないよう、いつも寝る時以外は髪を覆うベールを被るようにしているが、今日のベールは手持ちの中でも分厚く、髪を全く透けさせないものだ。これなら、聖王も怒らないだろう。

私は北の棟のダイニングに崇高な家族が私のために来てくれるのを、ひたすら待った。

約束の時間である三時が近づくに連れて緊張をしだし、三時になるとそれは不安へと変わった。

「皆様、遅れてらっしゃいますね」

乳母が気遣わしげに私にそう言う。

「そうね。ちょっと遅刻しているみたいね」

三時を十分回り、やがて二十分が過ぎた。柱時計の時を刻む長い針の音が妙に大きく聞こえる。

たとえ遅刻でも構わない。短い時間でも、パーティーに来てくれるのなら、いいではないか。

私はテーブルの上のグラスを綺麗《きれい》に並べ直したり、花瓶の向きを変えたりして、じりじりする思いで招待客を待った。

時折乳母の顔を見上げたけれど、彼女の顔色は時が進むに連れて暗くなっていく。その不安が少しずつ、こちらにも伝染する。

そしていよいよ三時を三十分超えた時。

私の胸の中を満たしていた期待と興奮はみるみる減っていき、代わりに絶望が隙間を埋めていく。

これは流石に、遅過ぎる。

私はようやく、聖王や姉達は来てくれるつもりがないのかもしれない、と気づいた。

そして瑞々しかったサラダが萎《しお》れ始め、シフォンケーキが乾いて硬くなり始めた頃。

私はついに、これ以上待っても私の誕生した日を祝う会には、家族の誰も来るつもりがないのだ、と悟った。

凍り付いたような空気の中、パタパタと食堂に駆け込んできたのは、見習い騎士になったばかりのレオンスだ。まだ長すぎて床に付きそうになっている剣を腰から提《さ》げて、彼は声変わり真っ最中の掠《かす》れた声で報告する。

「リーナ様、聖王陛下はつい先ほど、王女様方と庭園にピクニックに行かれたそうです。ですので、こちらにはいらっしゃらないと思います」

レオンスは何の悪気もなく、生真面目にそう報告した。だからこそ、泣きたい気持ちにはならなかった。

後に残ったのは絶望と、乳母を付き合わせてしまった後悔だけ。

私はこうして、聖王家の中の自分の立ち位置を知った。持たざる者に生まれてしまった私は、たとえ王女に生まれたとしても、誕生を祝ってもらえるような存在ではないのだと。

私は、無価値の王女だった。

絵本の挿絵を改めて思い出し、苦々しい気持ちを乳母に伝える。

「そっか。主人公は黒髪の女の子だったもん。持たざる者じゃなかったのね。今更気づいたわ」

「リーナ様……」

「誕生日を賑《にぎ》やかに祝ってもらえるのは、持てる者だけなのね」

みすぼらしい茶色の髪のこの私が、誕生日会を開こうと思ったこと自体が、間違いだったのだ。

時計の針が一つ進むごとに心を絞られていくような、悲しく虚《むな》しい思い。この痛みを二度と味わいたくなくて、私はこの日、自分に固く誓った。

二度と誕生日会をしようなんて、思ってはいけないのだと。

第二章　聖王国の不良品王女

聖王国の中心、聖都はお祭り騒ぎだった。

聖王城を見上げる広場にはたくさんの屋台が軒を連ね、飲み物や食べ物を売っている。新年を祝うために着飾った人々が集まり、その賑やかさたるや聖王都中の住民が来ているのではないかと思えるほどだ。

今年の新年祭は特別だった。

我が聖王国は「三十年戦争」とも呼ばれるほどの長い間、隣国ダルガンと武力衝突を繰り返してきたのだが、昨年暮れについに終戦協定が結ばれたのだ。

長かった自粛期間が明け、ようやく私達は何のわだかまりもなく、国を挙げた一大行事を心から喜ぶことができる。

新年祭を観に来た私の定位置は、毎年決まっている。

今年も広場を見下ろせる高台の公園のベンチに腰かけると、私は持参した水筒から紅茶を飲んだ。

公園の木々にも今日のために色とりどりのリボンが巻かれ、とても華やかだ。

膝の上にクッキーの入った袋を置く。

「さてと。お誕生日おめでとう、私」

間もなく十九歳になる自分をお祝いし、クッキーを頬張る。

母亡き後に私を唯一大事にしてくれた乳母は、三年前にこの世を去った。一緒にケーキを食べてくれる相手はいなくなり、以来自分の誕生日はここで過ごすようにしている。

聖王の教育方針は厳しく、姉や妹と比べて美貌も魔力も持たない私は、毎日朝から晩まで家庭教師が付けられ、勉強尽くしだ。上流階級の女性に必須のダンスや刺繍はもちろんのこと、歴史に古典、そして算術など科目は多岐にわたる。聖王の考えによれば、私はあまりに条件が悪すぎてこのままでは結婚相手を探すのに苦労するから、せめて学を持たせて価値を上げる必要があるらしい。

だがそれでいて王女の結婚というのは、身分が高すぎるために簡単ではない。結婚相手は一部の超上級貴族か、他国の王家でないと聖王家の価値を下げることになるからだ。

そのため、結婚適齢期に適切な相手を見つけることができず、結局修道院に入らざるを得ない王女が歴史上、何人もいた。

けれども、私は事情が違った。

修道院は神の祝福を得られなかった持たざる者を、修道女としては受け入れてくれない。私には、将来修道院に入るという選択肢がないのだ。だからこそ、聖王は生涯衰えることも誰からも奪われることもない、教養という付加価値を私につけようとしていた。日頃は目も合わせてくれない聖王だが、私の将来を案じてくれていて、それは愛情からくるものだと信じている。

（本をたくさん読めば、お父様はきっといつか褒めてくださる。毎日お勉強を頑張ることが、お父

様の愛情に応えることになるんだわ）

私は聖王に振り向いてほしい一心で、使用人も数えるほどしかいない寂しい北の棟で勉学に励んだ。

魔術を操る力はどんなに努力しても後天的に手に入れることはできないけれど、勉強はそうじゃない。算術はやればやるほど、発展的なことができるようになるし、歴史は学ぶほどに視野が広がって世界への好奇心がますます深まっていく気がする。ピアノや刺繍も、努力は裏切らない。そのことに気づくきっかけを与えてくれた聖王に、私は心の中で感謝していた。

新年祭の今日は、家庭教師が誰も来ない。私の誕生日は新年祭の二日後だけれど、誰にも祝ってもらえないよりは、外に出て賑やかな祭りの雰囲気の中で自分の誕生日を自分で祝ってしまおう、と去年からはあえて聖王城を抜け出して、この公園で過ごすことにしていた。

特に今年は盛大で申し分ない。

ベンチに座ったまま広場を見下ろし、人々がワインや串刺し肉を片手に、笑顔に溢《あふ》れて過ごしている様子を楽しむ。ここに来ればこちらまでウキウキと心が躍り、華やかな気持ちになれる。

幸せのお裾分けだ。

この公園には屋台が出ていないからか、今年も人がおらず静かだった。

だが遠くから音楽が微《かす》かに聴こえており、離れていても臨場感がある。

そうして一人静かに新年祭の雰囲気を味わい、自分の誕生日を祝っていたが、穏やかな空間に突然乱入してきたのは、一人の若い男性だった。

公園に駆け込んでくるなり、彼は高台の縁に張られた柵に身を乗り出した。

(私みたいに、広場を観に来たのかしら？　毎年ここは私だけの特等席なのに、珍しい)

男性は落ち着かない様子だった。

キョロキョロと首を振り、公園の柵を左右に横向きに忙《せわ》しなく移動している。黒い外套《がいとう》についたフードを被っているので分かりにくいが、よくよく見れば彼は広場を見下ろしてはいない。てっきり新年祭を観に来たのかと思ったのだが。

男性は顔を上げて、広場の向こうにある聖王城を見ていた。

やがて私に観察されていることに気づいたのか、男性はハッとこちらを振り返った。

その動きで男性のフードが頭から滑り落ち、彼の金色の髪の毛が露《あら》わになる。サラサラで量の多い直毛が、風に靡く。

(水の魔術の使い手だわ。いけない、目が合ってしまう……！)

「持てる者」は私のような「持たざる者」と目が合うのを極端に嫌がる。神に祝福された人々を、私のような茶色の目で正面から見据えるのは、生意気だし不遜《ふそん》なことだ。

急いで俯《うつむ》き、膝上のクッキーの袋を握り締める。

ところが男性は何を思ったのか、真っ直《す》ぐに私の前まで走ってきた。よく磨かれ、ピカピカに輝く革靴が、私の視界に割り込んでくる。

「もし知っていたら教えてくれないか？　聖王城の大バルコニーはどこに行けばよく見えるんだ？」

どうやら目的は大バルコニーを見ることだったらしい。毎年の新年祭のクライマックスの一つが、聖王城の正面に位置する大バルコニーでの聖王一家のお披露目なのだ。

祭りは朝から続いているが、正午になると聖王と王妃、それに王太子と王女達が大バルコニーに出てきて、国民に姿を見せる。もちろん、王女の中に私は含まれていない。茶髪茶目の王女を国民に晒《さら》すなど、聖王家の恥を晒すようなものだから。

王族を確実に見られる機会は殆《ほとん》どないから、この日を楽しみにしている国民も多いと聞く。

私は目を合わせないよう、男性の顎《あご》の辺りを見つめて答える。

「大バルコニーでしたら、この公園からは角度が悪くて見えないんです。広場からなら、見えるんですが」

「いや、広場は人であまりにもごった返していて、さっきあきらめてきたところだ。広場に面したカフェやレストランは満席な上に、店の外まで長蛇の列ができていた」

広場の中でも大バルコニーが見やすい位置は、朝から場所取りをしている人々もいるくらいなのだ。この時間ともなれば、塔で死角になってしまう場所しか、空いていないかもしれない。

「今年は特に賑わっているので……」

「そうか……。チラリとだけでも良かったんだが。頑張ってもう一度、広場に戻ってみるよ。さっきより空《す》いたかもしれない」

広場は聖王家の登場時間をピークに賑わうのだ。より混雑に磨きがかかっているだけで、空くとは到底思えないのだが。

「たぶん、この時間ですと広場の奥はもう、入場規制がかかっていると思います。聖王城から距離

がある場所なら、きっとまだ空いていますが。新年祭は初めてですか？」

「ああ、そうだ。実は……ソレントから来たんだが、聖都に来るのも初めてで、勝手があまり分かっていなくてね」

ソレントといえば、国境に近い街だ。聖都からは遠く、馬車を使っても二日はかかる。

驚いてつい視線を上げたせいで、男性と目が合ってしまう。しまった、機嫌を損ねてしまうかもしれない、と焦る私の恐れに反し、なんと彼は柔らかな笑みを見せた。

まるでアクアマリンのように澄んだ水色の瞳は、目が合ったことを喜んでいるみたいに優しげで、逸《そ》らしがたいほど美しい。肌はまるで誰も足を踏み入れない標高の高い山に積もった雪のように滑らかで、くすみがない上にとても白い。

「ソレントからとは、遠くから来られたんですね……」

男性は聖王城から突き出る塔のせいで見えない大バルコニーの方角を、寂しげに見つめて頷く。

「新年祭のために遥々《はるばる》ここまで来たのに、何も見えないなんて……。聖王一家のお出まし時間まで、まだ一時間以上あるのに、こんなに混むものなんだな」

「わざわざ聖王一家を見に来たのですが？」

「ああ、そうだよ。滅多にご尊顔は拝見できないからね。でも距離があると、聖王家の方々がよく見えないかもしれないな」

男性はくるりと振り向くと、少しいたずらっぽく笑った。

「もっとも、ここでお菓子を食べている君は、聖王一家には全く興味がなさそうだがね」

「そ、そうね。そうかもしれない」

クッキーの袋を軽く胸元まで持ち上げ、曖昧《あいまい》に笑って誤魔化す。

流石に私は大バルコニーに立つ父や異母姉妹達を、見たいとは思わない。毎朝聖王城の礼拝堂で、彼らと顔を合わせるのだから。

「君は新年祭に行かないの？　聖都の人にはむしろ珍しさがなくて、毎年行ったりはしないのかな」

「ここで雰囲気を味わうだけで、十分楽しいんです。皆のワクワクする気持ちが伝わってきますし。それに私は今日、自分の誕生日を祝うためにここに来たんです」

袋いっぱいのクッキーを、両手で抱えて見せる。男性は袋に焦点を当て、数回瞬《まばた》きをしてから平板な声で聞いてきた。

「――誕生日？　ええと、今日が君の誕生日なの？」

「ええ。正確に言えば明後日《あさって》なんですけれど。毎年ここで一人で過ごすのが、私の習慣でして。家の者は、色々と忙しいので。誕生日のお祝いをする日だけは、太ることを気にせず袋いっぱいのクッキーを食べてもいい日なんですよ！」

（あれ？　滑《すべ》ったかしら。ぜんぜんウケない……）

気の利いた笑いを挟んで答えたつもりなのだが、男性はちっとも笑ってくれない。それどころか、微笑が消えて硬い表情になってしまった。彼のアクアマリンの瞳が素早く私の靴からマントまでを滑る。私にバレないように一瞬で私の身なりを確認したようだが、正直なところ分かりやすく値踏みされたのが分かった。曲がりなりにも王女である私の手持ちの服は、派手ではなくても質の良いものばかりだ。その中でもとりわけ質素で目立たないデザインのものを選んで着てきたつもりではあるものの、貧相に見えるほどではない。

（恥ずかしい格好はしてきていないと思うのだけれど……。どうして黙ってしまうのかしら？）

アクアマリンの目つきが、なぜか神妙なせいで落ち着かない。

男性の服装はと言えば、仕立ての良い黒い無地の外套を羽織っていて、私と似たり寄ったりの地味なものだ。

何かおかしなことを言っただろうか、と不安になって目を伏せる。もしかしたら、目を合わせ過ぎて不快になったのかもしれない。

義母である王妃は「お前と目が合うと私の高貴な火の力が減ってしまうわ！」といつも怒りだす。持てる者達からすれば、茶色の瞳は呪いのようなものなのだろう。

せっかく会話を楽しんでいたのに、無駄に怒らせてしまって残念な気持ちでいっぱいになり、手の中の袋をもてあそぶ私の前で、男性は急に屈《かが》んだ。

顔の位置が低くなり、否応なしに再び目が合ってしまう。

「君の名前はなんていうの？」

なぜ急に名前を聞いてくるのだろうと不思議に思いながら、「リーナです」と答える。

すると男性はキラキラと目を輝かせて笑った。

「リーナ、お誕生日おめでとう。素敵な一年になるといいね」

祝福の言葉に、胸が熱くなる。水色の瞳を正面から覗《のぞ》いていることにドキドキしつつ、温かな笑顔に目が離せない。

「ありがとうございます。……貴方《あなた》も、大バルコニーが見やすい場所が見つかるといいですね」

男性は微笑みながら頷き、そのまま私に背を向けて公園を離れていった。

遠ざかっていく背中を見つめ、膝の上の袋を握り締める。

(こっちは名乗ったのに、向こうの名前を聞き逃しちゃったわ)

気を取り直して袋に手を突っ込み、ナッツの入ったクッキーを一枚取り出し、サクッと音を立てて齧《かじ》る。

三年ぶりに、誰かにおめでとうと言ってもらったお陰か、いつもよりもクッキーが美味《おい》しく感じた。


空になった袋を縦に細く折り、硬く一つ結びにして片づけ、水筒の紅茶を飲む。

聖王城に帰ろうかと腰を上げかけた時。公園に再び先ほどの男性が現れた。

片手を上げ、安堵《あんど》したような笑顔を浮かべてこちらに早足でやってくる。

「リーナ、良かった。まだいた」

男性はベンチの前まで歩いてくると、左手に持つ白い箱を私に差し出した。結構な距離を急いだのか、肩で息をしている。

「広場でケーキを買ってきたよ。大バルコニーを見上げられる良い場所は、やっぱりもう全然空いていなくてね。無駄に人混みの中にいるよりは、リーナの誕生日を祝う方がずっと良い過ごし方だと思って」

私は目の前の男性の言わんとすることを理解するのに、時間がかかった。彼は私の隣に腰を下ろし、自分の膝の上に載せた箱を慎重な手つきで開け始めた。

中には赤い苺《いちご》で飾られた、白い生クリームのケーキが二つ、入っている。

男性が顔を上げ、にっこりと笑う。

「どうぞ。一緒に食べよう。ええと……、失礼でなければ、何歳になるのか聞いてもいいかな?」

「じゅ、十九歳です」

「おっと。じゃ、リーナは俺の四つ下だね」

そこまで言ってから、男性は「あっ」と小さく声を上げてバツが悪そうに笑った。

「しまった。君の名前を聞いておきながら、自分は名乗っていなかったね。凄く失礼なことをしてしまったな。俺は――、ルーファスだよ」

「ルーファス……」

「十九歳のリーナ、おめでとう!」

その瞬間、まるで世界が華やいだように思えた。雲一つない快晴だったけれど、公園が更に明るくなった気がする。

ルーファスの笑顔が眩《まぶ》しくて、引き込まれてしまう。

おめでとうという言葉が、こんなにも嬉《うれ》しいものだなんて、知らなかった。

(初めて会った人なのに。私がここにいていいんだと言ってもらえたみたい……)

その上、ルーファスは箱を大きく開いて差し出してくれるので、ためらいながらも手前のケーキを手に取る。

小さな紙皿に載せられており、木のフォークも付いている。

本当にもらっていいのだろうか、と躊躇《ちゅうちょ》していると、隣に座るルーファスはスプーンも使わずに豪快にケーキにかぶりついた。

「うん、美味《うま》い！　甘くて疲れが吹っ飛ぶな」

ルーファスの鼻先に、クリームがついている。それがおかしくて、つい笑ってしまう。

「ルーファスさん、鼻にクリームがついちゃってますよ」

「はは。恥ずかしいな。リーナも遠慮せず食べて。君のためのケーキなんだから」

「ありがとうございます。いただきます」

私のために、わざわざケーキを買ってここに引き返してくれたことが嬉しくて、胸の奥からじんわりと温まる。フォークを刺してケーキを切り、口に運ぶ。

ケーキは甘くてふんわりと口の中で溶けた。

「リーナの家は近いの？」

食べながら尋ねられ、質問内容にドキンと心臓が跳ねる。自宅は聖王城だとはまさか言えない。

「そ、そうですね。ここまで気軽に歩いて来られる距離です。……どうしてですか？」

「いや、荷物がクッキーと水筒しかないみたいだから」

鼻についたクリームをハンカチで拭きながら、ルーファスは朗《ほが》らかに笑った。

たしかに鞄《かばん》一つ持たずに出てきてしまった。

(それにしても、人をよく見ているわね)

ルーファス自身も鞄も何も持っていない。宿が近くにあるのだろうか。

「ルーファスさんは、お一人で聖都にいらしたんですか?」

「いや、何人かで来ていて……一人じゃない。聖都は初めて来たけれど、聞きしに勝る大きな都で、衝撃を受けているよ。歴史的な価値のある建物があちこちにあるし」

「聖都の人々は、歴史の長さを凄く誇りに思っているんです。せっかくですから、大教会とグレゴリ美術館はぜひ行ってみてください! あと中央市場も活気が凄いのでお勧めです」

聖都にある必見の観光地をまくし立てる。だがルーファスは苦笑した。

「色々と訪ねたいのはやまやまなんだけどね。一泊しかできなくて、今夜には聖都を出ないといけないんだ」

なんと。それではここで私とケーキを食べている時間がもったいないではないか。

急いでケーキをかきこむ。

「私のせいで時間を使わせてしまって、申し訳ないです」

「いやいや、そんなことないよ。観光に来たというより、大バルコニーの聖王一家を拝むのが一番の目的だったのに、そっちはどうも無理そうだからね。代わりに君のために使えて、有意義に過ごせて大満足だよ」

(そんな。私なんかとケーキを食べることが、旅先での有意義な時間の使い方なはずがないのに。

なんて優しいのかしら……）

聖都で過ごすよりも長い往復時間をかけているのに、目的が果たせないなんて気の毒だ。

どうにかして、ルーファスに目的を達成して喜んでもらいたい。

私は勇気を出して、ある提案をしてみた。

「あの……。実は、大バルコニーがよく見える良い場所を知っているんです。良かったらケーキのお礼にお連れします」

「本当に？　どこも混雑していたみたいだけれど」

「とっておきの場所なので、大丈夫です。そこは私達しか来られないはずです。行きますか？」

「これが図々しいお願いにならないのなら、ぜひお願いしたいな」

力強いアクアマリンの瞳に見つめられ、私はベンチから立ち上がった。


大混雑する広場を歩き、私がルーファスを連れてきたのは広場に立つ一軒の民家だ。

鍵を使って中に入り、真っ直ぐに二階のベランダを目指す。

家の中の家具には白い大きな布が被せられ、床は歩くたびに埃《ほこり》が舞い上がる。

私の後ろからゴホゴホと咳《せ》き込みつつ、ついてくるルーファスを振り返る。

「埃っぽくてすみません。今日はクッキーを食べた後で、この家を掃除する予定だったんです。ずっと空き家なので」

「ここは、君の家なの？」

「元々は私の知り合いの家です」

実際は三年前に亡くなった乳母の持ち家だった。離婚して親族とも疎遠になっていた彼女は、遺言で私にこの家の所有権を譲ってくれたのだ。人を招き入れたことはなかったが、ルーファスにどうしてもお返しがしたい。

ギシギシと軋《きし》むベランダの扉を開けてベランダに出る。吹き付ける冷たい冬の風につい目を閉じてしまいそうになりながら、ルーファスを振り返る。

「どうですか？　狭いですけど、ばっちり大バルコニーが見えるでしょう？」

正面ではないものの、もし聖王一家が現れれば目鼻立ちは確認できる距離だ。

ルーファスは髪を風にサラサラと靡かせて、聖王城を見上げながら目を瞬いた。

「本当だね。ありがとう、リーナ。特等席じゃないか！」

(こんなに喜んでくれるなんて。思い切って連れてきて、大正解だったわ)

ベランダの下は新年祭を楽しむ人々で、ごった返している。ルーファスは狭いベランダの中を隅々まで歩き、顔を上気させて興奮した様子で外を眺めた。

やがて彼は手すりに寄りかかり、聖都全体を見回した。

「聖都は、本当に美しいな」

「ありがとうございます！　聖都の人達は皆お花を飾るのが好きで、どの家も花壇や窓の下に取り付けた植木鉢に好みの花々を植えていて、街並み全体がとても華やかなんです」

「それにしても聖都がダルガンとの戦争の影響を全く感じさせないのは、流石だね」

「大陸で一番古い歴史を持つ都ですから。でもソレントはダルガンとの戦いで、かなり被害が出たと聞いていますけど、大変だったのではありませんか？」

ルーファスはゆっくりと息を吐いてから答えた。

「もっと国境に近い街のいくつかは壊滅したから、それに比べればマシな状況だったよ」

「戦争が終わって、本当に良かったです」

聖王国とダルガンの戦争の発端は、国境の山に金の鉱脈が発見されたことだった。両国は互いに鉱脈の所有権を主張し、ついに三十年前に戦争が始まったのだ。

戦争ほど馬鹿ばかしいものはない。なぜなら、鉱脈は当初の想定よりずっと小さく、争うほどの価値はなかったのだ。

聖王国とダルガンは欲しかった「金の眠る山」が幻想に過ぎなかったと判明してもなお、殺し合いを続けているだけだったのだから。

（私達の国は、国家のプライドを保つために戦っているに過ぎなかったのよ。それに気づくのに何十年もかかったんだから、本当に虚しいわ）

やがて聖王城で動きがあった。

大バルコニーの大きな両開きのガラス扉が開き、トランペットを携《たずさ》えた二人の騎士が中から現れる。

騎士達は大バルコニーの両端に寄ると、短い曲を吹いた。

「あれは聖王一家が出てくる合図なんです」

私の説明は不要だった。広場に集う人々がお喋《しゃべ》りをやめ、一斉に大バルコニーを見上げたので、その場にいる者は誰もがついに高貴な一家がお出ましになることが分かった。

ルーファスはベランダの手すりに身を乗り出すようにして、大バルコニーを見上げている。よほどこの時を待ち望んでいたのか、静寂の中で彼が喉を鳴らし生唾を嚥下《えんげ》した音が聞こえた。

ドッ、と地鳴りのような歓声が上がる。

大バルコニーに聖王が現れたのだ。炎のような赤い髪を靡かせ、金糸の縁取りがされた紅のビロードのマントを肩に掛け、堂々たる歩みで大バルコニーの真ん中に立つ。その後ろについてくるのは三人の女性と王太子で、先頭が私の義母である王妃だ。

ここからはよく見えないが、王妃は燦然《さんぜん》と輝くダイヤモンドが並ぶプラチナのティアラを、燃えるような紅色の頭上に頂いているはず。

続いて王妃の隣に立ったのは、彼女と同じ色の髪を持ち、まだ背が低い十二歳の王太子で、そして最後に歩いてくるのが、私の姉と妹にあたる二人の王女達だった。二人は左右に分かれ、並んで立つ聖王と王妃の隣に歩いて行き、聖王一家の両端を埋めた。

ルーファスが手すりに手を掛け、アクアマリンの目を見開く。彼は熱心に聖王一家を見ていた。

私の視線に気づいたのか、顔を聖王城に向けたまま、呟く。

「五人しか出て来ないのか？　聖王には四人の御子《みこ》がいると聞いたが……。王女は三人いるんじゃなかったのか？」

ルーファスが誰のことを言っているのかは、すぐに分かった。チクリと痛む胸の痛みを愛想笑いで誤魔化し、説明する。

「第二王女は側妃の王女なので、毎年大バルコニーには出て来ないんです。聖王一家が表向きに顔出しする時は、いつも五人なんです」

「なんだそれは。王女は王女じゃないか」

ルーファスが私を振り向き、目が合う。彼はあきらかに気分を害したようで、眉間に微かにシワを寄せている。納得しかねるのか首を傾《かし》げて言い募る。

「俺には随分、酷《ひど》い話に思えるな。第二王女は家族の一員なのに出て来られないことを、どう思っているのだろう?」

こんな質問を面と向かってされたことがなかったので、私は一瞬答えに窮《きゅう》した。

もしも、あの五人の中に一緒に並んで立って、集まった人々に笑顔で手を振ることができたら。

――それはとても光栄な夢のような一瞬だと思う。

でもそんなことはできようもない。なぜなら、私は持たざる者なのだから。こんな風に生まれてしまったのだから、仕方がないのだ。

(大丈夫よ。私は、傷ついたりしないわ。持たざる者には望むべくもない、贅沢《ぜいたく》だって分かっている。ううん、分からなくちゃとても生きていけない……)

あやふやに笑いながら、私の誰にも暴かれたくない胸の真ん中を一突きで射るようなルーファスの問いを、適当に受け流す。

「き、きっともう慣れていると思います」

「そんなもの……慣れるだろうか？」

どうやら説得力がなかったのか、ルーファスは未《いま》だ表情を曇らせたまま、大バルコニーに視線を戻した。

私の心情を慮《おもんぱか》る人がいようとは、あまりに意外だった。

（ルーファスさん、本当に凄く優しい人なのね……）

広場でも大バルコニーが見やすい位置に立っているのは持てる者達だ。茶髪の人々は、遠慮がちに隅の方で狭そうに立っているしかない。

世界を創造した神が、人を二種類に分けてしまったのだからどうしようもない。

ルーファスは再び大バルコニーに見入って、口を開いた。

「ところで、右端と左端のどちらの王女がアンヌ王女だ？」

「第一王女のアンヌ王女は、左端にいます。右端が妹のミーユ王女です」

二人とも黒髪の持ち主で、風の魔術の使い手だ。二人とも何より、美貌でその名を大陸中に轟《とどろ》かせていた。

「ここからは距離があるので見えにくいですが、アンヌ王女は瞳が緑色で、ミーユ王女は青色です」

アンヌの方が背が高く、切れ長の瞳と細い顎の持ち主で、洗練された都会的な雰囲気がある。対するミーユは大きな丸い瞳とふっくらと愛らしい薄紅色の唇が、見る者に無垢《むく》で天真爛漫《らんまん》な印象を与える。

私の乳母の言葉を借りれば、王妃の二人の王女達は「妖艶な魔女と純真な天使の皮を被った王女達」だった。

細かい部分までは見えないだろうから、更に説明を加える。

「お二人とも、大変お美しいそうです。噂によれば、アンヌ王女はひれ伏したい美を、ミーユ王女は命がけの庇護《ひご》欲を掻《か》き立てる愛らしさをお持ちだそうです」

「――どんな性格なんだろう？」

どうやらルーファスは外見だけではなく中身にも興味があるようだ。

（私が知る限り、二人とも性格があまり良くないのだけれど。そんなことを言うわけにもいかないし……）

本当のことを言ってしまいたくなるが、王女達があの綺麗な顔をどう歪《ゆが》めて私を罵《ののし》るかなんて、話すわけにはいかない。普通なら会うこともない人達なのだから。

答えあぐねている私に申し訳なさそうな顔を向け、ルーファスが苦笑する。

「ごめんごめん、そんなことリーナが知るはずないね。……左がアンヌ王女で、右がミーユ王女か」

ルーファスは手すりに身を乗り出すようにして、随分真剣に聖王一家を見つめていた。

そんなに王女達に興味があるんだろうか。不思議に思う私に、ルーファスが呟く。

「終戦のための条約で、聖王国の王女とダルガンのヴァリオ王太子の結婚が決まったのを、知っているか……？」

この政略結婚のお陰で、聖王国は北の軍事力に怯《おび》えずに済み、ダルガンは大陸で最も歴史ある王家と縁戚を結び、自国の王家に箔《はく》をつけることができる。

だが正直に言えば、この条約は聖王国にとっては屈辱だった。聖王国は大陸一の歴史を持ち、長い歴史の中で負け知らずの唯一無二の超大国のはずだったから。にもかかわらず、我が国はこの数世紀で急速に力をつけたダルガンに対し手を焼き、挙句に今後の友好のために王女を差し出すという条件を呑《の》まされたのだ。

「知っています。国中がとても大騒ぎになったので」

アンヌもミーユも、この条約には激怒していた。内容としては領土の争いがあった山については、結着させず棚上げにされていたものの、王女達には不平等な条約に思えたのだろう。

そもそも近年の戦いでは、聖王国が押され気味だったので仕方がないのだが。この条約が締結された日、王妃が娘を思って部屋にこもり、ずっと泣いていたのを私は知っている。

長年の戦争の相手国に娘を送り出すのは、誰だって嫌なはずだ。

ダルガンの王太子はいつも側に双剣と呼ばれる双子の軍人を従え、自身も剣の達人として名高い、寡黙で冷静沈着な王太子だと言われていた。華やかで洗練されていることを最上の美徳とする聖王家のアンヌとミーユには、ちっとも魅力的に思えないのだろう。

「どちらの王女が嫁ぐのか、噂でも聞いたことはないか？」

（そんなことを聞いてくるなんて、意外だわ。ソレントに住んでいる人でも、王女の結婚は気になるのね）

「順番からいっても、年齢的にダルガンの王太子と近いのは第一王女のアンヌ王女なので、彼女でないかという話は広まっています。でも、たしかではありません」

「そうか」と答えるルーファスは、いくらか落胆した様子だった。王都の人間ならもっと王女達にまつわる情報に詳しいだろうと踏んで、私から情報を得られると思っていたのかもしれない。その後も彼は大バルコニーをじっと見つめている。

聖王一家を見上げる人々は、大抵興奮して笑顔か物珍しそうに食い入るように見ているかのどちらかだ。だがルーファスの反応は少し違った。彼は射るような鋭い瞳を聖王一家に向け、まるで彼らを吟味しているみたいに見えた。

大バルコニーで再びトランペットが鳴らされ、興奮したお喋りで賑やかだった観衆達が一時的に静まり返る。ルーファスが目を瞬き、首を傾げる。

「今度はなんだ？　まだ誰か登場するのか？」

「新年祭のお出ましでは、特別に聖王と王太子がそれぞれの守護獣《しゅごじゅう》もお披露目するんです」

「守護獣までわざわざ民に見せるのか！　それは凄いな」

大陸の民は皆、誰もが守護獣を持つ。

誕生時に産声を上げた瞬間、光に包まれて赤子の側に必ず一体の獣が現れるのだ。それが守護獣であり、人と守護獣の絆《きずな》は神によって決められており、必ず一対になる。

守護獣は皆が持つ自分だけの特別な存在で、主人のためだけに生き、生死を分かつ。伝説によれば、神がその人に課した使命が偉大であればあるほど、立派な守護獣が与えられるらしい。

誕生と共に現れる守護獣だが、常に姿を現しているわけではない。主人が一歳を迎える日まではつかず離れず側にいるが、以後は姿を消し、主人の危機や名を呼ばれた時だけ姿を見せてくれるのだ。

まずは国王が長い腕を伸ばし、守護獣を呼んだ。

国王の右腕の周りに黄金の光が浮かんだ次の瞬間、それは彼の腕にクネクネとまとわりつく、銀色の蛇《へび》へと変わった。蛇の太さは人の太腿《ふともも》ほどでとても大きく、自然界には決して存在しないであろう輝く体軀《たいく》が、実に神々しい。

「あれが、噂に聞く聖王の蛇か。あの守護獣に嚙《か》まれたらひとたまりもなさそうだな……」

守護獣は基本的に人に危害を加えないが、守護獣同士で争うことはある。聖王の守護獣は聖王一家の中でも一番強いので、私のきょうだい達も彼の守護獣の前ではなるべく自分の守護獣を出さないようにしている。

以前、私の守護獣が聖王の蛇に踏み潰され、怪我《けが》を負った。

(あの時は、私がどんなに呼んでも、一ヶ月も姿を現してくれなかったわ。完全に消えてしまったのかと心配になったくらい)

今でも当時のことを思い出すと、胸が槍《やり》で突かれたように痛む。守護獣を傷つけられると、主人は心に痛みを感じるのだ。

「シャルル王太子の守護獣も、これまた見応えがあるな」

手すりに寄りかかるルーファスが、感心したような声を上げて大バルコニーを見つめる。

私の弟である王太子の守護獣は鷹《たか》だ。シャルルに呼ばれ、鷹は大バルコニーの上空に姿を現した。

もちろん、ただの鷹ではない。

両翼を広げると伝説のグリフィンのように大きく、色や模様も美しい鷹だ。シャルルの口笛一つで、壮麗《そうれい》な鷹が彼の腕に向かって飛んでいき、感激した広場の群衆が両手を叩《たた》いて歓声を上げる。

ルーファスは大バルコニーを見上げたまま、口を開いた。

「アンヌ王女とミーユ王女の守護獣は、どんな動物なんだ？」

ルーファスは随分二人の王女達に興味があるみたいだ。無理もない。聖王城にいる誰もが、二人の王女の美しさに惹《ひ》かれているのだから。

目の色までは分からないようなこの距離からですら、私の高貴な姉と妹がルーファスのアクアマリンの瞳に見つめられているのだと思うと、二人が羨《うらや》ましくてチクリと胸が痛む。

「アンヌ王女の守護獣は黄金の鹿《しか》で、ミーユ王女は白馬です。もちろんただの白馬ではなくて、額にもし一角があれば、伝説のユニコーンのように見栄えする、秀麗《しゅうれい》な白馬です」

「そうか。流石、聖王家の王女達だな。聖女が生まれる家系にふさわしい」

聖女は数百年に一度生まれるという、稀有《けう》な存在だ。

神が太古、聖王国の建国時に初代聖王へ大陸を統べる資格を与えた証拠として、時折聖王家の王女に誕生する存在だ。

聖女のいる地は、豊かさと繁栄を約束されるという。

先代の聖女の守護獣はユニコーンだったのだ。

ルーファスは二人の王女を見上げたまま、呟いた。

「ユニコーンのような白馬か。ダルガンのヴァリオ王太子の守護獣など、ただの黒い豹《ヒョウ》だというのに」

「ひ、豹だって十分凄いです」

恥ずかしくてとても言えないけれど、聖王の次女として生まれたのに、私の守護獣は……驚くほど惨めなものだった。

私が生まれた時。

産声を上げた私の枕元に現れたのは、一匹のちっぽけなトカゲだった。

「守護獣が、トカゲ⁉」

と私を取り上げた医師は叫んでしまったという。

掌《てのひら》ほどの大きさのそのトカゲは、ごくありふれた黄緑色で、少し小太りだった。おまけに短足で、大きな目はタレ目がちで、どこか間抜けだったと聞いた。

トカゲはポトリと寝台に落ちた後、背中を下にして落ちたために、短い足をジタバタさせてもがき、しばらくの間、起き上がれずにいたらしい。見かねた医師が人差し指でチョンとつついて起こしてやると、ようやくトカゲは主人の側に向かった。

小さなトカゲが生まれたばかりの我が子にのそのそと忍び寄る様を見て、側妃だった母はさめざめと泣いたのだとか。

平民すらも、守護獣として犬や猫を持つ。過去、教会に報告された最も弱い守護獣ですら、雀《すずめ》だった。

茶色い髪と瞳を持ち、トカゲを従えた王女は、もはや平民よりも価値がなかった。

もちろん、どんなに笑われようと、私にとってトカゲの守護獣は大事な存在だけれど。人生を共にする守護獣は、誰にとっても自分の双子のようなものだ。

再びの大歓声の中、聖王一家が大バルコニーから建物の中へと戻って行く。ルーファスが手すりから体を起こし、私を真っ直ぐに見る。

「連れてきてくれてありがとう。お陰でこの旅での一番の目的を達成できたよ」

よほど聖王一家に興味があったらしい。

役に立てて、良かった。私の方こそ満足感でいっぱいで、ルーファスを玄関まで見送ろうと建物の中に戻るが、なぜか彼は今になって外套を脱ぎ始めた。

「さて。リーナは今日、この家の掃除をする予定だと言っていたな？　特等席を一緒に使わせてくれたお礼に、俺も掃除を手伝おう。雑巾《ぞうきん》を貸してくれ」

「な、何を言うの……！　お連れしたのはケーキのお礼なんですから、旅人に掃除なんて手伝わせるわけにはいきません！」

どうやら本気らしく、脱いだ外套を丸めて部屋の隅に放り、ルーファスが腕まくりをし始める。

「誕生日なんだから、ケーキにお礼はいらない。拭き掃除より、掃き掃除を担当した方がいい？　何でも言って」

「そんな……、本当に掃除は大丈夫です。いつも一人でやっていますし」

「二人でやれば早く済むし、遠慮しないでくれ」

ソレントから二日もかけて来た人に、掃除なんてさせられない。随分義理堅いみたいだけど、私だってそんな図々しいことは頼めない。

（こ、こうなったら……。嘘《うそ》を吐《つ》いてでも、掃除の手伝いを断らないと！）

「掃除は他の日にすることにしたので、いいんです。お気持ちだけいただいておきます。ソレントに発《た》たれる夜まで、ぜひ聖都観光を楽しんでください」

ルーファスは腕まくりを終えた左手で、少し気まずそうに自分の首の後ろに手をやった。埃が雪のように薄っすらと積もる燭台《しょくだい》をチラチラと見ながらも、納得はしてくれたようだ。

（それにしても、たくましい腕にびっくりしてしまうわ……。凄い筋肉ね）

剝《む》き出しの二の腕を凝視してしまう。日頃からかなり鍛えているのだろう。

「あの……。もしかしてルーファスさんは、保安隊にお勤めだったりしますか？」

思わず飛び出てしまった質問に、ルーファスは意表を突かれたのか両眉を跳ね上げた。

「いや、違うよ。どうして？」

あなたの筋肉がご立派なので、とは到底言えない。はしたないことを言ったような気になり、腕から慌てて目を逸らす。

急に恥ずかしくなって、私はルーファスに背を向けた。顔が赤くなっているかもしれない。

「な、何となく。とにかく、げ、玄関までお見送りしますっ！」

ここでお別れかと思うと名残惜しいけれど、貴重な時間を私が奪うわけにはいかない。

乳母の家から出ても、私達はどちらも広場を動けなかった。

どの方向を見渡しても人でいっぱいで、来た時よりも混雑ぶりが酷くなっている。

皆、考えることは同じなのか、帰ろうとする人たちで広場は更に歩きにくくなっていた。

広場を抜けようと前を歩いていたルーファスが、少し進んだ所で肩をすくめて私を振り返る。

「今広場から抜け出るのはあきらめよう。何かここで美味しいものでも食べて、時間を潰そう。

──待てよ、あれは……聖都名物の肉詰めパイじゃないか？」

ルーファスが指さしたのは、斜め前方にある屋台だった。立ち食いができるようになっていて、丸い机が並んだ屋根付きの食事場所が併設されている。

肉詰めパイは私の大好物でもある。というより、聖都っ子であれを嫌いな人はいない。昼食としても手軽なので人気で、忙しい人は肉詰めパイを片手に、齧りながら仕事をするらしい。

「一度食べてみたかったんだ。りんご入りやひき肉入りもあるのか」

「一番人気なのは、ひき肉じゃなくて角切り肉のパイなんです。伝統的な、昔からの聖都の肉詰めパイなので」

「ますます試してみたくなるな。リーナもよく食べるのか？」

立ち止まっているので、後ろから歩いてくる群衆に押され、ルーファスにぶつかってしまう。

「す、すみません。……はい、私も大好物なのでよく食べます」

「そうか、じゃあ尚更《なおさら》丁度いい。一緒に食べて行かないか？」

一瞬、聞き間違いかと思った。

さっき会ったばかりの人に、食事に誘われているのだ。巨大な城の中でひっそりと暮らしている私には、こんな経験が今まで一度もない。

ドン、と隣を擦り抜けた男性に押され、反対側に転びそうになるが、素早くルーファスの手が伸ばされて私の肩を押さえてくれた。

転ばずに済み、ありがたいと思う一方で、ほんの少しの間ではあっても強く引き寄せられたことに、胸が高鳴る。

(肩が……ううん、肩だけじゃなくて、顔も熱い)

せっかくのお誘いなのだ。断らずに乗りたい。

けれど私にはそうできない大問題があった。恥を忍んで、ルーファスに伝える。

「そうしたいのは山々なんですけど。実は私、お金の持ち合わせが今なくて」

日頃は現金を使うことがないし、今日も公園に寄るだけのつもりだったので、持ち歩いていない。

「なんだ、そんなこと気にしなくていいのに。特等席に案内してくれたお礼に、俺が奢《おご》るから。じゃ、決まりだ。一緒に角切り肉のパイを食べよう!」

「い、いいんでしょうか。なんだかご馳走《ちそう》になってばかりで、悪いです」

「誕生日のお祝いなんだろう? 遠慮なんていらない」

大混雑の中でオロオロする私に痺《しび》れを切らしたのか、ルーファスが私の右手首を摑《つか》む。えっ、と私が驚いているうちに、彼はそのまま手を引っ張り、グングンと先へ進みだした。

(な、なんだか強引なのね……。でも、ちょっとわくわくするわ)

誰かに手を引かれて祭りの人混みを歩くなんて、私には珍しすぎて、どうしていいか分からない。

初めての冒険をしているみたいで、胸がドキドキと鼓動を打つ。

自分が今緊張しているのか、それとも楽しんでいるのか、もしかしたらどちらも正解かもしれない。

動揺しつつも、とりあえずルーファスの後をついて行く。

ルーファスは角切りの肉詰めパイを二つ、注文した。

紙皿に載るそれを、近くのテーブルに置いて二人で向かい合って食べ始める。席はないので立ち食いだ。

「うん、美味そうだな。バターの香りが素晴らしい」

フォークを刺すと、幾層にも分かれたパイ生地がサクッと音を立てる。

一箇所穴を開ければ、中からは肉汁たっぷりの肉とソースが顔を出す。

「結構具がギッシリ詰まっているんだな。肉もゴロゴロ入ってる」

「そうなんです。お店によって味が違って、みんな自分の好みのお店を見つけるんです」

街中で食べることが滅多にない私が言うのも、なんだが。

ルーファスは美味い、美味いと言いながら食べてくれた。

別に私が作ったわけではないけれど、聖都の名産を褒められるのは悪い気がしない。それに自分が好きなものを他の人にも好きだと言ってもらえるのは、単純に気分がいい。

ルーファスは早々と一つ平らげ、平然と言った。

「今日はあまり昼飯を食べていないからな。りんごパイも買ってこようかな」

まだ食べるつもりらしい。

王太子である私の弟も実によく食べるが、男性というのは女性よりやはり食欲旺盛だ。

まだ食べ終わっていない私を残して、ルーファスが屋台の列に再び並ぶ。私が皿の上に散らばるパイ生地まで綺麗に食べ終える頃、一旦テーブルを離れたルーファスが戻ってきた。なぜか紙皿を二枚、両手で持っている。彼の顔と皿の間で、視線を往復させてしまう。

「リーナ、買ってきたぞ。りんごパイも食べよう」

「私の分も買ってきてくださったんですか？」

もちろん、とルーファスが屈託のない笑みを見せるが、ここのパイはかなり大きめで、食べ切れる自信がない……。

(クッキーを完食しなければ良かったわ！)

お腹の中のクッキーを後悔しながら、パイを食べ進める。ルーファスがわざわざ買ってくれたのだ。残すわけにはいかない。残したりしたら、彼もがっかりするだろう。

気力でなんとか食べ切ると、先に食べ終えていたルーファスと目が合う。彼はニッコリと笑った。

「いいねぇ。気持ちのいい食べっぷりで、奢り甲斐がある。俺の周りの女性は、やたら少食な人が多くてね」

「えっ、そうですか？　大食いみたいで、ちょっと恥ずかしいです」

頑張って平らげたのだが。

「いやいや、大食いだと言いたかったんじゃない。むしろ、そのくらい食べてくれる方が、一緒にいて気分がいいよ」

あははと声を立てて明るくルーファスが笑う。

気づけば周りのテーブルにいる人達が、私達をチラチラと見ていた。もしかして私が王女であることがバレただろうか、と咄嗟《とっさ》に思ったが、聖王一家と出かけたことがない私は、一般の人々から顔を知られていない。

(ああ、そうか。みんな私じゃなくて、ルーファスを見ているんだわ)

美男子が朗らかに笑う様は絵になり、視線を引きつける。一緒に食べているのがみっともない持たざる者なので、今更ながら気が引ける。ベールから茶色の髪が出ないように、片手でベールの端を摘《つま》んで前に引く。

「さて、聖都に来たら外せない見どころは、まずは大教会だっけ?」

次の観光地に胸膨らませた様子のルーファスが、私に尋ねてくる。食べ終わった彼は、聖都観光に時間を使うのだろう。

私とはここでお別れだ。

せっかく知り合ったのに、あっという間に別れの時間がきてしまった。遠いソレントに住んでいるのだから、もう今後会うことはないかもしれない。

——もう少し、彼と話してみたかった。

テーブルに散らばってしまったパイ屑を寂しい気持ちで集めていた私は、ふと違和感を覚えた。

一番遠い端の席でパイを頬張る二人組に、見覚えがあるのだ。

彼らはなぜか私と目が合うなり、大仰に顔を背けて目を逸らした。

「ねぇ、ルーファスさん。あっちの席にいる青いマントの若い男性達って、さっき私達のいたベランダのすぐ近くにいたんですよ。大バルコニーじゃなくて、なぜか私達を見上げていたので、覚えているんですけど……」

「偶然だろう。これだけ人がいるから、たまたま出くわしてもおかしくはない」

ルーファスはまるで気に留めない様子だ。

私が違和感を覚えたのは、二度出くわしたからだけではない。彼らは一つのパイを分け合っている上に、やたら時間をかけて食べているのだ。私とルーファスはすでに二つずつ完食したのに。

「なんだか、私達を見張っているみたい……」

「リーナ！　あっちにある屋台で、投げ矢ゲームがあるみたいだ！　ソレントでは見たことがないぞ。景品に大きなぬいぐるみもあるみたいだし、やってみないか？」

突然大きな声を出して、どうしたのだろう。流石に私はぬいぐるみを欲しがる年齢ではないのだけれど。

「そ、そうね。楽しそう……かも」

棒読みの返事になってしまい、私の笑顔も引き攣《つ》っているはずだが、ルーファスはお構いなしに大慌てで食器類をまとめた。

まるでその場を早く離れたいかのように、急いで食器類を返却し、私の左手首を掴んで広場の雑踏の中へと飛び込んでいく。

「行こう！　リーナ」

そのかなりの力に、困惑してしまう。

食べ物の屋台から二分ほど歩いた距離にある区画には、ゲームの屋台が集まっていた。

ルーファスはその一つである投げ矢に興味をそそられたようで、店主の後ろの棚に陳列された景品を吟味し始める。

ルールは簡単で、店主の横には三枚の大きな円形の的が並んでいた。店主が的をクルクルと回し、客は的目がけて小さな矢を投げ、当たった部分に書かれた番号の景品がもらえる仕組みだ。矢は三回投げられるらしい。

的を外した場合の景品は、飴《あめ》玉だった。

ルーファスはさっさと二人分の代金を支払い、楽しげな笑顔で私を振り返る。

「お互いに相手の欲しいものを狙わないか？　その方が本気になれて、盛り上がりそうだ。リーナは何が欲しい？　どんな狭い的でも、頑張って狙ってみせるから」

「ええっ⁉　そのやり方だと、ルーファスさんは景品が手に入らなくなっちゃいます！　私、矢を的にすら当てる自信がありません」

「大丈夫、大丈夫。その時はその時だから」

「いやいや、だめだめ、絶対……」

ルーファスには損しかない方式を止めようと反論してみるものの、彼は気に留める様子もない。

的を狙って舌舐《な》めずりでもしそうな勢いで、ニヤリと口角を上げて右手に矢を構えている。

「何が欲しい？　教えてくれ」

早く言わないと、ルーファスは今にも矢を放ってしまいそうだ。

焦りながら景品の並ぶ棚に視線を走らせる。

景品に一番多いのはぬいぐるみだ。でも目立つので、聖王城に持ち帰りにくい。

乳母の家に置く手もあるが、埃だらけになってしまってそれではかわいそうだ。持ち帰りやすい大きさで女性向けのもの、と考えて私はおずおずと答えた。

「ええと、それじゃ……髪飾り！　髪飾りに当ててください」

「了解。任せてくれ！」

勇ましくルーファスが答えてくれるのが、本当に申し訳ない。

店主が「一投目！」と合図を出すと共に、的に手を掛けて回しだす。回る勢いが速いので、景品番号の書かれている字は完全に判読不能になっている。

ルーファスの大きな手にすっぽり入った矢は、何度か彼が振りかぶった後に素早く放たれ、ガン！　と見事的に刺さった。

「二投目！」との合図で隣の的が回され、ルーファスが再び矢を放つ。それも的に命中し、この時点で二つは景品がもらえることが確定だ。次なる最後の三投目は、三枚目の的のほぼ真ん中に刺さった。

ルーファスの的確な投げ矢は近くにいた人々の注目を集めたらしく、どよめきと歓声が上がり、見知らぬ客までが拍手を送って喜んでくれた。

「にいちゃん、凄いなぁ。最後のなんて、ど真ん中に当たっているよ？」

「良かったわね！　貴女の恋人、素晴らしい腕前ね」

後ろにいる若い女性の二人組が、興奮した様子で私に声をかけてくる。

(恋人って……！　違うのに。でもそう見えるのかしら？)

ドキドキと恥ずかしさで胸を高鳴らせて周りを見渡した私は、あっと気がついた。

今度は隣の屋台に、さっき見た男性の二人組がいるのだ。パイ店にいた青いマントの二人組が、また私達を見ている。いや、正確に言えば、ルーファスを。

(なんだろう。こんなに出くわすのは、本当に偶然なのかしら？)

「さぁ、お兄さんの矢は、どこに当たったかな？」

店主が未だ回る的を両手で止めた。的の番号を素早く確認したのか、ルーファスが拳《こぶし》を握り締めてこちらに喜びに煌《きら》めく瞳を向ける。

「やった！　リーナ、髪飾りに当たったぞ！」

「狙った的にピタリと当てられるなんて凄いです、ルーファスさん！」

棚には色んな髪飾りが並べられ、自分で好きなものを選んでよいようだ。

「リーナが気に入った髪飾りを選んで！」とルーファスが笑顔で言う。

だが棚に並んでいる髪飾りは、ウサギやクマのモチーフがついたものばかりで、やや子ども向けのようだった。流石に聖王城で自分がこれをつける場面が想像できない。でもルーファスが私のために的を当ててくれたことが、嬉しい。

私が景品を選ぶのを待つルーファスの弾ける笑顔に思う。もしかしたら、的当てゲームの醍醐味《だいごみ》は、誰かのために的を当て、もしくは自分のために当ててもらえる特別感を味わえることにあるのかもしれない。

（ルーファスさんが喜んでくれて、良かった）

ピンク色のゴム紐に、ウサギの顔がついているものを指さす。店主からそれを受け取ったルーファスは、私に渡せるのがとにかく嬉しい、といった様子で手渡してくるので、私も両手で大事に受けとり、丁重に礼を言う。

次の的に当たったのは、瓶入りのジュースと来年のゲーム券だった。

「的の真ん中を射止めた人は、実はお客さんが初めてだよ！　来年使える二十投分の券だよ」

「ありがとう」

店主が袋に入れてくれた景品を、ルーファスがそのまま私に渡してくれる。彼が当てたのに、本当に全部私にくれるみたいだ。

こうなったら、私も彼のために何としても、的に当てなければならない。投げ矢をするのは初めてで、完全にルーファスの見よう見まねだ。

店主がクルクルと回す的に意識を集中させ、えいやと投げる。

「ギャッ！」と店主が叫ぶのと同時に、矢が彼の足元の地面にぶつかる。

「すみません！」

「大丈夫、矢は壊れたけど、俺の足には刺さらなかったからね！」

苦笑しつつ、店主が先の折れた矢を拾う。

真っ直ぐ正面に飛ぶようにしたつもりなのに、明後日の方向に行ってしまった。

「リーナ、まだ二回あるから頑張って。手に力を入れ過ぎない方がいい」

力を抜いて、力を抜いてと自分に唱えて矢を放る。今度は的に当たったものの、刺さらない。

(今度こそ、当てなくちゃ。ルーファスをがっかりさせたくない)

最後に放った矢は、気合を入れ過ぎたのか、的の裏へ回ってしまった。この残念な結果に、ルーファスは沈むわけではなく、愉快そうにアハハと笑ってくれた。

残念賞の小さな飴玉を三つもらい、二人で投げ矢の屋台から離れる。雑踏の中で並んで歩くせいで、周りの人に押されてお互いの肩が何度も触れ合う。

男の人とこんなに近づくことがないので、ぶつけるたびにドキンと心臓が跳ねる。

私達は屋台が途切れるエリアまで来て、立ち話をするためにどちらからともなく足を止めた。肘からぶら下げた袋の中の景品の重みが、どうしても気になる。

「ルーファスさん、飴玉しかもらえなくてごめんなさい。貴方はこんなに取ってくれたのに」

「いやいや、気にしないでくれ。髪飾りを使ってもらえたら嬉しいし、こちらこそ楽しかったから」

なんていい人なんだろう。

感激している私をじっと見てから、ルーファスは遠慮気味に尋ねてくる。

「ええと。その……、リーナも楽しんでくれた……?」

「はい、もちろんです。凄く楽しかったです」

「そうか、よかった」

ルーファスは一気にホッとしたような笑みを見せた。その後で何かを言うか言うまいか迷いでもしているのか、自分の手を何度も握ったり開いたりしている。

しばらくそうしてから、ルーファスは口を開いた。

「――もしもまだこの後時間があるなら、大教会も案内してもらえないか？　実は、地図を宿に置いて来てしまったんだ」

ここで別れるのは名残惜しかったから、心惹かれる提案ではあったけれど、ルーファスには連れがいるのではなかったのか。公園ではそう言っていたはず。

「広場からは歩いて十分くらいですので、案内するのは大歓迎なんですけれど、ソレントから何人かで聖都に来ているんですよね？　ルーファスさんだけで回られて大丈夫ですか？」

「もちろんだ。ありがとう！　さぁ、そうと決まれば、一緒に行こう」

ルーファスに背を押され、私は歩きだした。


聖都が誇る大教会に行く途中には、私のお気に入りの場所がある。ソレントからわざわざ来てくれたルーファスに見せたくて、少し遠回りして橋を渡る。せっかくだからなるべく聖都の綺麗な所を、たくさん見てほしい。

橋の真ん中に立ち、川の向こうに広がる街並みを張り切って指さす。

「見てください。あちらが旧市街で、手前が新市街です」

聖王城は新市街にある。だが、かつて私の先祖が大陸で最初に建国した時、聖王国は旧市街ほどの大きさしかなかったという。

ルーファスが日差しをよけるために目の上に片手で庇《ひさし》を作りながら、私が指さした方向を見やる。

「新市街と旧市街で、どう違うんだ？」

質問をしてくれたことに気を良くして、張り切って答える。

「新市街にも、かつて聖王国で王宮として使われた建物があったり、千年前の賭博場の遺跡があったりと、文化遺産がたくさんあります。ですが旧市街はもっと古くて、丸ごと歴史的な価値があります。殆どの家屋が、築三百年を超えるんですよ……！」

「なるほど。たしかにここから見ると、川を挟んで建物の色が微妙に違うな」

私も目の上に庇を作り、旧市街の中にある一際大きな灰色の石の建築物を指さす。

「大教会は二千年前から、あの場所にあります。大陸に現存する建物の中で、最古と言われています」

「気が遠くなるほど昔だな。それにしても、視界が及ぶ限り街並みが続いている。聖都は本当に美しくて大きいな」

ルーファスは街並みを委細漏《いさいも》らさず観察しようと、目を大きく開いていた。案内している私への気遣いからではなく、本気でそう言っているのがわかる。それならもっと聖都の魅力を知ってもらわねばと張り切る。

「建物の一つ一つに意匠が凝らしてあって、歩くだけで楽しいんですよ。特に旧市街の建物は、中心部から離れるにつれて、建てられた時代ごとに様式が違って、大胆で剛健な意匠から、繊細で洗練された意匠に変わっていくんです。新市街から旧市街に架けられたこの橋を、私は時間をわたる橋だと思っています」

「なるほど。素敵な呼び方だね」とルーファスに褒められて、俄然《がぜん》やる気が膨らむ。

私は欄干《らんかん》に手を置いて寄りかかり、橋から見える有名な建物の一つ一つについて、説明をしていった。

家庭教師から学んだ歴史は、こんなところでも役立つのだ。もっとちゃんと覚えておけば、より丁寧に説明ができたのに、と悔しいくらいだ。

(わざわざ遠いソレントから来てくれたんだもの。ルーファスさんには、短い滞在時間でもより多くの見応えある物を見ていってほしい)

ルーファスは私の話すことにしっかりと耳を傾けてくれた。そしてひとしきり私が説明し尽くすと、彼は私と同じように橋の欄干に手をかけ、感心したように言った。

「リーナは、自分の国が好きなんだな」

「そう……ですね。片思いだけど、私の国ですから」

するとルーファスは一歩私に近寄り、顔を覗き込んできた。

風にもてあそばれる自分の髪を片手で押さえ、ルーファスは少しの間私をじっと見ていた。

「……国への片思いか。面白い例えだな。リーナは随分可愛い言い方をするね」

「み、みんなは私のことをなんとも思っていないでしょうから、たぶん相手への気持ちは私の方が大きいってことです」

可愛い、だなんて。

変な言い回しをしてしまったことが恥ずかしくなってしまい、慌てて欄干から離れる。

「さぁ、大教会に行きましょう！」

今度は私が強引に、ルーファスの背を押して先へと進む。


大教会は、大陸随一の歴史を誇る。

祈りを捧《ささ》げるのに最も適した場所は、ここより他にない。

世界のどこよりも神聖で由緒正しく、そして人々の信仰を集める教会だ。

灰色の石を積み上げて建てられたファサードは圧巻で、上部の外壁には歴史上有名な聖人達の像が並べられている。

正面入り口へと繋《つな》がる階段は石造りなのに、表面に大きな凹凸があった。私は誇らしさを胸に、隣を歩くルーファスに説明した。

「階段がデコボコなのがわかりますか？　これは、二千年以上もの間、多くの人々に踏まれたからなんです。信仰は石をも穿《うが》つ、と聖都ではよく言われます」

「なるほど。凹《へこ》めば凹むほど歴史的な価値が出て、改修できなくなりそうだな。しかも同調心理なのか、凹んでいる場所を無意識に踏んでしまうから、余計に凹みそうだ」

「言われてみれば……、そうかもしれません！」

「よし。これ以上凹ますとお年寄りが転ばないか心配になるから、俺はあえて凹んでいない部分を踏むぞ」

「ルーファスさんは、お優しいですね……」

話しながら笑ってしまう。二人で階段を上るだけで楽しいなんて、不思議だ。

私は大教会までの道案内を頼まれただけなのだが、流れでそのまま大教会の中に一緒に入っていき、内部の案内を進めてしまう。

「天井の高さは教会としては世界一、と言われています。高すぎて、せっかく描かれている天井の絵が、全然見えないのがもったいないんです」

「望遠鏡がいるな」

ルーファスの反応がおかしくて、ついまた笑ってしまう。笑い声が広い教会内に響き、慌てて自分の口元を押さえる。私の慌てぶりがおかしかったのか、ルーファスが声を押し殺して肩を震わせて笑う。

新年祭のために遠方から来た人々がやはり私達のように観光をしていくからか、いつもより人が多い。

ただ、信仰の場であることは皆忘れておらず、誰もが静かに参拝しているのだ。気を取り直して、案内を続ける。

「大教会で必見なのは、ステンドグラスです。中ほどにありますので、見に行きましょう」

教会は高い屋根まで吹き抜けになっており、壁にはたくさんの窓が設けられていて、内部は柔らかな光で満ちている。その一角に大きなステンドグラスがあり、色鮮やかで神秘的な光を内部に落としていた。

ガラスで表現されているのは、聖女発見の歴史的な場面だ。初代の聖王の左手には神から与えられたという聖王国の印章の指輪がはまっている。印章は黒い石でできているのだが、聖女はそれを発光させることができる。

聖女は初代聖王の子孫にしか現れず、聖王家が神から授けられた地の支配者としての正当性がある証拠なのだ。

聖王が差し伸べる左手の印章から黄金の光が放たれ、その隣に赤い髪の、聖女であることが選定されたばかりの女性が描かれている。

一番奥には祭壇があり、白い壁の上部には、黄金に煌めく長い一本の棒状のものが飾られていた。

「原初の祝福」である。

大陸のどこに行こうとも、どの教会にも置かれる、最も大切な信仰の象徴だ。

無に等しかった世界に、神は「原初の光」を差し込ませ、それが現在の水風火の魔力の源になったのだという。

顔を上げればステンドグラスには、青や赤、黄色などの鮮やかな色彩を用いて、ストーリー性のある場面が表現されていた。

天から振って来た光は地上に落ちて二つに割れた。それが対となる主人と守護獣の始まりである。

強い魔術を持つ人々が指導者として民を率いて国を作り、大陸の向こうの島にも広がっていった。

こうして支配者階級である王族や貴族には、連綿とより強い魔力が受け継がれてきたのだ。

ステンドグラスの下には、腰ほどの高さの水盤が置かれていて、その前に参拝客達が並んでいる。皆水盤の中に手を入れるために、順番を待っているのだ。

水盤の中には燃える水が渦《うず》となり、ゆっくりと回っている。三つの魔術水風火の力の象徴だ。

「あれは……もしかして『三位《さんみ》の分配』か？」

ルーファスが興奮したのか、少し掠れた声を出す。

「そうです。創造神が天からお力を人々に分け与えた最初の水風火の力の名残りだと言われています。記録によれば二千五百年前から、燃えているそうです」

「初めて見るな。意外と小さいんだな。もっと噴水のように大きな水盤の中にあるのかと思っていたんだが」

私達は列の最後尾に並び、小声で話を続けた。

「昔は各国に『三位の分配』があったらしいですが、現存するのはこの聖都の大教会だけなんです」

水盤の渦に手を入れることで、神のご意志に触れられると言われ、信仰心の厚い人々は一生に一度は訪れたがるという。

私達の前に並んでいた高齢の婦人は、手を入れ終えると感極まったのか涙を流した。

何度か手を入れたことがあるが、毎度不思議なことに、三位の分配は燃える水なのに熱くも冷たくもない。見た目に反して、風が起こしている渦の力すら感じられないのだ。

私達の順番がきたのでルーファスが水盤の前に進むが、彼はなぜか両手を持ち上げたきり、動かなかった。ゆっくりと巻く渦を見つめ、手を入れることを何やら躊躇している。

「ルーファスさん？　大丈夫ですよ。熱くありませんから」

どうしたのかとルーファスの顔を見つめる。彼は自分の両手に視線を落としたまま言った。

「神聖な『三位の分配』に触れていいんだろうか。俺は……俺の手はいつも血で汚れている気がするんだ」

何を言っているのかとギョッとしてルーファスの手を覗き込んでしまう。特段汚れのない、普通の手にしか見えない。日頃は血がつきやすい仕事をしているのだろうか。屠殺《とさつ》とか、漁師とか。それとも、医師だろうか。

「そんなことないです。血なんてついていないですよ」

なんの気はなしに事実を伝えるが、ルーファスは渦の上にかざしていた手を引っ込め、水盤の縁に置いて拳を作った。

「目では見えなくても、たくさんの血で汚れている。今や世界で唯一の『三位の分配』を、この水風火の渦を、万が一俺のせいで止めてしまったら大変だ」

「ルーファスさんの手は汚れてなんていませんよ。私にケーキを差し出してくれた、お優しい手です」

ルーファスが驚いたようにアクアマリンの瞳を上げ、私を見つめる。

「リーナ……」

「どう見ても綺麗な手ですから。安心して水盤に手を入れてみてください」

「ああ……ありがとう。そこまで言ってくれるなら、やってみよう」

ルーファスが恐る恐る手を入れる。両手を渦の中にゆっくり差し込んでいきながら、彼は全意識を手に集中させているかのように、炎と水が立てる飛沫《しぶき》を見つめていた。初めて『三位の分配』に手を入れる彼の反応が興味深くて、ジッと見つめてしまう。

ルーファスは不思議そうに瞬きをした後で、声を絞り出した。

「聞いていた通りだ。熱くも冷たくもないな」

「そうでしょう？　凄く不思議なんです！　風も感じられないんですよ」

私達は水盤を挟んで、目が合うなりどちらからともなく笑い始めた。

ルーファスは笑うと目尻が下がり、凛々《りり》しい目つきが崩れ、優しげで少し甘い瞳に変わる。

（ああ、よかった。聖都に来たことを、喜んでくれて）

「リーナも入れてみて。二人で手を入れたら、渦の回り方が二重になったりするんだろうか？」

「私達の手くらいで、神聖な力の流れを変えられたりはしませんよ。そんなにヤワなものじゃありませんから」

ルーファスの発想がおかしくて、笑いながら私も右手を水盤に入れる。

渦は私の手を避けるように流れるものの、速さや流れ自体はまるで変わることがない。

熱さも冷たさも感じない、炎と水の渦の中で、私達の指先がふと触れ合う。

途端に私の指先から、全身に緊張と熱が駆け巡る。

触れ合ったのは一瞬だったけれど、恥ずかしくて顔が上げられない。

（あっ。しまったわ。言い伝えをすっかり忘れていた）

手を入れてしまってから、思い出す。

「あの……、じ、実は三位の分配には伝説があって。男女が一緒に手を入れると……、将来を共にするといわれているんです……」

ルーファスはなぜか黙っていた。

聞こえなかったはずはない。だが返事もなく、かといって彼は手を水盤から抜くこともしない。

むしろ手首まで渦の中に差し込み、一層深く三位の分配に触れている。

ドキドキと胸が高鳴るのを、抑えられない。

私達はお互い何も言わなかった。ただ黙って水盤の中に手を入れていた。

まるで言い伝えに運命を委《ゆだ》ねようとするかのように。私達がそうして手を入れていたのは、実際には一分にも満たない間の出来事だった。けれど、私にはとても意味ある、大事な時間に感じられた。

水盤から引き上げた手が一切濡《ぬ》れていないことを疑問に思ったのか、列から離れてもルーファスは何度も自分の手をじっくり眺めた。

教会から出た私達は、壮麗なファサードを見上げながら、立ち止まった。

ルーファスが穏やかな笑みを浮かべて、私を見る。瞳には微かに遠慮がちな感情が窺《うかが》えて、彼は少しだけ申し訳なさそうに言った。

「今日は結局俺の観光につき合わせてしまって、申し訳ない。色々と聖都の案内をしてくれて、ありがとう。来た甲斐があったよ」

「一緒に観光ができて、こちらこそ楽しい誕生日になりました。聖都を満喫してもらえて、満足です」

「聖王国に来られて……」

ルーファスは言いかけてから言葉を切り、少し逡巡《しゅんじゅん》してから再び口を開いた。

「新年祭を見に来て良かったよ。珍しいものがたくさんあって」

「私も……」

公園に行って良かった。お陰でルーファスに会えたのだから。公園でケーキを食べてからの彼との出来事を振り変える。

一緒にパイを食べたり、的当てゲームをしたり、街中の観光をしたり。

(帝都の人達と同じように、友達とお祭りを回ったみたいで凄く楽しかった！)

ルーファスに会えて良かった――、そう伝えたい。でもそれと同じくらい、彼にも同じことを言ってもらいたい。

私達は少しの間、言葉なく二人で向かい合っていた。

聖王城も新年祭の日は朝から忙しく、誰も私がいないことを気に留めたりはしない。とはいえ私も長く外出するわけにはいかない。流石に私の護衛騎士を務めるレオンスも、帰りが遅いのをヤキモキしているだろう。

ルーファスも連れが宿で待っているはずだ。お互いそろそろ別れなければならないと分かっているのだが、最後の一言に踏み出せない。言ってしまったら、お別れしないといけないのだから。

やがてルーファスが長い溜《た》め息を吐いた。

「そろそろ宿に戻るよ。もし良かったら、家まで送ろうか?」

とんでもない。焦って首が千切れそうなほどの勢いで、首を左右に振る。

今更私は王女でした、なんて言えるはずがない。

「近いので、大丈夫です。お気遣いありがとうございます!」

これで本当のお別れになってしまう。同じ聖都にいるのと違い、偶然にでもまた会える機会はない。

けれど、もし新年祭を心から楽しんでくれたのなら、また来年来てくれるかもしれない。

私は勇気を出して、投げ矢の券が入っている手提げ袋に触れた。

「あの……来年もぜひいらしてください。投げ矢のお試し券は、全部ルーファスさんが取ったようなものですし」

景品だった投げ矢の券を取り出し、ルーファスに差し出す。

投げ矢だけでは、遠いソレントから来るには魅力が少ないかもしれない。もうひと声かけるべきだろうと、言い足す。

「その……来年も公園にいますので、もしばったり会えたりしたら、今度は私がケーキをご馳走します」

言った。

心臓は痛いほどバクバクと鼓動していたけれど。

(凄いわ。私も勇気を出せば、本気になればできるんじゃない)

よく言えた、と自我自賛する。

だがルーファスの表情を見るうちに、高揚した気持ちはみるみる萎《しぼ》んでいく。

彼は微笑《ほほえ》み返してはくれなかった。それどころか硬い表情で、私が差し出す投げ矢の券をそっと押し返した。

ズキンと胸が痛み、私の提案が拒絶されたことを察する。

「ごめんね。俺は来年、ここに来られないんだ」

そう言うルーファスの顔もとても辛そうで、断る声に心苦しさが滲《にじ》んでいる。

「そ、そうですよね。遠い所から来ているのに。今のは、忘れてください」

図々しいことを提案してしまった自分が、恥ずかしい。ルーファスをかえって困らせてしまった。

相当な勇気を出して言ったことをにべもなく拒絶されたからか、目頭が熱くなってしまうのを、なんとか堪《こら》える。

これで泣いてしまうような鬱陶《うっとう》しい女になりたくないし、笑顔でお別れしたい。二人で楽しんだ思い出を、台無しにしたくない。

あわよくばまた誕生日を祝ってもらえるかもしれないなんて、私の都合の良い願望だったのだ。

ルーファスが俯く私の右手を取った。

「でもその代わり、これを受け取ってほしい」

ルーファスはそう言いながら、指にはめている透明な石の指輪を抜き、私の掌に押しつけてきた。ズッシリと重く、ルーファスの温《ぬく》もりが残っている。

「そんな、もらってばかりで申し訳ないです」

「今日は本当にお世話になったから、遠慮しないでくれ。——来年はケーキをプレゼントできないから、その指輪を売って好きなケーキを買って」

返さないといけない、と分かっている。けれど、ルーファスが身につけていた指輪をもらいたいという切実な気持ちが、遠慮を遥かに上回る。

「使い古したもので申し訳ない」

「いいえ。ルーファスさん愛用の指輪をいただけるなんて、嬉しいです」

どうしても遠慮ができず、結局お礼を言ってしまう。

見下ろせば指輪の土台は銀色で、何でできているのかは分からない。上に載るやたら大きい透明な石は、水晶だろうか。たしかに細かな傷があり、ある程度長年使っていたものだと分かる。でもむしろ、だからこそ私にはこの指輪に価値を感じたのだ。

何より、来年の私のために何かを残そうとしてくれたのが、嬉しい。

私は指輪を大事に握りしめ、そのままルーファスと別れた。

聖王城に戻った私を出迎えたのは、門の前で腕組みをしたレオンスだった。

後ろに撫《な》で付けた黒髪に、紫色の瞳の持ち主で、先祖に南の島の出身者がいるからか小麦色の肌をしている。子どもの頃から私の護衛騎士を任されているので、近衛《このえ》騎士仲間達からは「聖都で一番不運な騎士」と呼ばれているらしい。

王家の味噌《みそ》っかすだと言われている私に仕えるのは、さぞ不本意だろう。

レオンスは私が無断で長時間出かけていたことには、文句を言わなかった。だが聖王城の敷地に入っていく私の三歩ほど後ろからついてきながら、質問をしてきた。

「お誕生日を公園で過ごされたのですか？」

今日が私の誕生日だということを、レオンスが覚えていたのが意外だ。

「そうよ。公園でクッキーを食べた後は、私の別荘の掃除をしたの。勝手に出歩きすぎたかしら？こんなに帰りが遅いと、後で貴方が叱られちゃうかしら？」

「……いいえ。リーナ様はもう少し勝手をされても、いいくらいだと思います。わがままを全く仰《おっしゃ》らない王女様ですから。今度は黙って出かけず、同行をご命じください」

「でも今日は新年祭だから、貴方は聖王宮の警備を特別に命じられていたでしょう？　頼まないわ」

「午前中までの特別任務です。それにリーナ様が命じてくだされば、近衛騎士団に掛け合うこともできました」

そんなことをしたら、レオンスの立場が悪くなるではないか。私の身勝手で、彼の騎士としての出世をこれ以上遅らせたくはない。

私は聖王城の前に広がる噴水の脇を歩きながら、気泡の浮く水面を見つめた。水盤の中を延々打ち上げられ、また吸い上げられることを繰り返す水に、自分の境遇を重ねてしまう。自由なようで、自由がない。

どこにも行けず、狭い世界で同じ動きを強いられる水は、聖王城の中の自分に似ているかもしれない。

「私の立場では、たとえ王女と呼ばれていても、わがままを言う資格なんてないもの」

レオンスはいつもの通り、生真面目な無表情を貫いた。彼は私の住まいである北の棟の扉を開けると、小さく肩をすくめて言った。

「ご自分でご自分の価値を下げるご発言はおやめください。余計に聖王城の者達から、低く見られてしまいますよ。護衛する私に、その価値がないと思わせないでください」

辛辣《しんらつ》な返事に一瞬、胸が苦しくなる。何も言わない私に、レオンスが畳みかける。

「――王女たる貴女がお一人で出かけるのに、ついてこいと言えない時点で、王女様失格ですよ」

「ご、ごめんなさい」

「護衛としてどこへなりともついて参りますので、次はお声かけください」

「わかったわ。覚えておくわね」

そうは言ったものの、公園でクッキーを食べるだけの私を護衛しろとは言いにくい。それにレオンスがいなかったお陰で、今日は思わぬ出会いと楽しいお祭りが経験できた。

日当たりの悪い北の棟の廊下の寒さに腕を擦《さす》り、その後でそっと左手の指輪に触れた。
そうすると胸の中から温かくなっていく気がした。

第三章　敵国の王太子との結婚

私の十九回目の誕生日の後、聖王宮は激動の日々を迎えた。

まず、第一王女のアンヌの妊娠が発覚したのだ。

婚約すらしていない男性との間に子を持つことは、聖王家のしきたりからすれば大変不名誉な振る舞いだったが、肝心の相手が聖王国の貴族の中でも一、二を争う名家である公爵家の嫡男《ちゃくなん》だったことから、すぐにアンヌの妊娠はめでたい話として語られるようになった。

アンヌはお腹が目立たぬうちに、次期公爵と盛大な結婚式を挙げた。

この世の幸福全てを一身に浴びたかのように皆に祝福され、ダイヤモンドの縫い付けられた豪華なウエディングドレスに身を包み、新郎に抱き寄せられて神の前で永遠の愛を誓うアンヌを、悔しげに見つめるのは妹のミーユだった。

隣国ダルガンの王太子に嫁ぐのは、第一王女のアンヌとして水面下で話が進められていたのだ。

その道が絶たれ、結果、同じ正妃の娘であるミーユに白羽の矢が立った。

すでにダルガンに送られていたアンヌの肖像画は返送されてきて、代わりにミーユのものが送られた。

「ミーユ様の愛らしい絵をご覧になれば、ダルガンの王宮の者どもも、文句など言いはしないだろう」

これが新興国ダルガンに対して、上から目線の聖王宮の者の考え方だった。

そしてミーユの妃教育が始まってしばらく経った頃。

ミーユは孤児院を侍女と慰問し、そこで流行病《はやりやまい》に感染してしまった。

医師団の努力の甲斐あって、幸いミーユは一命を取りとめて快復に向かい、誰もがホッと胸を撫で下ろした。もっとも、一緒に罹患《りかん》した侍女は不運にも回復することなく、亡くなってしまったのだが。

ミーユの病が治り、数日が経過した頃。

私は珍しく聖王の執務室に呼ばれた。

この日、聖王はどういう風の吹き回しか、私の被るベールについて何も言ってこなかった。いつもは私に会うたびに「ベールから汚らしい茶色の髪の毛が見えているから、しまえ」と言ってくるのに。

だが執務室に入って、すぐに謎が解けた。

なぜか執務室には正妃とミーユもいて、二人の様子が異様だったのだ。

ミーユは顔まで覆うベールを被っていた。立っているだけで汗が額に滲むような暑い季節に、どうして顔まで覆うベールを被っているのだろう。

おまけに彼女に寄り添うように立つ王妃が、急に「うっ」と呻《うめ》くなり泣きだす。

王妃は掠れた涙声で言った。

「かわいそうに、ミーユはもうベールが手放せないの。病にかかった後遺症で、顔に醜《みにく》い痕が残ったのよ」

驚いてミーユの方を見ると、彼女は堰《せき》を切ったように泣きだした。

大きな机に肘をつき、革張りの席に座っていた聖王が、重そうに口を開く。

「キャロリーナ。お前に大事な話がある」

私は正式な名で呼ばれたことに、驚いてしまった。大抵はリーナと呼ばれるので、キャロリーナと呼ばれる際は子供の頃から凄く叱られる時や、真面目な話をされる時に限られるのだ。

（何が起きているの？　どうして私が執務室になんて呼ばれたの？）

緊張で胸をドキドキさせながら、私は聖王を見つめていた。目を合わせないよう、顎の辺りに焦点を当てながら。

聖王は自分の手にはまる黒い石でできた印章を指先でなぞりながら、私に非情な命令を下した。

「余もお前のような不出来な王女を隣国の王太子妃として差し出すのは忍びないが、仕方がない。

――半年後、隣国ダルガンのヴァリオ王太子に嫁げ」

（えっ⁉　誰が、誰に？　い、今……私が誰に嫁ぐと言ったの？）

聖王が言ったことが想像を超え過ぎていて、頭の中に入ってこない。

私には正妃を母とする姉妹が二人いるから、ダルガンの王太子との縁談について、自分には関係がないとどこかで思い込んでいた。そもそも、私は王女として今まで表に出されることもなかったのに。

急に嫁げと言われても、心の準備は一切できていない。

当然ながら、私に拒否権はない。けれど、自分の人生を大きく左右される予想もしない事態に、黙っていられなかった。

「お父様……。私のような側妃の王女が相手では、ヴァリオ王太子殿下も納得してくださらないのではありませんか？」

聖王が眉間に微かにシワを寄せ、腕組みをする。私が意見したことに、気分を害したのだろう。怒られてしまう。反射的に私の体がすくむ。

「そもそも天下の偉大なる聖王国から、野蛮な新参者国家でしかないダルガンなどが王女を娶《めと》ろうとすること自体が、笑止千万なのだ」

「ですが、私は……恥ずかしながら、持たざる者です。貴族でさえ……、嫌がる相手です」

「心配には及ばない。ダルガンの奴《やつ》らは魔力のあるなしに重きを置かないと聞く。歴史の浅い国は、思慮も浅いのだ」

たしかに、国によって文化や価値観は違うし、大陸の中で持たざる者の地位が最も低いのは、聖王国だと言われる。けれどアンヌとミーユからの変更となると、あまりな格下げではないか。

目を合わせぬよう聖王の顎先を見つめていたが、自信のなさから、視線が落ちていき、気づけば私は聖王の紺色のマントの裾を見つめていた。

聖王が私に一歩近づき、厳《おごそ》かな声で尋ねる。

「顔に病の痕が残ってしまったミーユを嫁がせるわけにはいかん。これでお前は正妃の王女達の代わりを務めることができるのだ。お前には身に余る光栄だと、そうは思わんのか?」

体の前で組んだ手にグッと力を入れ、不安で震えそうな体を必死に抑える。

聖王や王妃は、私の意見など求めてはいない。終戦の代わりに私が敵国の王太子に差し出されるのは、すでに決定事項なのだ。

「お、王太子妃など……私にはもったいないくらいです」

「今お前には三十年戦争を終わらせるという、歴史に残る役割が与えられたのだぞ。両国の友好の証《あかし》だ。王女として、これ以上はないという、名誉な結婚ではないか」

「はい。わかっております」

聖王の言葉に、新年祭に集った人々の、戦時の自粛要請が解除された祝い事を、心から楽しむ姿を思い出す。誰かが――私がダルガンに嫁ぐことで、彼らの平和をこの先も守れるのだ。

聖王の言う通り、王女に生まれ衣食住に何不自由なく、安全に配慮されて育てられた私には、王女として当然の義務がある。

今まで戦場になど一度として行くこともなく、怪我をすることもなく、前線の兵達には死ねと命じる聖王の庇護のもと、私達は聖王国の中心で安全を約束されて過ごしてきたのだから。

私一人がダルガンの王家の一員になることで、終戦が約束されるのなら。仲の悪かった二つの国が、これをきっかけに友好を築けるのなら。

たしかにとても名誉な役割だとは、思う。

聖王は声を落として言った。

「まだ正式に決まってはいないのだが、実はバスティアン王国の王女とシャルルの婚約も、近いうちにまとまりそうなのだ」

「シャルルの婚約が、もう？」

バスティアンはダルガンの西にあり、聖王国とも国境を接していて、ダルガンと聖王国どちらとも仲の良い国だ。聖王が大きく頷く。

「我が国は両国と縁戚関係を結び、今後は平和を重んじる時代になる。お前とシャルルはその礎《いしずえ》ともいえる」

私がダルガンに行き、その少し後でバスティアンの王女が聖王国に嫁入りするということか。前者はまるで戦利品で、友好の証とは本来、後者のような結婚を言うのだろう。

俯く私の肩に聖王の右手が乗せられ、ビクリと震えた。

（驚いた！　お父様が私に触るなんて、滅多にないから……）

聖王の足元を見たまま、困惑で激しく瞬きをする私に、彼は少し優しい声で話しかける。

「いくら持たざる者のお前でも、そのように従順にしておれば、ヴァリオ王太子の怒りを買うことはあるまい。何より、私はお前に最高の教育を与えてきた。王女として受けたその投資を、無駄にすることは許さぬ」

「はい。承知しております……」

この返事をダルガン王太子に嫁ぐことへの私の承諾と受け止めたのか、王妃がミーユから離れて、珍しく満足そうな微笑みを見せながら私を覗き込む。

「お前ならきっとダルガンで上手《うま》くやれるわ。アンヌやミーユは聖王国のちゃんとした王女らしく、贅沢に華やかに育ってきたから、粗野なダルガンには合わないと思うの。お前は遊びも知らず、勤勉で真面目だもの。きっとどこの生活にもすぐに馴染《なじ》むわ」

王妃の言い分は随分と自分勝手だ。アンヌとミーユをどこまでも甘やかしたい、と言っているようだ。

「お前に施してきた最高の教育は、王太子妃としてのお前を十分支えるだろう。今までの自分の努力を、誇りに思うがいい」

聖王は自信と貫禄に満ちた声でそう言うなり、私の後方に視線を投げた。

「レオンス。護衛騎士たるお前もわかっておるな？　リーナと共に、ダルガンへ行くのだ」

いつの間にそこにいたのか、レオンスが執務室の入り口に立ち、直立不動で聖王の話を聞いている。彼は聖王が話し終えるや、胸に拳を当てて首を深く垂れた。

「聖王国のために、身を尽くす所存にございます」

レオンスは私の護衛をするために、聖王国を離れてくれるのだろうか。まだ独り身とはいえ、あまりに申し訳ない。

だが聖王は満足げに頷き、私に視線を戻した。

「茶髪のお前を残念に思うこともあった。だが、この日のために魔力がない王女を神が授けてくれたのだと、今は思うぞ。これはお前にしかできない大役なのだ。分かるだろう？」

「はい、お父様……」

振り返れば、失うことばかりの人生だった。

けれど思い切って生きる場所を変えれば、得られるものがあるかもしれない。

聖王城でこのまま、隠したい厄介な王女としてひっそりと生きながらえるよりは、友好の架け橋としての大事な役割を任って隣国へ行く方が、生き方として正しいのかもしれない。

私も少しは、価値ある存在になれるのだ。

せめて、この無意味で何の面白味もない日々の連続を、もっと意味ある人生にしたい。

私は考え方を切り替えて、降って湧いたこの縁談に一縷《いちる》の望みを託すことにした。


私の結婚の準備が始まると、周囲には急に人が集まるようになった。

特にしょっちゅう顔を出しにきたのは、それまで私を避けてきた姉妹達だ。

姉のアンヌは結婚して公爵邸に住んでいるのに、わざわざ聖王宮にやってきては、私のドレスの採寸やあらゆる装身具選びに付き添った。ミーユも病にかかってから落ち込んでいたのが嘘のように元通り活発になり、私が指輪やネックレスを選ぶたび、「リーナばかりずるい」と主張して、自分も注文していた。

私は今までは母親から受け継いだ宝石類しか持っていなかったので、急にたくさんの宝飾品が与えられ、自分を取り巻く状況の変化に、眩暈《めまい》がしそうだった。もちろん、浮かれていたわけじゃない。

結婚は怖かった。けれど、私にしかできない役割を、きちんと果たしたい。何よりこんな私でも、王太子妃としてダルガンが迎えてくれるというのだから。

そして事件は起きた。

私の肖像画を渡すためにダルガンに派遣された聖王の使節団が、王太子を怒らせたというのだ。

話を聞きつけたミーユは、滅多に来ない北棟にある私の部屋まで駆けつけ、部屋に入るより前に戸口でまくしたてた。

「お父様は画家に実物より遥かに美化して、肖像画を描かせたのよ。リーナのみっともない焦茶《こげちゃ》の茶髪を、もっと明るめの茶色にして。それなのに、ダルガンの王太子はお前の肖像画を見て、激怒されたんですって！　仕方ないわよねぇ、いくら手を加えたとしても、お姉様とわたくしの肖像画を見せられた後にお前の絵を見せられたら……」

美化し過ぎるのも、激怒されるのも大問題だ。つまり王太子は肖像画に描かれた結婚相手に、まるで満足しなかったということか。ショックのあまり、胸の辺りがズンと重くなる。

「ミーユ……、それ本当？」

「確かよ！　帰国した使節団が、お父様にそう報告したのを聞いたから。噂通り、頭の中まで筋肉でできているような、冷たい軍人なのよ！」

ここまで走ってきたせいでミーユの息は上がり、息を大きく吸うたびに顔の前のベールが口に浅く入り込んでいる。

私は廊下に立つ護衛騎士のレオンスを見た。無言の質問を察したのか、彼が小さく頷く。

「我が国の使者からリーナ様のお話を聞いた王太子殿下が、それ以上聞きたくないと仰ったそうです」

「じ、じゃあ私との結婚は破談に？」

震える声で尋ねるが、ミーユがふるふると首を左右に振る。

「いいえ。数年前であれば、お父様も強気に反撃したかもしれないわ。でも確実に終戦へ繋げるため、縁談はどうしても成功させないといけないのよ」

レオンスも続ける。

「幸い、ダルガン国王は冷静で、ダルガンからは条約の破棄の話は出ていなかったらしいです」

「向こうの国王夫妻は乗り気だけれど、肝心の王太子様がそうじゃない、ということよ。ああリーナ。敵国にわたくしの代わりに嫁ぐ貴女が、本当にかわいそうだわ」

そう言うなり、ミーユが顔を隠すベールごと手で覆い、啜り泣く。泣きたいのは私の方だけれど、絶望より恐怖の方が強く、手足が震えてくる。

「わ、私が嫁いでいいのかしら？　ダルガンに着いたらどうなってしまうの？」

両国の平和のために嫁ぐのが私にできる王女としての務めであり、私にしかできないことで、皆にそう望まれていると思っていたのに。

長年敵国だった国に行くのは、誰だってきっと嫌だし、怖い。私も本当は、自分が王女に生まれていなければ、今とは全く違う人生があったはずなのに、と思うことがある。それでも自分の生まれた立場に責任を感じ、また自分にしかできないことがあると信じてここまでなけなしの勇気を奮い立たせて、嫁ぐ覚悟を決めてきたというのに。

元敵対国として誰に嫌われようとも、ヴァリオ王太子だけは私との結婚に前向きでいてくれなければ、全部だめになってしまう。彼だけは、私を受け入れてほしかった。私の手を取り、両国のために共に歩む意思があるのだと、信じたかった。

けれど肝心のヴァリオ王太子が私では納得していないとしたら、とんだボタンの掛け違えだ。

レオンスはこちらに歩を進めると、言いにくそうに言った。

「聞いた話では、ダルガンのヴァリオ王太子殿下は我が国との戦争で昨年、親友を失ったせいで聖王家の者を憎んでいるのだとか」

「そんな……。ちっとも知らなかったわ」

聖王国の王女の手を温かく取るつもりどころか、出会う前から憎まれているなんて。親友を聖王国に殺されているのなら、一体どれほど私達を嫌悪していることだろう。安全な王宮の中にずっといた私には、想像も及ばない。

能天気だった自分に、腹が立ってくる。

(どうしよう。正妃の王女でもない上に持たざる者で、しかも敵国から迎える女なんて、やっぱり何一つ気に入ってくれるはずがないんだわ!)

ヴァリオ王太子は、きっと国王から命じられた政略結婚に、渋々従っているだけなのだ。それは私も同じだけれど。

ミーユがレオンスの腕に縋《すが》る。

「わかったわ。きっとヴァリオ王太子は、親友の復讐《ふくしゅう》をするつもりなのよ。憎い聖王家の王女を迎えて、徹底的に虐《いじ》めて苦しめるつもりなんだわ。酷いわ」

レオンスが私とミーユの間で困ったように視線を往復させる。

「ミーユ様、どうか落ち着いてください」

「でも、わたくしのせいだわ！　病になど罹ってしまったから」

「ご病気になられたのは、ミーユ様のせいではありません。それに、孤児院をご訪問されるという、崇高な目的の結果だったのですから。誰がミーユ様を責められましょうか」

「ありがとう、レオンス……」

ミーユははなを啜ってポケットからハンカチを取り出し、ベールの中で目を押さえた。

レオンスはミーユが落ち着くのを見届けると、私を真っ直ぐに見つめた。彼の紫の瞳と目が合わないよう、急いで視線を下にずらす。

「私は騎士見習いの時から、ずっとリーナ様の護衛騎士です。リーナ様がダルガンに行かれても、お側を離れませんので、ご安心ください」

お一人では行かせません、というレオンスの言葉が、とても嬉しい。

だが不安は尽きなかった。

私の肖像画を見せられた王太子が怒ったという話が気になり、聖王を訪ねて詳細を聞いても、彼は「お前は黙って嫁げば良いのだ」と怒りだし、教えてくれなかったのだ。

歴史の本を紐解けば、周辺国では政略結婚が続けられてきたことがわかる。そうして結ばれた国王と妃が、必ずしも円満な関係ではなかったことも。

隣国から迎えた妃を離宮に住まわせて一度も王城に入れなかった国王もいたし、世継ぎが生まれるや否や、妃とは名ばかりで多くの女性を自身の周りに侍《はべ》らせていた国王もいた。

それが、政略結婚というもの。

(大歓迎されて、王太子にお婆ちゃんになってもずっと一途に愛してもらえるなんて、都合のいいことは考えていないわ。でも、最初から私怨を晴らすために、迎えられるのは耐えられない……)


王太子が怒った話はやがて聖王城中に広まり、私を見かけると噂好きの侍女たちばかりか、騎士達まで陰でヒソヒソと話すようになった。

「見て、リーナ様よ。今日もドレスを注文されるのね。あんな最上級のシルクで」

「ダルガンでは王宮夜会に参加する機会なんて、ないかもしれないのに」

「元敵国の王太子とはいえ、ヴァリオ王太子殿下も流石にお相手が『持たずのリーナ様』じゃ、おかわいそうだぜ……」

ダルガン国王からも、王太子の肖像画が届けられた。

私のもとにそれを運んできたのは聖王に言いつけられたミーユで、彼女はあきらかに絵を見た私の反応を見ようと楽しんでいる様子だった。

絵の中の王太子の姿を見た私の脳裏に浮かんだのは、風船という単語だ。

王太子は丸々とした体形で、大きく開けた口からは歯並びの悪い歯が見え、顔はニキビだらけだった。

しかもなぜか右手の親指をグッと立て、前に突き出している。おふざけが過ぎやしないか。

ミーユが笑いを堪えているのか、肩を震わせて言う。

「この絵では、瞳の色が分からないわよね。だって、プッ……、顔面の脂肪で目が糸みたいに細くてアハハッ!」

「剣がお得意と聞いていたけれど……、少し想像とは違ったわ。でも、純朴そうなお方ね」

「リーナったら、痩《や》せ我慢しなくていいのにぃ。でも、良かったわ。これならリーナが容姿に劣等感を抱かなくて済むもの!」

痩せ我慢なんかじゃない。私は絵の中の男性に対して、むしろ劣等感と恐れしか抱けなかった。

王太子の美しい黄金色の髪は肩先より長く、銀色の髪飾りで一つにまとめられ、緩くウェーブがかかった毛先が肩に流れている。彼は、立派な水の魔術の使い手なのだ。

我慢を強いられているのは、王太子の方かもしれない。神に祝福された王太子が、持たざる者を妃にしなければならないのだから。

この頃から、私には新たにネリーという名の侍女が付けられた。彼女は聖王が私の妃教育のために選んだ侍女で、彼女は「発展目覚ましいダルガンのお妃様になれるリーナ様は、お幸せですわ」と口癖のように言った。

夜になると一人、王太子の肖像画を眺めてしまう。

絵の中の男性は、毛皮の縁取りがされた紺色のマントを纏《まと》っていた。比較的温暖な聖王国では毛皮を衣服に用いることは滅多にない。改めてこの絵の中が描いているのは、別の国なのだと実感する。

聖王は武人ではないので携剣しない。だが、ヴァリオ王太子はいかにも軍事国家の後継者らしく、はち切れそうなお腹に巻いたベルトから、これでもかと燦然と輝く鞘《さや》に入った長い剣を下げている。象徴的な意味合いが強い剣なのか、貴石の装飾がうるさくて物凄く重そうだ。

肖像画を見つめ、自分の夫となる人に会う心の準備をしたかった。

けれど、描かれた人物は色んな意味でとても遠くにいる気がした。

二十歳の新年祭は、私が聖王国で迎える最後の誕生日だ。

聖王や王妃、そしてミーユとシャルルは朝から大忙しだった。

今年も大バルコニーに出る予定などない私には、何の予定もなく一年で最も自由気ままに過ごせる日でもある。

(去年の新年祭は、楽しかったな……。もう一度、あの日に戻れたらいいのに)

あと一月で、私は隣国の王太子に嫁ぐ。その日が近づくにつれ、押し殺してきた恐怖や不安が日々溢れ出てきて、毎日を淡々と送るのに精一杯だ。

新年を祝う民でごった返す広場を見下ろせる公園で、いつものベンチの上に腰を下ろす。

「ルーファスさん。今頃どうしてるのかしら？」

懐かしい名前を、つい呟いてしまう。

今日は去年のことを思い出して、もらった指輪をはめてきた。女性の指には大きいので、上手くはまったのは、左手の親指だ。

今年も持参したクッキーの袋を開き、漂う濃厚なバターと香ばしい小麦粉の香りに、ささやかな幸せを感じる。

(少し早いけれど、お誕生日おめでとう、私)

袋の中に手を入れたその時。前触れもなく声をかけられた。

「なんだ、今年もまたクッキーなのか？」

ギョッとして振り返った背後には、ニッと笑うルーファスが立っていた。

去年と同じ無地の外套を着ていて、無造作に顔の周りに落ちる金髪の短い髪形まで、まるで変わっていない。

「ルーファスさん！　どうしてここに？」

彼のことを考えていたから、自分が幻覚でも見ているんじゃないかと、目を疑ってしまう。

「嬉しいな。俺の名前を覚えていてくれたんだ。一年ぶりだね」

ルーファスは破顔一笑すると、私の隣に座った。マントがふわりと広がり、風を含んでゆっくり地面に落ちる。

公園のベンチにルーファスと二人で座っていることが、信じられない。

もう会えないと思っていたのに、二度目の邂逅《かいこう》が夢のようで、お互い笑顔で見つめ合ったまま、しばし黙り込んでしまう。

「去年は別れ際に指輪をあげたのに。ケーキを買わなかったの？」

少し戯《おど》けるように問われ、ブンブンと首を左右に振る。

「せっかくいただいたのに、売るなんてできません。だ、大事にとっておいてあります」

正直に話して、指輪のはまる左手の親指を見せつける。するとルーファスは照れたのか頭をガリガリ搔きながら、目を彷徨《さまよ》わせた。

「そ、そうか。それはそれで嬉しいな。ちょっと予定が変わって、今年も聖都の新年祭に遊びに来られたんだ。もしやと思って、公園に来てみたんだけど」

ルーファスは片手に持っていた紙袋を広げ、中を私に見せた。

「買ってきてよかった。スコーンだよ。もしも君とまた会えたら、一緒に食べようと思ってね」

紙袋には干し葡萄《ぶどう》の混ざったスコーンが二つ入っていた。アイシングで上に花や猫の形の飾りがついていて、手が込んでいる。

とても美味しそうで胸が躍るだけでなく、私の誕生日だったことを——、いや私のことを覚えてくれていたことに、とてつもない喜びを感じる。

「ありがとうございます！　食べるのがもったいないくらい、かわいいですね」

「目抜き通りを歩いていたら、見つけたんだ。やはり聖都は、お洒落《しゃれ》なものがたくさんあるな。リーナ、お誕生日おめでとう」

お誕生日おめでとう、という祝いの言葉が今年も私を一瞬で温かい気持ちにさせてくれる。こっそり自分の部屋の中で彼にもらったウサギの髪飾りを付けて鏡を覗き込むたび、繰り返し私はこの言葉を思い返していた。忘れかけていたその彼の声を、もう一度聞くことができるなんて。

(ルーファスさんの声は、記憶の中の声よりよっぽど素敵だわ)

私達はアイシングを割らないように、慎重にスコーンを食べ進めた。

「これって喉が渇くな」と苦笑しながら、ルーファスが何度も自分の水筒から水分補給をする。何が面白いのか自分でもよくわからないけれど、私達は彼が水筒を開けるたびに声を立てて笑った。

食べ終わるころに、自分の失態に気がつく。

「しまったわ。投げ矢の回数券を持ってくるのを、忘れてしまったの。会えると知っていたら、持ってきたのに」

ルーファスは楽しそうにハハハと声を立てて笑った。

「いいんだよ、急に俺が来たんだから」

「あの……、今年も私の空き家にご案内しましょうか？　大バルコニーをまた観ませんか？」

乳母からもらった家で、また二人で聖王一家のお出ましを観覧しようかと提案してみるが、ルーファスは意外にも力なく微笑み、首を左右に振った。今年は大バルコニーに興味がないようだ。

「ありがとう。でも、大バルコニーはもういいんだ。今年は見ても仕方がないからね」

今年は見ても仕方がないとは、どういう意味だろう。

不思議に思って反応に困っていると、ルーファスが慌てて言い足す。

「今年は純粋に聖都を見て回りたくて来たんだ。この国を、少しでも好きになりたくてね。落ち込む気持ちを前向きに変えたくて、新年祭に来たんだよ。リーナはこの一年、元気にしてた？」

「そうですねぇ。正直に言ってしまいますと、あまりいい一年ではありませんでした」

「なんだ。俺達、似た者同士だな！」

二人でやさぐれたように笑ってしまう。

ルーファスと二人で話していると、なぜか些細《ささい》な会話が楽しくて仕方ない。他愛ない話なのに、ケーキを前にした子どものようにウキウキするのだ。

私達はそうして公園で、クッキーと水筒だけで延々と何でもないことを語らった。

やがてクッキーも底をついた頃。遠くから、三時を知らせる教会の鐘の音が響く。ルーファスは鐘が鳴り終わると、寂しげに言った。

「二時間も話し込んでしまったな。そろそろ宿に一旦帰らないといけないんだ」

公園を歩きながら、チラチラとルーファスを見上げる。

聖王城にこのまま歩いて帰るわけにはいかないので、乳母の残した家に一度寄る私を、ルーファスが送ってくれる。

大バルコニーのお出ましは終わっていたが、聖都の中心部はまだ人でごった返している。

歩きながら私達は話した。

「——ルーファスさんは来年も聖都に来られるんですか？」

ルーファスは歩調を少し緩《ゆる》めて、空を仰いだ。やるせなさそうな溜め息を吐き、言いにくそうに話し始める。

「難しいかもしれない。実は、もうすぐ結婚することになったんだ」

「そ、それは……おめでとうございます」

言葉では祝福しているのに、胸がチクリと痛む。

私と同じで結婚を控えているなんて。

けれどルーファスがあまり嬉しそうにしていないのは、なぜだろう。

私が黙って見ているので、ルーファスは少しずつ話しだした。

「めでたい、のかな……？　自分でもよく分からない。親の命令で、会ったこともない女性と結婚することになったからね。聖都に住む女性だから、もう一度ここに来れば少しは彼女のことが分かるかと思ったんだ」

どうやらルーファスも私と同じで、結婚相手を自由に選べなかったらしい。

けれど、ルーファスのような男性と結婚できる女性は、なんて幸運なんだろう。私の結婚とどうしても比べてしまう。

モヤモヤと胸の中にわだかまりが生まれ、すぐにそれは見知らぬルーファスの結婚相手に対する苛《いら》立《だ》ちに変わる。

今、ルーファスと会いたくなかったかもしれない。

たぶん、私は彼の妻となる幸運に恵まれた女性に、嫉妬していた。

（よりによって、今気づきたくなかった。私は……この人のことが、好きなんだ……）

生まれて初めて自覚した恋だった。恋を知った直後に、好きでもない人と結婚しなければならないなんて。大きくなっていく胸のズキズキとした傷みを我慢して、彼に告げる。

「実は、私ももうすぐ結婚するんです」

私の告白にルーファスが目を丸くする。何度か大きく呼吸をしながら、こちらをアクアマリンの瞳で凝視してくる。

「なんと。お互いそういう年齢とはいえ、偶然だな。……おめでとう、リーナ」

ヴァリオ王太子との結婚が決まってから、何百回も色んな人から言われた「おめでとう」だけれど、ルーファスから言われるのが一番、辛い。誕生日を祝福するその言葉と、なんて違うのだろう。

「私、でも……怖いんです」

「結婚が？　なぜ？」

「私も、自由恋愛で結婚するわけじゃないんです。相手は親に決められた男性で……冷徹な人で、長年我が家と仲が悪かった一族の人なんです」

「嫌なら、親にちゃんと言うべきだ。今時結婚を強要するなんて、おかしい」

ルーファスは心配そうに私の顔を覗き込んで、少し声に力を入れてそう言った。

「嫌かどうかは関係ないんです。義務だと思っていますし、父は特殊な商売をしているので、私は結婚相手を選べません。でも、相手は私のことが嫌いみたいで……、私どうしたらいいか」

新婦を乗せた馬車の一行がダルガンとの国境を越えて入国する際、慣例にのっとれば本来ダルガン側は、新郎であるヴァリオ王太子が馬車列を組み、私を出迎えるべきなのだ。だがつい先日、ダルガンから伝達があり、なんとヴァリオ王太子は私を迎えに来る気はなく、王都と国境の中間地点にある離宮で私を待つとのことだった。

あくまでも戦争はダルガンが優位で終わったのだと強調し、そのやり方に従わせることで実質上聖王国は不利な立場であることを認めさせる狙いだろう。

この知らせに、ミーユは大袈裟に騒いだ。

「酷いわ。お姉様を国境でほったらかして、挙句に離宮に来いだなんて。きっと、王城には入れないつもりなのよ！　お姉様を離宮に閉じ込めておくつもりなんだわ」

私は一生懸命架けようとしている両国の橋を、ヴァリオ王太子からポキポキと折られていく気がした。彼の父であるダルガン国王からは山ほどの宝石や絹織物が送られてきて、誠意を感じたのだが。

ヴァリオ王太子の考えが分からず、一番肝要なところが読めない不安が少しずつ大きくなっていく。

立ち止まったルーファスが私の両腕を摑む。彼は目を見開き、眉根を寄せて物凄く真剣な表情をしていた。

「結婚が嫌なら、君の意思は尊重すべきだ」

それを私に、ルーファスが言うなんて。さっきは親に言われて結婚するから、めでたいかも分からないのだと、言っていたのに。自分の状況は忘れて私を諭そうとする姿がなんだかおかしくて、思わずクスッと笑ってしまう。

「でも、ルーファスさんも同じ状況なんですよね？　見たこともない人との結婚で」

私は少し笑顔を見せて場を和《なご》ませようとしたものの、ルーファスは真剣な顔のままだ。

「俺は家を継ぐから仕方がないし、君みたいに恐怖を覚えたりはしない。あくまでも迎える立場だしね。……ねぇリーナ、結婚の話になった途端、自分が凄く震えていることに、気づいている？　顔色も真っ青だ」

「これは……、抑えようとはしているんです。でも、自分では震えを止められなくて」

力を入れると余計に震えてしまい、手に持つクッキーの空の袋がカサカサと揺れる。ルーファスが立ち止まり、私の両手を包み込むように手を当てて手の甲をそっと押さえてくれた。その温もりと行動に安心するよりも、妙な胸の高鳴りが呼び起こされてしまう。彼に触れてもらえることが、こんなにも嬉しい。

恋をすると人の感情は、こんなにも目まぐるしく変わるものなのだろうか。

「落ち着いて、リーナ。お相手と会ってみれば、聞いていた話とは違うかもしれない。それに、君を嫌う男なんているはずがない」

これほど優しい言葉をかけてくれた人が、周りにいただろうか。目頭が熱くなって涙が溢《こぼ》れてしまい、慌てて指先で拭う。

すぐに泣くような、情けない女だと思われたくない。

「嫌われているのはもう、わかっているんです。私が持たざる者だし――、その……私の顔が気に入らなかったみたいで」

魔力を持たないことも容姿も、変えようがないのに。

「その男は馬鹿だな。凄く馬鹿だ。信じられない」

「私の結婚相手は、家にも私を入れてくれる気がないみたいで」

「家に入れないとは、どういうこと？　リーナにどこに住めと？」

ルーファスが驚いて目を瞬く。彼は私の手の甲を、ギュッと握った。

流石に離宮とは言えない。そもそも一般の民は、家を複数持ったりはしない。

「家から少し離れた所にある……な、納屋に当分は暮らせと」

「なんて薄情な男なんだ！　許せない。リーナ、君はそんなに嫌なのに、なぜ逃げないんだ？」

「――逃げる？」

そんなことは未だかつて、考えたこともない。

どんなに家族が冷たくても、使用人達に蔑《さげす》まれても、私のいるべき所は聖王城であり、唯一の親の元だった。私にはこれでも王女としての矜持《きょうじ》があり、それは私の心の支えでもあったのだ。

それに聖王は私に期待を寄せ、戦争終結という大仕事を任せてくれた。

「家庭内暴力をするような夫だったら、どうする？　結婚が成立してしまえば、逃げることもできない」

「娘としての、務めだと思っているので……。一方的に破談にしてしまうと、家族も困りますし」

ルーファスは微かに首を左右に振り、同意しかねるといった様子で口を開いた。

「そもそも震えて顔色が変わるほど怯える結婚を強いるような親を、立てることはない。たしかに女性一人が家を出て、つてもなく暮らせるほど世の中は楽じゃないけれど……」

「私は逃げだせる強さを持ち合わせていないんです」

再び歩き始めた私達は、まもなく乳母の家に着いてしまった。

玄関扉の前で、名残惜しくて立ち止まってしまう。

「ルーファスさん、今日は来てくれてありがとうございました。お互い、色々とありますけど頑張りましょう」

「リーナも元気で……」

ルーファスの綺麗な瞳を目に焼き付けたくて、彼の瞳をじっと見つめる。その形や色を忘れてしまわないように。

「それじゃあ、さようなら」

小さく右手を振って、彼に背を向けて玄関の扉の真正面に立つ。

これで、本当の最後だ。もう二度と、ルーファスとは会えないだろう。

瞬間、私は別離がたまらなくなった。果たしてこのまま何もかも忘れて、聖王城に戻って嫁いで、全て忘れることができるだろうか。

(もう一度だけ。もう少しだけ、ルーファスさんの顔が見たい)

再び後ろを振り返り、ルーファスを見上げる。彼は彼で、なぜかぶつかってしまいそうなほど私のすぐ後ろにいた。思わず本音が口から飛び出る。

「わ、私……。本当は結婚したくないの」

ルーファスが私の手を取る。

「分かっているよ。当たり前だ」

そこまで言うと、ルーファスは思いついたように目を見開き、自分の首に手を回してネックレスを外し出した。

「これを上げるよ。それと、これも。こっちも」

ルーファスが指輪も、マントを留めるピンも、ありとあらゆる装身具を外していく。

斜めにかけていた革の鞄から財布を取り出すにいたり、慌てて彼を止める。

「そ、そんなにいただけません！」

ルーファスはあろうことか、財布ごと私の手の中に押しつけてきたのだ。長財布はとても分厚く、お札が相当な枚数収められていることが分かる。

「これだけあれば、何とかなるはずだ。今からすぐに、逃げるんだ」

（今いる場所から、逃げる？　そんなことが許されるかしら？　何より、私にできるの？）

渡された装身具を見下ろす。

実行可能な選択肢として突然目の前に差し出されると、非常に魅力的な道のように思え、今までなぜ黙って王女としての役割に従おうとしていたのか、決意が根底から覆《くつがえ》される。

「でも、私……。そんなに簡単には決められません。逃げるなんて思い切ったこと」

「リーナ。君だけは、幸せになってほしい」

ルーファスの懇願に近い言葉に、ハッとする。

私を間近に見るアクアマリンの瞳はとても悲しげに揺れ、今にも泣き出しそうなほど悲痛だった。

「俺は兄弟がいない上に継がないといけない家業があって、逃げることができない。でもリーナが不幸になるのは、耐えられない。今日また会えたことに意味があるなら、きっと君を逃してやれる気がする」

たしかに、逃げるなら時期的には今しかない。新年祭で聖王一家が忙しく、最も私に自由がある日で、皆が浮かれている今日という日。

「でも、今日は新年祭でどこも宿は予約でいっぱいだし、駅馬車のチケットも半年以上前から満席なんです。逃げようにも……」

するとルーファスがポケットから一枚の券を取り出した。

「チケットなら俺のをあげるよ。川下りの観光船だけど、これなら聖都から出られる」

育った家を捨てて逃げるなんて、無理だ。そう思っていたのに、急にその考えに大きな穴が開けられる。

果たして本当に、運命から逃げることができるのだろうか。

「船の発着所の場所は、わかる？」

「いいえ。川下りの観光船はよく見かけましたけど、乗ったことはなくて」

ルーファスが私の手に更にチケットを近づけ、優しい声で言う。

「大丈夫。それなら俺が案内するよ。チケットを買った時に、場所は確かめてあるから」

ルーファスともう少し一緒にいられる。私は提案に乗るように、差し出されたチケットを、震える手で受け取った。


新年祭のせいで、道はどこもかしこも混んでいた。

互いにはぐれないよう、二人で身を寄せて相手を気遣いながら、川の方角へ進む。

去年もこうして人込みをかき分けて一緒に歩いたけれど、その時の胸のドキドキとは違った感情で私は今もうるさいほどの鼓動を感じていた。

私は、とんでもないことをしようとしている。果たして、逃亡は完遂できるだろうか。

前を行く金色の頭を見上げ、尋ねる。

「ルーファスさんは宿に帰る時間なのに、私を案内して大丈夫ですか？」

ルーファスは歩調を緩めて私と並ぶようにして、目を合わせて言った。

「リーナはそんなこと気にしないで、自分のことだけを考えて」

申し訳ないという思いと、私のために動いてくれるルーファスへの嬉しさがせめぎ合う。

道の先に川が見えてきて、いよいよ脱出のための船が近づいてきたのだと、緊張が高まる。

「上手く逃げられるかしら。――私の顔を知っている人は殆どいないから、大丈夫ですよね？」

思わず聞いてしまう私に、ルーファスは大きく頷いた。

「リーナはきっと、いや絶対に逃げ切れる。君を大切にする気がない男となんて、結婚する必要はないよ」

もしも、このまま一緒に船に乗ってルーファスと逃げられたら。そんな考えが頭をよぎるが、私の結婚からの逃亡に彼を巻き込むわけにはいかない。彼には、彼の人生がある。

船着き場までは歩いて十五分ほどだったが、この間興奮がどんどん高まり、観光客を乗せる船の前に立つと「逃げ切ってやろう」という強気な気持ちでいっぱいだった。

船に向かって楽しそうに桟橋《さんばし》を渡る他の乗客達の脇で、私はルーファスと向かい合って別れを惜しんだ。

ルーファスを見上げて、心を込めて礼を言う。

「ここまでお付き合いしてくださって、本当にありがとうございました。一人では、出航時間に間に合わなかったと思います」

「リーナと少しでも長く一緒にいたかったから、いいんだよ。——正直に言うと、去年リーナと過ごした日のことを、忘れたことはなかった。この先も、きっと一生忘れない」

「私もです。私も……私にとってあの日が、どれだけ大事な思い出になっているかは、絶対にルーファスさんには分かりません」

最後に気持ちを伝えたくて必死になり過ぎて、妙な言い回しになってしまった。けれどルーファスはまるで嫌な顔をせず、むしろ面白がるように笑った。

「なんだそれは。リーナこそ分かっていないだけで、俺だって分かる。——同じ気持ちだから」

「えっ？」

言わんとすることをはっきりさせたくて、ルーファスの発言の続きを待つ。本当に彼は私と同じ気持ちなのだろうか。都合のいい期待が、みるみる膨らんでいく。

ルーファスは上げていた口角を下ろし、真剣な顔で言い足した。

「俺達はきっと、同じ気持ちだ。そう信じたいし、願っている。つまり、俺は——君のことが……」

ルーファスは辛そうに言葉を切った。

川を渡ってくる強い風がルーファスの金色の髪をサラサラと靡かせ、ただ風にもてあそばれる間中、私達は無言だった。

この先を、私も分かっていた。同じ気持ちなのだとしたら、後に続く言葉は一つしかない。

けれど「好きだ」なんて言葉は、軽々しく言えないのだ。彼はこれから別の女性を妻に迎えるのだから。

本音を言えば、今その言葉を聞きたかったたし、欲しかった。一方で、言ってくれるなとも思う。私は彼のこの誠実さに惹かれたのだから。

私もここでルーファスに気持ちを伝えて自分だけすっきりするなんていう、彼にとっては重荷にしかならない置き土産を残したくはない。

「ありがとうございます。そう言ってもらえるだけで、十分です。わ、私……貴方に会えて……」

——どうして、なんで私じゃないのだろう。一年も前に出会えたのに、ルーファスと結ばれるのは私じゃなくて、違う女性なのか。

(好きなのに。ルーファスさんもたぶん同じ気持ちだっていうのに、こんなのってない。神様は、私にちっとも優しくない……）

神様の前でルーファスと手を取り合い、純白のウエディングドレスを着て、永遠の愛を誓える女性が心の底から羨ましかった。自分がその幸運を手に入れられる女性でありたかった。

（だめよ、みっともなく妬《ねた》みたくない。ルーファスさんの幸せを願わないといけないんだわ。彼が私に、そうしてくれているように）

大きく息を吸い、やましい気持ちを吐き出すように息を吐いて自分を落ち着かせる。

「貴方に出会えて、本当に良かったです。――船がもうすぐ出発してしまうので、行きますね」

二度と会うことはないのがあきらかなだけに、涙が出そうになるのを我慢し、帝都の街並みを見渡す。

私はここで全部捨てるのだ。慣れ親しんだ環境と人々、そして初めて知った恋心を。

ルーファスは私をひたすらジッと見つめていた。彼もきっと、私の顔を覚えていたくて最後の一瞬まで、目を離すまいとしている。いや、そうだといい。

「さようなら、ルーファスさん」

「――リーナ。どうか元気で」

涙が溢れないうちに、私はルーファスに背を向けて船を見上げた。

桟橋を進む一歩一歩が、途方もなく大きな一歩に思えた。

川面を渡る風はとても冷たかった。

聖都を流れるマイン川は水量が多く、川下りの船は大きく上下に揺れる。

殆どの乗客達はデッキに出て川から見られる聖都の景色を堪能していたが、私は長椅子の並ぶ広い船室の隅に座り、ひたすら緊張で震えていた。

（なんて大胆なことをしているのかしら。——本当にこのまま、聖都を出て結婚から逃げ出せる……？）

すごく怖いけれど、自分の人生を初めて自分で切り開いている気がする。

今晩は聖都近郊で宿を借り、明日朝一で人口の多い副都を目指そう。

いくつもの大きな橋を通り過ぎ、聖都を出た頃。

船は終点の桟橋へと横付けされ、ゾロゾロと乗客達が下船していく。船室を出て眩しい夕焼けに目をすがめ、陸に上がる。足元が長い間揺れていたせいで、地面に降りると今度は揺れがないことに一瞬、違和感を覚えてしまう。

乗客達は、それぞれの目的地に向かってバラバラの方向に動きだしていた。

できる限り聖都から離れようと街道の方へ歩きだした時。

私はこちらに向かってくる人物に気がつき、ぎくりと立ち止まった。

見間違いだと信じたかった。でも乗客達の動く流れに逆らうようにして、私の方へ近づいてくるその人物は、見覚えがありすぎた。

緊張で引き攣る胃が、キリキリと痛みだす。

（ああ、だめだ――ここまでだわ……！）

自分の逃亡劇が、ここで終わったことを悟る。

「お戻りが遅いので、お探ししました。広場の別宅にいらっしゃるのかと思いきやいらっしゃらず、心底心配致しました」

剣呑《けんのん》な眼差《まなざ》しを私に向けて、大股で歩いてくるのは私専属の護衛騎士のレオンスだった。全てを捨てる勇気を出して挑んだ逃亡の、早すぎる結末に絶望しかない。

（なんて……なんて呆気《あっけ》ない幕切れなの。自分が情けない）

私を逃がすためにルーファスがくれたものを、全部台無しにしてしまった。彼が楽しむはずだった川下りも、彼のアクセサリーも、お金も何もかも。

私は川岸に生える木のように硬直して動けなかった。

「レオンス、どうやってここが分かったの？」

震える声で問うと、レオンスは黙ったまま顎先で少し離れた草むらを指した。草の陰に灰色の犬が一匹、座り込んでいる。あれは彼の守護獣だ。

「リーナ様の持ち物を嗅《か》がせ、後を辿らせました。聖都の波止場で追跡が途絶えてしまったので、乗船されたのだとすぐにわかりました」

「私、どこか遠くへ……」

目の前まで来たレオンスが、私の二の腕を掴む。これ以上の発言を許さないかのように、強く掴まれて息が止まる。

「お一人でこんな大それたことを？　まさか誰かがリーナ様に、逃亡の手助けを？」

射貫《いぬ》くような眼差しに、恐怖を覚える。力を貸してくれた人がいると知ったら、聖王は処罰を求めるだろう。

「ち、違うわ。親しい人なんていないいって、レオンスもよく知っているでしょう」

「これはどうされたんです？　今までこんなものはお持ちではなかったでしょう？」

レオンスは私の左手首を摑み、瞬時に引き寄せた。バクバクと私の心臓が早鐘を打つ。彼は私の左手の親指にはまる、ルーファスからもらった指輪を睨《にら》んでいたのだ。

「屋台で買ったのよ。私だって、買い物くらいするわ。だって、みんなは別の方法で新年祭を満喫しているじゃないの。いけない？」

レオンスは何も言わなかった。いつもより饒舌《じょうぜつ》になってしまったことで、かえって怪しまれただろうか。

息苦しい沈黙の後で、彼は少し疲れたように言った。

「屋台でそんな物が本当に売られていたのですか？　おいくらでしたか？」

「値段まで覚えていないけれど。でも、本当よ」

レオンスは私の手首を離して、短い溜め息を吐いた。そのまま心底呆《あき》れたように腰に手を当て、宙を睨む。

「お気づきでないなら教えて差し上げますが、それは白金の指輪ですよ。おまけにそれほど大きなダイヤモンドが載っているとなれば、その辺の屋台などで到底売っている代物ではありません」

「えっ……。でも、これは」

「世間知らずにも、ほどがあります。困ったお姫様ですね」

「ご、ごめんさい。屋台ではなかったかも」と謝るが、レオンスが再び鋭い眼光を私に向ける。

「今後はお一人には致しませんので、そのおつもりで」

レオンスは言い聞かせるように私に言った。

「今日、リーナ様はいつもより念入りに広場の別宅の掃除をされた。だからお帰りが遅くなったのです。よろしいですね?」

船に乗って聖都を出ようとしたことは、お互いのために口外するな。レオンスはそう言いたいのだろう。

「王太子様と結婚する王女殿下がいらっしゃらなくなれば、聖王国とダルガンは再び戦争を始めてしまいますよ。その現実が、お分かりですか?」

「でも、私がいなくてもまだ……ミーユがいるわ」

無意識に後ずさってしまうが、私がまだ逃げるつもりだと思ったのか、レオンスが瞬時に距離を詰める。彼は私の腕を掴んで、険しい表情で私を見下ろした。

たしかに、ミーユに酷いことを言っているとは思う。レオンスの至近距離からの非難がましい視線と、刺すような胃の痛みに耐えきれず、歯を食いしばって俯く。

レオンスは今や、私の腕を握り潰すほどの力で掴んでいた。

「お顔に病の痕のある王女を、嫁がせられると？」

「そうは言っても、私より王太子様に気に入ってもらえるかもしれないわ」

「リーナ様は領土や兵達の命より、大切なお方なのですよ。高貴なお立場を、よくご自覚ください」

結婚は嫌だ、となおも主張したかった。けれど、レオンスは私が一番言われたくない言葉を、腰を落として私の目を真っ直ぐに見ながら、言った。

「聖王国の民を、これ以上失望させないでください」

この日を境に、私は結婚のために聖王国を出る日まで、どこに行くにもレオンスに張り付かれることになった。

ダルガンの王太子に嫁ぐという道から、私が逃れる術《すべ》はなかった。

第四章　ダルガン王宮での新婚生活

外は強い風が吹いていた。

馬車の窓に絶え間なく吹きつける風の音が、私の不安を煽《あお》る。

心細さに、押し潰されそうだ。

ダルガンの怒りを買わぬよう、私を乗せる馬車は見劣りしないよう、特注して金銀玉石で豪華に飾り立てられていた。何せ、中に乗る王女に全く華がないのだから。

(ヴァリオ王太子が、凡庸《ぼんよう》でつまらない私を見て、どうか怒りませんように)

不安のあまり、キリキリとする胃の痛みをなんとか我慢し、胸元のペンダントに触れる。父である聖王が別れ際に、私にくれたものだ。

聖王は聖王城の前に停《と》められた馬車へと私が乗り込む前に、とても優しい声で言った。

「リーナ、お前が聖王国の誇りを忘れることがないよう、これを贈ろう」

聖王は私の手を取り、小さな箱を持たせたのだ。

掌に載る大きさのその箱はビロード張りで、開けると大きな真紅の貴石が取り付けられたペンダントが入っていた。

「このルビーを見るたび、今日の旅立ちの日に聖王城から馬車まで敷かれた絨毯を思い出しなさい。そうすれば、大きな使命を守り続けられるはずだ」

聖王から何かを贈られるのは初めてだったから、感激して震える私の手を、彼が両手で包み込む。

「さぁ、行きなさい。聖王国の王女ではなく、ダルガンの王太子妃となるために」

持たずの者である私が、初めて聖王から期待されているのだ。

（しっかりしなくちゃ。ここまで来てしまったからには、愛されることがないとしても、せめてこれ以上ヴァリオ王太子のご不興を買わないように、気をつけなければ）


聖王城を出てから、どのくらい時間が経っただろう。

滅多に国境付近に行かない私にとって、この旅で目にしたものは衝撃的だった。

私達は多くの町や村を通った。

いくつもの村が破壊されており、戦争の跡はまだ生々しく残っていた。住み慣れた村に戻らず、村人達は復興をあきらめて別の場所に移り住んだのだろう。彼らが受けた心の傷の深さは、計り知れない。

聖都では実感できなかった被害の大きさを見せつけられる。

静まり返って人っこ一人いない村の崩れた花壇に、小さな花が蔓《つる》を伸ばして咲いている光景が、瞼《まぶた》の裏から離れなかった。困難の中にあっても小さな希望があるものだと、小さな花に教えられた気がしたのだ。

ダルガンは列強に囲まれた国だったが、代々国王は軍神と呼ばれるほど戦術に長《た》け、少ない兵力で常に周辺国家に圧勝し、その侵略を退けてきた。

経済政策も成功し、長年聖王国との戦争が続いていたとはいえ、財政は建国来健全だという。

ダルガン王家にとって、私は建国史上、初めて外国の王室から迎える花嫁だった。

向かいの席に座るのは侍女のネリーで、四十代の彼女は私の侍女となってから長くないので、あまり話が盛り上がらない。聖王が私の妃教育係として選任した、家庭教師のような立場の侍女でもあるため、日頃から注意や小言も多く、一緒にいると緊張してしまうほどだ。


事前の情報の通り、王太子は国境に来ていなかった。

聖王城から同行した騎士達は、国境を越えることはできない。護衛のレオンスを除いて彼らとは国境で別れを告げ、以後はダルガン側の兵士達が私の馬車を護衛した。

聖王国の赤い軍服を着た近衛騎士と違い、ダルガンの騎士達は紺色の軍服を着ている。紺色の軍服は見慣れず、囲まれるとソワソワしてしまう。

やがて日没近くになって、私達はようやく目的地の離宮に着いた。

馬車が止まり、ネリーが向かいから手を伸ばして私のベールに手をかける。

「さあ、きちんと顔までベールで覆いましょう。沿道に民衆どもが集まってしまっていますから。神聖な新婦が、夫となる殿方より先に人々に顔を見られるのははしたないことなのです」

かつての聖王国の風習では、同じ領内に住んでいる男女は結婚することができなかった。基本的には女性が別の領地に住む男性のもとに嫁ぐのが一般的で、移動の最中に他の男性に見染められて間違いが起こらないよう定着したのが、新婦が被るベールの起源と言われている。

今では領内の結婚も認められていて、自由恋愛が主流となっているものの、ベールの習慣だけは神聖さを象徴するものとして、残っているのだ。

ベールは白いレースでできていたが、銀糸の刺繍が全面に施されているため、被せられると前がよく見えない。

窓の外の離宮をよく見たかったので、歯がゆい思いをする。

代わりにネリーが窓に寄り、私に知らせる。

「思ったよりこぢんまりとした離宮ですね。少し大きめの教会くらいしかありませんよ。こんな質素な所に聖王国の王女様をお迎えするとは、なんて無礼な者達なのでしょう！」

離宮の正面入り口から、ゾロゾロと人々が歩いてくる。王太子達が中から出てきたのだろう。心臓がうるさく鼓動し、私の緊張が頂点に達する。

窓から彼らを見たネリーが、驚きのあまり口元を押さえながら言う。

「えっ？　あの方？　まぁ、なんてこと。ヴァリオ王太子殿下は、なんと美丈夫な方なのでしょう！」

ネリーの感想が気になってしまう。肖像画で見た王太子の姿を思い出すが、正直なところ美丈夫だとは思わなかった。

自分の結婚相手がすぐ側まで来ているというのに、視界が悪すぎて見えないことに焦燥感が募る。

思い切ってベールを脱いで見てみたいが、はしたない真似《まね》はできない。

「以前もらった肖像画と、あまりに違いませんこと？　こ、これはどういうことなのでしょう。ミーユ様が持ってこられた絵とは、まるで別人ですわ」

ネリーが混乱した様子で騒ぐが、緊張のあまり私は肖像画どころじゃない。

いよいよ馬車の扉が外から開かれた。ここから降りて、ついに王太子と対面しなければならない。

ネリーの手を借りてドレスの裾を踏まないように慎重に下車して顔を上げると、王太子が堂々たる歩みでこちらへやってくるのが見えた。先頭になり、十人ほどの家臣や騎士を従えている。

煌めく黄金の髪を靡かせるその姿に、急いで俯き加減になってその場で待つ。

（ネリーの言う通り、たしかに全然風船みたいな体形じゃないわ。おかしいわね）

王太子は私の所に来る前にピタリと立ち止まった。なんだろうと周囲がざわつく中、低く冷たい声が響く。

「なぜ聖王国の騎士がここまで来ている？　国境を越える許可を与えた覚えはない」

王太子の隣にいた若い黒髪の男性が駆けだし、私の側にいたレオンスの前に仁王立ちになる。

「お前、何者だ⁉　何のつもりでここまで王女について来た？」

声をかけられたレオンスがすぐさまその場で膝をつく。彼の周りで突然風が起こり、囲むように吹く旋風《せんぷう》が辺りの砂埃を巻き上げる。正面に立った王太子の側近らしき武官が、魔術でレオンスを威嚇しているのだ。

風の半径は徐々に縮まり、膝をつくレオンスのマントをバタバタと巻き上げる。追い詰められたレオンスがたまりかねて、右手を軽く動かしたのが見えた。

（いけない、レオンス！）

レオンスも風の使い手だ。だが対抗して魔術を相手の領土で、しかも王太子の面前で使って敵対姿勢を取るのは、賢明ではない。

「そこまでだ！　フィリップ、風を収めろ」

王太子の鋭い声が響き、レオンスに立ちはだかっていた男は渋々というように右手の指を鳴らし、風を止めた。

「殿下の温情に感謝するんだな。で、お前はなぜここにいる？」

頭の上に被さってしまったマントを直してから、レオンスがフィリップとその後方に立つ王太子に答える。

「私はキャロリーナ王女殿下がお小さい頃から、護衛騎士を務めております。故に、聖王陛下から随行員の栄誉を賜りました」

「携剣した聖王国人は、何者であれ我が国の領土を踏ませぬ。ここをどこだと思っている？　聖王の許可など、持ち出すな」

フィリップの怒りのこもる声色に、その場の空気が再び張り詰める。渦中のレオンスは腰から提げた剣を外し始めた。そこへ王太子の冷めた声が降ってくる。

「何をしている？」

「剣をこちらに置いて参ります。ここより先は騎士ではなく、一介の随行員として……」

「同行は認めない。道中、ご苦労だったな。ここで聖王国に引き返せ」

驚いたネリーが私の耳元で「なんて横暴な！」と文句を言う。

王太子の声は、私が知っている誰かに似ている気がした。

（ああ、そうだわ。ルーファスの声に少し似ている。なんて切ない偶然なのかしら）

もっとも、ルーファスの声はもっと優しいし、ここまで重低音ではない。それに彼の話し方はもっとずっと穏やかだ。

ルーファスは今頃、どうしているだろう。もしかしたらもう素敵な女性と結婚をして、生活を共にしている。――考えても仕方がないことを、考えるなと自分を叱咤する。

「聖王陛下は異国に嫁がれるキャロリーナ様を、心からご心配されています。お側でお支えするよう、仰せつかっておりますので、どうか寛大なご処置をお願い申し上げます」

丸腰になったレオンスが、深々と頭を下げて懇願する。

「キャロリーナ王女は、どうお考えだ？」

突然王太子から名を呼ばれ、心臓が縮み上がるほど驚く。

（考え？　私の考えを聞かれるなんて、思いもしなかった）

うろたえる私に、ネリーが耳打ちしてくる。

「リーナ様、レオンスが来てくれないと完全に敵陣に丸腰で放り込まれるようなものです！　どうか王太子殿下をご説得ください」

そんなことを言われても。

「せ、僭越《せんえつ》ながら……、私の護衛騎士であるレオンスは父からの信頼も厚く、彼がいてくれれば、私も心強いです」

「そうか。なら決まりだな」

決まり……ということは、一緒にダルガン王城へ行くことを認めてくれるのだろうか。

安堵の空気が聖王国側に流れた矢先、王太子は言った。

「レオンスとやらは、ここで引き返せ」

私とネリーが聞き間違いかと困惑しているうちに、フィリップが王太子に言う。

「ですから申し上げたではありませんか。聖王は婚礼の随行員の中に、必ず刺客を潜ませてくると。終戦に見せかけて、隙さえあれば陛下や殿下を害して、また戦争を始めるに決まっています」

一言一句聞こえてしまった私とネリーは、あまりの言われように、震え上がった。

(そんな……。聖王国はこの国で、ここまで嫌われているのね)

歓迎とはほど遠い雰囲気に、足元から冷えていく。

王太子が大きな声で宣言する。

「キャロリーナ王女に聖王国からの護衛は不要だ。ここより先の警護は、我が国の者達に任せよ」

ネリーが私の腕をギュッと掴む。

「そんな。小国の王太子が、聖王陛下のお言葉を蔑《ないがし》ろにするなんて！　リーナ様はこれでよろしいのですか？」

ネリーの発言は、聖王国は大陸で最も格上の国家であると自負する、いかにも聖王国人らしい発想に基づいている。

（でも、今この状況でその自負を主張するのは、賢明とは思えないわ……）

これからダルガンに嫁ぐのに、聖王国を私が立てるのは間違っている気がする。

信頼できる護衛はたしかに欲しい。けれど、ここはダルガン国王の支配する地なのだから、聖王の要求も無理筋なのだ。初っ端《しょぱな》から我を通して、ただでさえ悪そうな聖王国への印象を、これ以上下げたくない。

それに王太子は軍人としても名を馳《は》せている。側近ばかりでなく彼自身を怒らせ、剣を振るわせてしまったら、私達の顔合わせが最悪の展開になってしまう。

私はネリーの手をそっと払った。そのまま数歩前に進み出ようとして、すぐにネリーに二の腕を摑まれる。

今度は先ほどよりも強い力で摑まれ、あきらかな制止の意図を感じるが、それを振り払うために強引に前に大きく一歩を踏みだす。

流石にネリーもそれ以上は食い下がってこなかった。

私は王太子に向かって、頭を深々と下げた。

「王太子殿下のお考えの通りにお願い致します。……レオンス、申し訳ないけれど帰国してお父様に状況をお話しして」

「リーナ様！」とネリーが背後から非難がましく呟く。

レオンスはゆっくりと頭を下げ、「仰せの通りに」と応える。

すぐに立ち上がったレオンスは私の側まで来て、小さな声で言った。

「肖像画とは全くの別人ですし、思ったより手強そうではありませんか。我が国はヴァリオ王太子殿下に、一本取られましたね」

「そ、そうね……。同感だわ」

レオンスは私や聖王国の面々に深々と頭を下げ、隊列を離れていった。

ネリーは全く納得いっていないようだったが、私は彼にまで食い下がられなかったことにホッとすると同時に、一抹の寂しさも感じてしまう。

(私の側を離れないから安心してくれと、言っていたのに。あっさり帰国を決めるのね……)

帰国しろと言ったのは私だけれど、長年護衛として仕えてくれたレオンスとは絆があると思っていたのは、残念ながら私だけだったのかもしれない。

束《つか》の間《ま》、私の脳裏に床に付きそうなほど長い剣をぶら下げて、私の後をついてくるまだあどけなさが顔に残るレオンスの姿が蘇る。私達は王女と護衛騎士として、つかず離れずの関係で仲良しだったわけじゃない。けれど彼が側にいてくれることは、空気のように当たり前過ぎて、与えてくれていた安心感は私が思っている以上に、大きかったのだ。

今更ながらそんなことに気がつくものの、感謝を伝える間すら今の私達にはない。

レオンスが振り返りもせずに隊列を抜けると、王太子が私の前まで歩いてきた。

「キャロリーナ王女。よくいらした。言っておくが私は聖王国との友好など、信じていないからな」

信じられない台詞《せりふ》だった。

城門は私を迎えるために花々で美しく飾られていたが、私の目には一瞬にして色を失って見えた。

「殿下にお辞儀を！」と後ろから私に助言するネリーの言葉に我に返り、片膝を引いて改めて王太子に頭を下げる。

「王太子殿下、お目にかかれて光栄です。キャロリーナです」

王族には苗字《みょうじ》がない。他の貴族のように長ったらしい氏名とはならず、私が名乗れるのは名前だけなのだ。

王太子は手を差し伸べて言った。

「貴女の夫となるヴァリオだ」

手を重ねるのを躊躇する私に苛立ったのか、ヴァリオは硬直した私の手が潰れそうなほど強く握り、地を這《は》うような冷たく低い声で続けた。

「貴女の姉妹は、余程私の妃になるのがお嫌だったらしいな」

咄嗟に何を言われたのか、わからなかった。まさかアンヌとミーユの話を出会い頭にされるとは、予想もしなかったから。

ヴァリオは二人に対して悪い印象を抱いているらしい。なんとか事実を伝えてなだめようと、答える。

「姉は、神の御意志で母となりましたので……」

「キャロリーナ王女は、子が神の意志でできると思っているのか？　その認識は結婚式の前に改めてくれ。さもなければ当日、悲惨な夜を迎えることになる」

またしても一瞬、何の話なのか分からなかった。理解した後で、猛烈に羞恥心《しゅうち》が膨らむ。

ヴァリオは女がどうやって妊娠するかを、私が知らないのかと勘ぐっている。

(なんてことを皆の前で言うのかしら。恥ずかしい……)

「も、もちろん、今のはただの比喩です。殿下にご迷惑をかけるほど無知ではないつもりです」

「では分かるはずだ。貴女の姉君は計画的に妊娠したのだろう」

「計画的だなど……。聖王国では結婚前の妊娠は不名誉だとされていますので、あり得ません」

「私との結婚よりは、その不名誉の方がマシだったのだろうな」

もう、返す言葉もない。

せめてミーユに対する誤解を解きたい。

「い、妹は善行の結果、不運にも病を得たのです。同行した侍女は、気の毒にも亡くなりました」

ヴァリオは乾いた笑い声を立てた。

(どうして今、笑うの？　なんて失礼なのかしら)

怒りと混乱で頭の中が白くなっていく。

「その孤児院では確かに孤児が同時期に亡くなっているな。だが職員には被害がなく、肝心のその亡くなった侍女の遺体には、病の痕跡もなく綺麗だったそうだが。不思議なことだ」

「えっ？」

それは本当だろうか。というより、ヴァリオは聖王国に人をやってそんなことまで調べさせたのだろうか。

「――ミーユ王女は本当に流行病に罹ったのか？」

「本当です。そんな嘘を吐くはずがないではありませんか」

なんとか反論したものの、私の声は盛大に震えていた。

ヴァリオの発言内容の信憑性《しんぴょう》は不明だ。だが一つはっきりしているのは、彼は私をまるで気に入っていないということだった。

（ああ、お父様。やっぱり婚約者を私に変えてまで、この縁談を進めるべきじゃなかったのかもしれません。たとえ不履行《ふりこう》を訴えられて巨額の賠償金を支払う羽目になるとしても。私では、お姉様やミーナの代わりは務まらないもの）

離宮に入った私は、応接間に案内された。

紫色のビロード張りのソファがローテーブルを挟んで向かい合って並んでいて、私とヴァリオが座るなり、侍女が紅茶を待ってきてくれた。

カップから立ち上る温かそうな湯気を見て、自分が震えていることに気づく。緊張だけでなく、寒さからの震えだ。

聖王国の北に位置するダルガンは、やはり気温が低い。

意思とは関係なく震えてしまう自分の両手をどうにか抑えようと、拳を膝の上でギュッと握りしめる。ずっと震えている王女だと思われるのは情けない。

ローテーブルに置かれたランプは、芯もないのに明るく灯《とも》っている。魔術で灯されている火なのだろう。

この国には魔術を使える者が聖王国ほど多くないと聞いていたけれど、流石に離宮には火の使い手がいるようだ。

ネリーも私の荷物を運び込む手伝いをするため、応接間には私とヴァリオの二人が残された。

しばらくの間、猛烈に気まずい沈黙が室内に垂れ込める。

「――ベールをしたままでは、茶も飲めないだろう。皆作業を手伝いに出て行ったぞ。外したらどうだ？」

提案してきてはいるが、殆ど命令のようなものだ。

顔の前に垂れるベールの裾に手を掛け、ゆっくりと頭の後ろへと払う。

（きっとがっかりされる。でも、ずっと被っているわけにはいかないもの。それに、いつも以上に念入りにお化粧をしてきたから、きっと大丈夫……）

顔が露わになり、まるで服を脱いだかのように恥ずかしい。茶色の瞳でヴァリオを不快にさせないよう、ティーカップを見つめる。

ヴァリオは不自然なほど、言葉を発しなかった。

どうして黙っているのだろう。言う通りにベールを上げたのに。

（言葉を失うほど、がっかりなさった？　ううん、もしかしたらあまりに期待外れで、怒ってしまった？）

気まずさに耐えきれず、緊張で硬直する喉を潤そうとティーカップに手を伸ばす。

左手でソーサーを持ち、右手でカップを持ち上げるが、手が震えているせいで紅茶が揺れる。こんなにも動揺しているところを、夫となる人に見られたくないのに。

小さく波打つ紅茶を溢さないよう、慎重に口に含む。

ガタン！　と突然、ヴァリオが立ち上がった。驚いてビクリと縮み上がってしまい、紅茶をむせそうになったのを、必死に堪える。

「キャロ……リーナ？」

声が掠れるほど驚いているようなので、私もうろたえてしまう。気になって視線を上げ、正面に立つヴァリオと、そのまま吸い込まれるように初めて目が合う。

ヴァリオは目を見開いて私を覗き込んでいた。

見覚えのある顔だ、と思った。

肖像画と似ていたからではない。むしろ、あの絵とはまるで似ていない。

（肖像画と似ているんじゃなくて、この人は……）

見覚えのある姿とは、髪形はおろか髪の長さまで違う。それにこんなに豪奢な服は着ていなかった。

でも輝きを放つようなアクアマリンの瞳は、見間違いようがない。何より目が合うなり、私達の間にあった互いの警戒心が一気に崩れるのか分かった。

「えっ？　まさか、ルーファスさん……？　貴方なの？」

声をかけた直後、ヴァリオがローテーブル越しに手を伸ばし、私の膝上のティーカップを片手で押さえる。驚き過ぎて傾いたティーカップからは、紅茶が溢れる寸前だった。

慌ててティーカップをソーサーごとローテーブルに戻す。

再び目を上げると、ヴァリオは目を瞬いて側頭部を押さえていた。

「リーナなのか？　これは何が起きてるんだ？」

「ルーファスさんこそ、なぜそんな格好を？　どうしてここに？」

「俺……、私は聖王国から来るキャロリーナ王女を自分の妃に迎えるために、ここにいる」

「私は、ダルガンのヴァリオ王太子殿下に嫁ぎに、ここに来ました」

「――私がそのヴァリオなんだが」

（嘘、そんなはずない！　王太子が一人で祭りに来るはずないもの）

待てよ、と思い出す。あの時感じた不自然な点が急に思い出されて、今度は全く不自然ではなかったのだと、逆に納得させられる。ルーファスは聖都に連れと来たと言っていたし、度々男性二人組と出くわした。彼らはもしや、護衛だったのではないか。

とはいえ、今目の前にいるヴァリオが偽者の可能性もある。

ダルガンは持たざる者の私が気に入らなくて、本物の王太子を隠して、私を騙《だま》しているのではないか？

「ルーファスさんは髪が短かったのに、どうやって？」

「あれはカツラだったんだよ。名前も、ヴァリオじゃ聖王国では珍しい名前だから、君に名乗るのに聖王国らしい名前にしたんだ」

こんなに都合の良い話があるだろうか。

ヴァリオは目まぐるしく思考を巡らせているせいか、視線をあちこちに彷徨わせて言った。

「そうか。キャロリーナ王女の誕生日は、新年祭の二日後だったな。だからあのリーナは、聖王一家に興味もなくて、けれど一等地に空き家を所有していたのか！」

私は驚きすぎて脱力したように隣に腰を下ろすヴァリオを見た。まだ私は、状況を理解できていない。夢でも見ている気分だ。

「ほ、本当にルーファスさんが王太子殿下なのですか？　こんなことって……！」

「ルーファスが王太子なのではなくて、王太子がルーファスになっていたんだよ」

「でも、事前に送られた肖像画とはまるで別人です。丸々とされて、親指を立ててらして……」

「親指なんて立てるものか。山を背景に、馬にまたがる姿を描いてもらったぞ。私も仕上がりを確認したが、よく似ていて肖像画として申し分ない出来だった」

そんな。では私が手渡されたあの絵は、なんだったのか。

（まさかミーユが嫌がらせのつもりで、絵をすり替えたのかしら？）

それしか考えられない。思えばあの時、ミーユは私の反応をつぶさに観察していて、ずいぶん愉快そうにしていた。

でも、本当にここにいるルーファスがヴァリオ王太子なのだろうか？

「それなら王太子殿下。殿下の守護獣を見せていただけますか？　本当にヴァリオ王太子なら、黒豹の守護獣を呼べるはずです」

これなら、誤魔化しがきかない。黒豹の守護獣は珍しく、同じ者は滅多にいない。

だがヴァリオは大きく頷いた。

「分かった。守護獣を呼ぼう」

ヴァリオが宙を睨み、小さな声で呼びかける。

「ボーグ、出てこい」

どうやら守護獣の名前はボーグというらしい。

ヴァリオと私が座るソファのすぐ側の空間に、突然金色の光の線が現れる。眩しい光の線の割れ目から、空間を裂くように黒い二本の獣の前脚が飛び出し、続けてすぐに大きな黄色の目を持つ頭が出てくる。そのまま黒い豹が全身を現すとともに、光の線は消失し、豹は前脚から着地した。

しなやかな体躯に、毛並みの良い美しい豹だが、大きさは予想以上だった。

無意識にソファの一番端へと遠ざかる。

呼び出してと頼んだのは私だが、いざ目の前に姿を現すと、黒豹はとんでもなく大きくて大型犬よりも体格が良い。

毛並みはどこまでも黒く、塗れ羽色を体現したように艶がある。

黒豹は口を大きく開けて欠伸《あくび》をしてから、まるで甘えるようにヴァリオに駆け寄った。

(嘘でしょ、来ないで！　つ、爪！　爪がまるで凶器だわ……！)

呼べと頼んでおいて自分勝手だが、欠伸をした時に覗いた牙が、恐ろしくて仕方ない。結構体温が高いのか、ヴァリオの膝に前脚を乗せ、甘えて顔を撫でてもらっているが、熱がこちらにまで伝わる。

「わ、分かりました……！　疑ったりしてごめんなさい。貴方は間違いなく、ヴァリオ王太子殿下です」

話している間にも、黒豹が私の存在に今しも気づいたかのようにこちらへ顔を向け、金色の目をすがめる。守護獣が人に危害を加えることはないが、それでも体がすくんでしまう。

ヴァリオは黒豹の頭をグリグリと撫でた。

「私の妃になる、リーナだよ。私と同じく、大事にしてくれ」

私の妃――。その言葉が光の速さで私の胸に飛び込んでくる。

妄想すらしなかったこの事態に、興奮で震えて仕方がない手を、ギュッと組んで自分の胸に押し付ける。

どうしてルーファスがここにいるのか、と不思議に思ったけれど、そうじゃない。こうなると今度は、なぜヴァリオ王太子が聖都の新年祭にいたのかが気になってしまう。

（そうか。ルーファスさんは言っていたじゃないの。大バルコニーのお出ましを見に来たって。だから、あの時アンヌやミーユを気にしていたんだわ）

「ひとまず整理させてください。つまり、去年殿下はご自分の妃になる王女に興味を持たれて、聖王国に忍び込んで新年祭にいらした。そして私にルーファスと名乗って、誕生日ケーキを買ってくれて私をお祝いしてくれて……」

「――君ともっと一緒にいたくて、強引に観光案内をさせた」

私が話している最中に割り込んだその言葉が、私の心臓を大きく跳ねさせる。

「でも、見たこともないし、たぶん噂も流れてこなかったような第二王女との結婚が正式に決まって、殿下はまた新年祭に合わせて聖都に行かれた。それで――」

「待てよ。――ということは、君が逃げたいと言っていた結婚は、結局私との結婚だったのか……。なんてことだ。聖都であの時、私から逃げる手助けをしていたとは」

ヴァリオが今更気がついたように、微かに仰《の》け反って天井を仰ぐ。

「本当に、今思えば私ったらなんてことをしたのかしら。まさかダルガンの王太子殿下が、あの時目の前にいたルーファスだとは気づかずに、結婚から逃げだそうとしたなんて！」

ヴァリオが手を伸ばし、私の腕にそっと触れた。

「君がどうなったかずっと気になっていたんだ。川下りの船に乗った後、どこかで見つかってしまった？」

「船を降りたら船着き場にすでに追手がいたんです。私のために骨を折ってくれたのに、ごめんなさい。ルーファスさんの誠意を無駄にしてしまって、ずっと申し訳なかったんです」

「いやいや、そこは謝るところじゃないな。今はリーナが聖王国の王女としてここに来てくれて、本当に良かったと思っている」

ヴァリオは首を傾けて、私を至近距離から覗き込んだ。その瞳の美しさに引き込まれるように見つめ合う。彼は一度視線を下に逸らし、抑えた声で呟いた。

「今だから言えるけれど、ルーファスは誠意だけで行動したいい奴じゃないんだ」

「と、仰いますと？」

「不幸な結婚から逃げてほしかったのは本当だ。でもそれとは別に、俺は君を――他の男に渡したくなかったんだ」

「で、殿下……」

顔をもう少し上げれば、鼻が触れ合いそうになっている。近距離でのこんな台詞は反則だ。照れ臭すぎて、頬がジンジンと熱くなっていく。でも言わせてばかりではだめだ。私もこの際、あの時言えなかったことを伝えたい。

「私も、言っていなかったことがあります。本当はルーファスさんが結婚してしまうのが、凄く嫌だったんです。——な、なんで私が……ルーファスさんの奥さんになれないの、って……」

ヴァリオが目をゆっくりと見開き、そうして目尻を穏やかに下げながら、滲むように微笑む。

「本当に、俺達は同じだったんだな。——同じ気持ちだった」

そう言いながら、ヴァリオが首を更に傾け、彼の額がこつんと私の額に当てられた。びっくりしたのと同時にドキドキしたけれど、よけずにそのまま彼と額をくっつけたまま目を閉じる。

「俺達は、とんだ間違いを犯していたな。勝手に惹かれ合って、悩んで傷ついたりして」

ヴァリオの低い声が脳髄《のうずい》を直撃するようで、自分の心臓の音が聞こえそうなほど、舞い上がってしまう。

「リーナ。キャロリーナ王女。——凄く、綺麗だよ。その銀色のドレス、とても君に似合っている」

ヴァリオの台詞が嬉しくて感動したのも束の間、急にお腹に温かなものが押し当てられたと思って目を瞠《みは》ると、私と彼の間に金色の目を持つ黒い豹がヌッと割って入ってきていた。

叫び出しそうになるのを、なんとか堪える。

黒豹のボーグが、額をくっつける私達を不思議そうに観察しているのだ。

次いで艶のある黒い毛並みの大きな前脚が、私の膝の上に無遠慮に乗せられる。

極限の恐怖に、呼吸がままならない。

弓なりに仰け反ってヴァリオから離れ、そっと黒豹の前脚を払う。すると黒豹は長い尾を優雅に振り、ヴァリオの足元に丸くなった。丸くなったといっても、十分大きいのだが。

ヴァリオは黒豹から私に再び視線を戻し、爽やかな調子で言った。

「リーナも守護獣を見せてくれ。——使節団達から、キャロリーナ王女の守護獣はトカゲだと聞いている」

思わぬお願いに、面食らう。

ヴァリオは私と結婚するのだから、隠したり見栄を張ったりする必要はない。けれど、私の守護獣を披露するのは、とても抵抗があった。今まで、聖王城では皆の嘲笑《ちょうしょう》の的になってきたから。

だがヴァリオは期待に満ちた笑顔で、アクアマリンの瞳を輝かせて私を見ている。

私が目を合わせても怒らない彼なら、大丈夫だろうか。

深呼吸をしてから、両腕を広げて胸の前に出す。

「トッキー。出てきてちょうだい」

掌の真上の空間に金の裂け目が走ったかと思うと、そこから落っこちてきたのは私の守護獣のトッキーだ。

猫を一回り小さくしたような大きさで、トッキー自身は呼び出された場所に見覚えが全くなかったからか、一瞬その丸い目を限界まで開けていた。丸い目をパチパチと瞬き、ノソノソと足を動かして私の肩まで移動を始める。

「本当にトカゲなんだ。トカゲの守護獣は初めて見たけど、小さくて可愛いな」

「これでも大きくなったんです。昔は掌に載るくらいの小ささでした。トカゲなので冬の間はたびたび冬眠するんですが、そのたびにちょっとずつ立派になっているんです。本当にちょっとずつですけど」

「冬眠する守護獣なんて聞いたことないぞ。トッキー、お前なかなか難儀な奴だな」

「冬眠の間は呼び出しにも応じないので、冬だけは困りものです」

「守護獣として、相当いかがなものかと思うぞ」

ヴァリオはトッキーを食い入るように見たが、素直に驚いているだけで、馬鹿にしたような調子はなく、逆に私がその反応に驚いてしまう。

トッキーは私の肩の上にやってきて、そこが定位置だと言わんばかりに止まった。だがそこでようやく黒豹の存在に気づき、眠そうな目を再び見開く。

私とヴァリオ、そして黒豹に観察される中、トッキーはブルブルと震えながら、ゆっくりと後退した。肩から下りて私の背中にしがみついている。

ヴァリオが噴き出した。

「主人を盾《たて》にしているな。守護する獣ではなく、守護される側のつもりだな」

「トッキーは気が弱いんです……」

「トッキー、俺のボーグはお前を食ったりしないぞ。出てきてくれ」

ヴァリオが首を動かし、楽しそうに私の後ろを見る。だがトッキーは彼の視界から逃れようと、私の背中を更に下りて、背もたれと私の腰の間に収まると身を小さくしてそこから動かなくなった。

「面白いな」

「すみません。そのうち慣れてくれると思います」

興奮がやっと収まった後は、ダルガンに着くまで気がかりだったことを、確かめたくなる。

長くヴァリオの目を見過ぎていることに気づき、目を伏せながら尋ねる。

「あの……、聖王国にいる時に、ダルガンに届けられた私の肖像画を見て、殿下がご気分を害されたと使者から聞きました」

「ち、違う。私が怒ったのは、君の髪と瞳の色に対する使節団の物言いが、我慢ならなかったからだ。聖王国では持たざる者への差別が酷いとは聞いていたが、あれほどとは。そもそも、あの絵は君に似ても似つかなかったが」

ヴァリオは懸命に否定しようとしているのか、慌てた様子で片手を顔の前で振った。

「でも、気に食わなかったから王城ではなくて離宮に、ここに迎えたんですよね？」

ヴァリオは目を見開いた後で、大きな溜め息を吐いた。

「違うよ。実は、ダルガン人の中には、この結婚をよく思っていない者もいるんだ。だからすぐには王城に迎えず、王女や随行員達の様子を窺うことにしていたんだ。双方、万が一何かあってからでは遅いからね」

たしかに、私達は二年前まで敵対国だった。

今この時間も、私の持参した荷物の中身を調べられているのだろう。

何より、先ほどの出会い頭に王太子の側近が、私の護衛騎士にケチをつけたことを思い出す。

「フィリップさん、でしたっけ？　あの人も聖王国人を嫌っているように見えました」

ヴァリオが肩を落として目を伏せる。

「フィリップは双子の兄がいたんだ……。二人一組でいつも俺の警護をしていて、俺の親友でもあった。だが、一昨年聖王国との戦いに行って……」

「その方は、──どうなったのですか？」

「……聖王国軍の火の玉に焼かれて、炭になって帰ってきた」

抑えたヴァリオの声が痛ましく、想像するにあまりある残酷な戦死の状況に、声を失う。

炭──。

人が炭になったら、しかもそれが自分の大切な人だったとしたら、一体どれほど苦しい気持ちになるのかなど、私には想像もつかない。武力衝突の場にいたことはない私は、友好や平和という言葉を、甘く考えていたのかもしれない。

聖王国は、精鋭の魔術使いを軍隊に集めている。おそらく風と火の両方の魔法で、ダルガン軍に対峙《たいじ》したのだろう。

ヴァリオは双剣と呼ばれる双子の軍人の側近がいることで有名だったが、フィリップと双子の兄のことだったのだ。フィリップが私に対して向けていた、あの冷たい態度の意味がよく分かった。

「貴方の大切な人を、ごめんなさい……」

掠れる小声でなんとか謝罪するが、ヴァリオはすぐに顔を上げた。

「どうしてリーナが謝る？　そんな必要はない」

「でも、私は聖王国の王女だから」

「もうすぐ、リーナは聖王国人ではなくなるだろう？　ダルガンの王太子妃だ。聖王国がやること
や、やったことに対して、二度と謝る必要はない。誰に対しても、だ」

「殿下……」

ヴァリオは腕を組んで考え込んでから、言った。

私達は無言で見つめ合った。

やがてヴァリオは微笑を浮かべた。

一度目を伏せ、少し言いにくそうに言った。

「正直言って、妃候補がアンヌ王女からミーユ王女になって、更にキャロリーナ王女になった時
……、聖王国に馬鹿にされたと腹が立ったよ」

「そ、そうですよね。何度も相手が変わること自体が失礼ですし」

馬車を降りた直後にヴァリオが王女達を非難していた言葉が脳裏に蘇り、浮かれていた気持ちが
急速に落ちていく。

だがヴァリオは私を真っ直ぐに見つめ、微笑を浮かべた。

「でも今は自分が、なんて幸運なんだろうと嬉しい」

目尻が下がった優しい笑顔に、新年祭を一緒に過ごした時の彼を思い出す。

「リーナ。さっきは離宮の前で君に冷たくして、すまなかった。聖王国の和平が口先だけなんじゃないか、と疑う声もまだ大きいんだ」

「分かります。それでも、私は友好の大きな一歩になれると信じて、頑張ります。何といっても、殿下がルーファスさんなんですから」

ルーファスは微かに肩をすくめ、自分に呆れたかのように首を傾けた。

「正直に言うと、リーナを逃がそうとしていた時、君をさらって自分の妃にしてしまうことができたらどんなに良いだろうと思っていたんだ」

本当だろうか。嬉しすぎて胸の奥がキューンと疼《うず》く。まさかあの時、それすらも同じことを考えていたなんて。

「私は貴方と結婚できる女性が羨ましくて、勝手に焼きもちを焼いていました。ヴァリオ王太子がルーファスで、あの素敵で優しいルーファスが貴方で、天にも舞い上がるような気持ちです」

「たとえ夫がリーナにあの時、一緒に逃げようと言えなかった情けない男でも？」

「情けなくなんて、ありません。ルーファスさんは誰かと逃げないことで、婚約者のことを守ってくれたんです。むしろ、あの観光船までの私達の逃避行があったからこそ私は、その……貴方への気持ちをはっきりと……」

ヴァリオが私と目の高さをピッタリと揃《そろ》え、私が言う勇気がなかった単語を代わりに言う。

「俺のことが好きだと言う気持ちを、はっきりと自覚した？」

「そう、それです」

私達は自分達が思いつく限りの言葉で必死に誤解を解き、讃《たた》えあう様がおかしくて、くすくすと笑ってしまった。

笑いを収めるとヴァリオは改めて真面目な顔つきで私に言った。

「来てくれてありがとう、リーナ。私も良い夫となるよう、努力する」

ダルガン人らしい長い髪と王子然とした豪華な服装に戸惑ってしまうけれど、ヴァリオが私が新年祭で出会ったルーファスその人で、これ以上嬉しいことはない。いつの間にか立っていた黒豹が、何かを咥《くわ》えていて自分の鼻先をヴァリオの方に向ける。まるで猫が捕まえたネズミを飼い主に披露するように。

「……って、ト、トッキー！」

黒豹が咥えているのは私の守護獣だった。ヴァリオもようやく気がつき、急いで両手で黒豹の口元に手をやる。

「なんてことをしてるんだ、ボーグ。トッキーを離せ！」

黒豹は任せてくれとばかりに、口をパカッと開けて主人の指示に従った。口からトッキーが転り落ち、ヴァリオが両手で受け止める。

掌の上に腹を上にして落ちたトッキーは、石のように固まり、動かなかった。怪我をしているわけではなく、どうやら黒豹に恐れをなして死んだフリを決め込んでいるようだ。

動かないことを不審に思った黒豹が、トッキーを鼻先でつついている。遊んでやっているつもりなのか、顔周りをペロペロと舐めだす。

私が急いで抱き上げてやると、トッキーは固まっていたのが嘘のように素早く肩まで駆け上がった。

トッキーを覗こうと私の足元で顔を上げる黒豹を、ヴァリオが押さえ込む。

「ごめん、もう二度とこんなことは起こさないと約束するよ」

「大丈夫です、ボーグは一緒に遊んでいるつもりだけなんだと、わかっています。犬や猫も、子どもを運ぶ時に口に咥えますから」

ヴァリオがボーグの両頬に手を当て、目と目を合わせて言い聞かせる。

「ボーグ。トッキーのことも、リーナと同じように大事にしてくれ」

ヴァリオを前に、私は正直な気持ちを言った。

「聖王国では、貴方は冷静沈着な軍人だと言われているんです。でもルーファスさんは……、実際の殿下はお茶目な温かい人で、だいぶ違いますね」

ヴァリオは黒豹から手を離して照れくさそうに自分の後頭部を掻いた。

「一応、将来国を背負う王太子だからね。皆が不安に思うことがないよう、頼りない姿や浮ついたところは見せないように、皆の前では王太子を演じているつもりだよ」

「頼りないなんてとんでもない。ルーファスさんは、凄く…… すごく……カッコ……」

凄く素敵で頼もしくて、たった一度の出会いで心奪われてしまったというのが本心だけれど、自分の夫となる人なのだと自覚してから、「カッコいい」なんて容姿を褒める言葉を本人に直接伝えるのはなぜか恥ずかしい。

口ごもる私を、立ち上がったルーファスが急《せ》かすように覗き込む。

「凄く、何かな？　その先をぜひ知りたい」

アクアマリンの瞳で真摯に射貫かれ、羞恥心が一瞬で溶けていってしまう。

「ルーファスさんは……凄く魅力的だったので、あのままでもきっと誰もが王太子殿下として慕うと思います」

「そうかな。それは嬉しいね。覚えておこう」

「殿下は王宮でいつもは、仮面を被っているということですか？」

「そうだね。家臣に囲まれて城の中にいると、世間が分からなくなるから、たまに変装して外に出るんだ。そういう時は、君と会った時のように、自然な自分が出せるんだけど」

「王太子様業って大変なんですね」

私のいい加減な返事がおかしかったのか、ヴァリオは小さく笑ってから、遠慮がちに私の手の甲に指先でそっと触れた。

「王太子様業か。王太子妃になるくせに、言ってくれるじゃないか。リーナもここで王太子妃業を始めに来たんだろう？」

私達は二人で噴き出した。

私はヴァリオが指先だけでなく、手を握ってくれたらどんなに素敵だろう、と思った。

離宮の薄暗い食堂に、カトラリーの金属音が響く。

石造りの壁からは四方から冷気が伝わり、離れたところにある暖炉《だんろ》の火は、肝心のテーブル周りを全く暖めてくれていない。

吐く息が白くないのが不思議なくらい、寒い。

「ダルガンは聞きしに勝る寒さですわね、リーナ様」

私の席の後ろに立って控えていたネリーが、膝の上に小さなブランケットをかけてくれる。

「ありがとう、ネリー。助かるわ」

控えめな笑みを見せた後で、ネリーが言う。

「リーナ様。私達は明日の朝に離宮を発ち、聖王城に向かう予定らしいのですが、明日聖王城に着いたら伝書鳩を一羽、使ってもよろしいでしょうか？」

鳩は帰巣本能があるため、手紙を運ぶ手段としても使われる。もちろん、郵便という手段もあるが私達はいつでもどこからでも緊急時は発出できるよう、鳩をダルガンに持ち込んでいた。だが、全部で五羽ほどなので、大事に使わなければならない。

「どこに、何を知らせるの？」

「聖王陛下に、不測の事態が起きてレオンスが隊から外されたことと、リーナ様がご無事に到着された旨をお伝えします」

私は「そうなの。いいわよ」と承諾したものの、皿の上のパイにナイフを入れ始めても、なんとなく終わったばかりの会話がしっくりこなかった。どうしてだろう、と自分の中に残った違和感の正体を探る。

無事に着いたことは、何もダルガン側に隠して伝えたいことではないのだから、早馬を出せばこと足りるはず。レオンスについても、明日まで待つのなら彼は伝書鳩より早く聖王国に帰国する可能性がある。

本当に伝書鳩を使いたい理由は、その二つなのだろうか？

考え込みながら食べ進める私に、ネリーが続ける。

「それにしても、王太子殿下は食事の最中まで澄ましたご様子で、噂通り聖王国人に対して冷徹ですわね。さっきから一言も発しないではありませんか」

長いテーブルの端と端に座り、向かい合っている私とヴァリオはただ黙々と己の夕食をとっていた。

物理的に距離が離れているせいもあるが、食堂の入り口に控えるフィリップの手前、聖王国から来た私と急に親しくするのも難しいのだろう。

私達は応接間で話し合って、知り合いだった事実を隠すことにしていた。ヴァリオがお忍びであちこち出歩いていることは、公にしていないからだ。

私が事前に彼に会っていたことを知れば、ダルガンの人々はかえって私を怪しむかもしれない。

そして何より。

「リーナ様がベールを取ってから、全然お顔をご覧にならないではありませんか。なんて失礼な方なのでしょう」

ネリーが私に耳打ちをする。

私はダルガンに来て以来、ヴァリオのことを悪く言い続けるネリーの発言が腑《ふ》に落ちなかった。

ネリーは私の結婚が決まってから、聖王が私の侍女に選出した女性だ。彼女は王城での侍女歴が短かった。それ以前は私の祖母である王太后の住む離宮で侍女をしていたとのことだが、その割には聖王城内のことに詳しかった。

だが、おかしなことに身近な者達に聞いても誰もネリーのことを知らないのだ。

(難しいわ……。ネリーにどこまで頼っていいのか、分からない)

嫁いできた王女として、外交上重要な役割を与えられている以上、十分用心しなくてはいけない。本音や弱みを見せることは、相手や場所を間違えば、致命傷となりかねない。


離宮に準備された私の寝室は、決して広くはないがなかなか居心地のいい空間だった。

床には毛皮の敷物がたっぷりと敷かれ、寝台はシルクの寝具が使われていて、寝心地がすばらしい。その上、明かりを消しにきた女官は、カモミールティーを持ってきてくれたのだ。

トレイを手に現れたその若い女官の髪色は茶色だったので、驚いてしまった。聖王城では持たざる者が王族の目に留まるところで働くことはまずない。

女官は薄いベールで隠した髪をハーフアップにしていた。

「カモミールティーは安眠を誘うと申します。ダルガンの夜は一層冷えますので、温かいうちにお召し上がりください」

寝台脇に置いてくれたトレイを目にして、感激してしまう。

聖王城では寝る前に誰かが茶を持ってきてくれたことは、一度もなかった。それに敵対国だった聖王国から来た私に、こんな風に気を遣ってくれることがありがたい。

「ありがとう。カモミールティーは、大好きなの」

礼を言う私に、照れたように女官が笑い、白い歯を見せる。そのまま彼女は寝室にあった一番大きな燭台の火を吹いて消した。

「魔術者の多い聖王国では、口で吹いて火を消したりはしないと聞いておりますが、ダルガンは持たざる者が多いですので、ご不便をおかけします」

「いいえ、何を言うの。私も持たざる者だもの」

髪を覆うベールをひらりと上げて自分の茶色の髪を披露する。女官は私の目をしっかりと見ながら言った。

「はい。存じ上げております。同じ色の髪を持つものとして、リーナ様をダルガンにお迎えすることができて、大変光栄です」

言いながらも目の前にいる私を褒めるのは照れ臭かったのか、女官は満足そうににっこりと笑みを浮かべつつも、顔を少し赤くさせていた。やがてペコリと頭を下げると、女官は小走りで寝室を出て行った。

女官が残していった言葉が、じんわりと胸にしみる。

(光栄？　私が来たことが？　そんな風に言ってもらえるなんて)

カモミールティーは熱くて、一口飲むと胸の中まで温かくした。

私に敵意を剝き出しにするフィリップのような人もいたが、彼がダルガン人の全てではない。一人でも私を歓迎してくれる女官がいる限り、たとえ今は憎んでくる人の方が多いとしても、頑張れる――そんな気がする。


前向きな気持ちで寝具に身を滑り込ませ、目を閉じてしばらく経った頃。トントンと壁を叩く音がした。なんだろうと上半身を起こす。

再び壁を叩く音がするが、音のする方向は壁と背丈ほどの大きさのある一枚の絵画しかない。

(な、何？　ネズミでもいるのかしら……!?)

突然、絵画がゆっくりと額縁ごと動いた。

石組の壁に掛けられていたはずの絵画は、それ自体がまるでドアのように額縁ごと手前に開き、中からランプを片手に持つヴァリオが姿を現す。

「もしかして、もう寝ていた？」

「い、いいえ。ちょうどそろそろ寝ようと、横になったところでしたけど」

急いで寝台から下りてヴァリオのもとに向かう。恐る恐る覗いてみれば、絵画の向こうには暗い通路が広がっている。冷え切っている空間なのか、ヴァリオの後ろから冷気が漂ってくる。

「ダルガンでは絵画を扉代わりに使うものなんですか？　聖王国ではまずないので、びっくりしました……」

「いやいや、普通は使わないね」とヴァリオが苦笑する。

「ダルガンは建国以来、戦ばかりしてきたからね。こういう王族しか知らない隠し通路が、あちこちにあるんだ。子どもの頃に内部を探検ばかりしたから、構造はすっかりわかっているんだ。リーナにお休みを言いたくて、来てしまったよ。隠し通路を通れば誰にも見られないからね」

「王族しか知らない通路を、私に見られちゃって良かったんですか？」

「何言ってるんだ。リーナは私の妃になるんだから、当然何の問題もない。王都の王城にも同じく隠し通路があるから、着いたら教えてあげるよ」

ふとヴァリオの視線が、絵画の端に掛けた私の手に落ちる。彼は宝石のような瞳をひたと私の手に向け、綻《ほころ》ぶように微笑んだ。

「その指輪、まだ持っていてくれたんだね」

私は絵画から手を離して胸元に寄せ、自分の親指にはまる指輪――かつて聖都でルーファスからもらった銀色の指輪を、そっと撫でた。

「もちろんです。ダルガンの王太子様に失礼だと思ったので、最近はつけていなかったんですけど。また堂々とつけることができます」

「もしかして――、もう持っていないかと思ったよ」

「まさか。ルーファスさんがくれたこの指輪は……ずっと大事にしていたんです。殿下がルーファスさんだと分かったので、私の宝物になりました」

ヴァリオが空いている方の手を伸ばし、私の手を包み込む。大きな手ですっぽりと覆われた私の手は、彼の顔に引き寄せられた。

「リーナは、本当に嬉しいことばかり言ってくれるな」

そう言うとヴァリオは私の指に優しく唇を押し当てた。

指がくすぐったくて、そしてそれ以上に彼の唇が当てられたところから幸福感が胸まで一瞬にして伝わる。

「殿下こそ。私の気持ちは、いつも殿下にさらわれっぱなしです」

ヴァリオが咳払いをしてから、一度大きく息を吐いた。

「リーナ、お休み。その……、頬にキスをしてもいい？　君が聖王国の第二王女で、本当に嬉しいんだ」

遠慮がちなヴァリオの様子に、私は彼があえて隠し通路を使った理由を知る。廊下から私を訪ねようとすれば、その前にネリーが控える部屋があるし、ほかの使用人達に目撃される可能性もあり、それでは私に堂々とキスができない。

私にキスをしたくてわざわざ寒い隠し通路を通ってきたのかと思うと、ヴァリオがとても健気《けなげ》に思える。人前では私に好意を寄せているそぶりなど一切見せないので、彼の気持ちをもう一度確認することができて安心する。

自分の頬が熱を持ち、真っ赤になっていくのを自覚しながら、小さく頷く。

「も、もちろん大丈夫です」

ヴァリオの手が伸びてきて、私の腕にそっと触れる。そのまま彼は長身を傾け、屈むように私の顔に顔を寄せた。

(目を閉じれば良いのよね。あ、でもただの頬へのキスなら、開けてて良いのかしら⁉)

どうしようか迷っているうちに、ヴァリオの唇が私の頬にそっと押し当てられ、すぐに離れた。

「じゃ、じゃあ。明日は出発が早いから、もう行くよ」

私がお休みなさいと夜の挨拶を返す間もなく、ヴァリオは踵《きびす》を返して戻りかけ、何もないところで躓《つまず》いて「うわっ」と声を上げた。

もしかして、ヴァリオもキスに緊張したのだろうか……?

「大丈夫ですか?」

心配になって声をかけるが、ヴァリオは私に背を向けたまま片手をヒラヒラと振り、そのまま絵画の向こうへと戻っていってしまった。

(これってよく考えると、いやよく考えなくても——初めてのキスだわ……)

絵画が閉じられ、通路が目の前から閉ざされてしまっても、私はしばらくそこに立ち尽くして自分の頬に触れていた。

離宮から王城へは半日ほどの馬車の旅となった。

ダルガンの王都に着く頃、天気は崩れてしまっており、馬車の窓に叩きつけるように大粒の雨が降っていた。

移動に疲れ切っていた私は、向かいに座るネリーに揺り起こされて、寝ぼけ眼で外を見た。

「ダルガンの王都は、聖王国と随分違いますね。色とりどりの家並みが広がる聖王国に比べて、全てが灰色で、重苦しく見えますわ。雨のせいかもしれませんけれど。でも、想像以上に大きな都で、豊かそうで安心致しました」

ネリーと私は鈍色《にびいろ》の雲の下に聳《そび》え立つ、王城を見上げた。

尖塔《せんとう》をいくつも持ち優美で曲線的な聖王城とは違い、ダルガンの王城は砦《とりで》を大きくしたような、堅牢《けんろう》そうな作りをしていた。聖王城と最も異なるのは、高く分厚い城壁で王城自体が囲まれていることだ。これではたとえ国王一家がバルコニーに出たとしても、民からはその姿が見えないだろう。

やがて馬車は城門をくぐり、王城の中へと入っていった。

一台前の馬車に乗っていた王太子が先に降り、私の馬車の扉を開けてくれる。

王城の正面には雨にもかかわらず、たくさんの人々が私達を出迎えていた。豪華なドレスを着ている婦人達もいて、王城の女官達だけでなく、おそらく貴族達も待っていてくれたらしい。傘を差しているとはいえ、長時間待っていたのか足元は皆ずぶ濡れだ。

ヴァリオが差し出す手に摑まり、高いヒールの靴でドレスの裾を踏まないよう、慎重に馬車を降りる。後に続くネリーが素早く傘を差してくれるが、風も吹いているので雨にあっという間に濡れてしまう。

私と王太子が並んで歩き、城の入り口まで進む中、集まった人々は次々と膝を折って低頭していった。

(まるで、聖王城を出た時の光景を、丁度逆にしたみたいだわ)

今被っているのは髪だけを覆うベールなので、左右に並び立つ人々全員から顔を見られていることが、とても恥ずかしい。

ついに最終目的地に来た緊張で私の心臓は早鐘を打っていた。手を繋ぐヴァリオは私と目を合わせることなくひたすら進行方向を見つめていたが、まるで私に「大丈夫だ」と伝えてくるかのように、何度も私の手をぎゅっと力を込めて握ってくれた。そのたびに私も彼の手を握り返し、気持ちが伝わっていることを知らせる。

雨に濡れ、慣れない北の気候にすっかり震え上がっていた私は、王城の中に入って少しがっかりしてしまった。中は暖かいかもしれないと期待したのだが、暖炉の火が城の中全体を暖められるはずもなく、ここには火の魔術を持つ者が常時城に熱を与えているわけでもないらしく、中は外と同じくらい冷えていた。

ヴァリオは私の顔を見て、ネリーに命じた。

「国王陛下との謁見《えっけん》の前に、王女を着替えさせよ。顔が真っ青だ。王女専属の侍女に王太子妃の部屋まで案内させる」

「承知致しました」

長い廊下の先から早歩きでこちらにやってくるのは、私と同じ年頃の侍女だった。紺色の長袖のワンピースの上に、白いエプロンを着ている。驚くべきことにベールで髪を隠しているから、茶色の髪の持たざる者なのだろう。彼女は私とネリーの正面にやってくるなり、片足を下げて深々と頭を下げた。

「ベルタと申しますっ！　お仕えできて大変光栄です。って、ずぶ濡れではありませんか！　早くお召替えを！」

「なんて騒々しい子なの」と思っていることを顔に出したネリーがベルタに問う。

「あ、貴女がリーナ様専属の侍女とやらかしら？　私は聖王城から……」

「さあさぁ！　お早くお召替えをしないと、肺炎にでもなられたら大変です。行きましょう！」

ネリーの話を中断させ、ベルタが私の背を押す。その礼を欠いた態度に私もネリーも驚いたが、ベルタの勢いに呑まれて、王城の五階にある部屋に連れ込まれるなり、ベールから下着にいたるまで身につけているものを全て剝ぎ取られた。

謁見の間はこじんまりしていた。

ヴァリオと並んで膝をつき、真紅の絨毯を見下ろしている間、私は聖王国の謁見の間と自分が今いる場所を、頭の中で比較していた。

聖王城のそれは、天井にいたるまで精緻なフラスコ画が描かれ、壁のあらゆる隙間がタペストリーや彫刻で埋め尽くされていた。

聖王の座る玉座は見上げるほど高い位置にありビロードの座面だったが、背もたれや脚は全て黄金が張られていた。

だがダルガン国王夫妻の座る玉座は小さな溜め息すら聞こえそうなほど近くにあり、ほんの一段しか高さも変わらない。

国王夫妻に忠誠を示すため、私とヴァリオは自分の守護獣を従えて彼らの前にいた。両脇にはダルガンの重鎮《じゅうちん》達が勢揃いしているので、室内はかなり手狭になっている。

ヴァリオの黒豹は彼の隣に座り、堂々と玉座を見上げていたが、私のトッキーは相変わらずひっくり返って腹を見せ、死んだフリをしていた。

一同の好奇と憐《あわ》れみの視線がトッキーと私に注がれ、とても居心地が悪い。

「二人とも立ちなさい。キャロリーナ王女、貴女が来てくれるのを、とても楽しみにしていた」

私は顔を上げて国王夫妻を見上げ、とても驚いた。王妃はヴァリオにそっくりだ。国王夫妻はヴァリオと同じく、髪は黄金色だった。

つまり、二人とも持てる者なのに、持たざる者である私を息子の妃として迎えねばならなくなったのだ。

目を見ないようにして、再び頭を下げる。

「ありがたいお言葉、光栄の至りにございます。両国の友好の証として、お迎えいただけたことをとても誇りに思っております」

コツコツと靴音を響かせ、王妃が玉座から下りてきた。私とヴァリオの立つ絨毯の上を歩き、扇《せん》子《す》で口元を隠したまま、私達の周りをゆっくりと回り始める。

王妃は美しい黒い瞳を私にひたすら向けたままで、全身が緊張で硬直する。

とてつもなく、吟味されている気がした。年齢は四十代後半のはずだったが、肌は艶があり目立つシワもなく、華美すぎないながらも仕立ての良いドレスは凹凸のある官能的な体形をより綺麗に見せていて、そこにいるだけで威圧感と存在感のある女性だった。

トッキーは王妃に踏まれそうになり、急いで起き上がると私の肩まで素早く駆け上がった。隠れているつもりなのか、髪を覆う私のベールの中に頭を突っ込んで微動だにしない。

自分から見えていなければ、相手も自分を見えない、と悲しい誤解をしているようだが、王妃の冷たい視線はしっかりとトッキーのお尻と尾に当てられている。

私の前まで歩いてくると、王妃は赤い唇を開いた。

「聖王国にしてやられたわね。あの肖像画を描いた画家は、盲目だったのかしら？」

ぎくりと胸が痛む。王妃が何に怒っているのかは、明白だった。

「ダルガンには、まだまだ余力があったのよ。聖王国の国境の州を割譲させるのも、不可能ではなかった。けれど、和平と引き換えにあきらめたのよ」

「やめないか、王妃。キャロリーナ王女に言うべきことではない」

国王が玉座から諫めるが、王妃は続けた。

「いいえ、陛下。世間知らずな聖王国の王女に、しっかりと自覚させるべきです」

王妃の扇子が私の顎先に添えられ、俯いていた私は扇子の先でグッと上向かされ、否応なしに彼女と目が合った。

黒曜石のような瞳は、一切の親しみもなく向けられ、私を不穏分子だと見切っていた。

「その情けない守護獣は、民の前では決して出さないでちょうだい。王家の威信にかかわるわ」

心臓に冷たい剣をグサリと刺されたような痛みを感じた。自分のこと以上に、守護獣を批判されることが辛い。

するとトッキーがゆっくりと動き、ベールの中から顔を出した。私の肩に摑まる脚にはいつもより力が入っていて、彼なりに怒っているのだとわかる。

トッキーは目を細め、目の前にいる王妃を睨んでいた。

「グゥルルル」と唸《うな》り声を上げ、威嚇を始めている。

王妃はまるで動じず、片眉を上げただけだった。

「声くらいは出せるのね。私の許可あるまで、当分は白い結婚とさせます。王太子が寝首をかかれでもしたら、大変ですから」

王妃の発言に耳を疑う。

白い結婚とは、形だけの結婚をすることだ。周辺諸国では、通常新郎新婦のどちらかが幼すぎる場合や、離婚が前提の結婚の際によく使われる手段だ。

私はそのどちらでもないはずなのに、想定外の命令に動転してしまう。

本当はお互いを想《おも》い合っている二人なのに、白い結婚でいなければならないなんて。思わぬ形でヴァリオと再会し、心の中では浮かれていた自分に、ピシャリと冷水を浴びせられる。

王妃は私を受け入れるつもりがないようだ。

それまで静かにしていたヴァリオが、抗議の声を上げる。

「母上！　聞いておりません。そもそも私はそのような間抜けでありません」

「当面は聖王国軍の動きを見る必要があるのよ。国境付近から聖王軍の半数が撤退したとはいえ、まだ砦の建設も続行しているのだから」

不安に思ってヴァリオを見上げると、彼は私とは目を合わせないまま、彼にしては険しい顔で呟いた。

「終戦前に聖王国が建設していた巨大な砦だが、まだ工事が続行中なんだ」

（そんな。お父様はなぜ誤解を招くような真似をやめてくれないの？　ダルガンに来ている私が、困るのはあきらかなのに）

「母上は、私に妃を持つなと仰るのですか？」

「時期を待てと言っているのです」

王妃の命令を覆してくれる唯一の望みは国王の発言だった。だが彼も承認済みなのか、何も言ってこない。

（そんなに簡単に上手くいく結婚だとは思っていなかったわ。だけど、まさか白い結婚を命じられるなんて……）

ヴァリオも国王に逆らうつもりはないのか、それ以上は何も反論しなかった。私は再び彼と引き裂かれたような気がした。

謁見が終わり、茶の準備をして私を待っていたネリーは、私の顔を見るなり気遣わしげに背中を擦ってくれた。

「どうなさったんです？　お顔が真っ青ですわ。――陛下とのご挨拶が、上手くいかなかったのですか？」

緊張から解き放たれて、疲れてソファに腰を下ろした私をネリーが見下ろす。

「そうね。上手くいったとは、思えないわ」

正直に話すと、ネリーは紅茶にたくさん砂糖を入れた。

「お疲れでしょうから、甘い紅茶を召し上がれ」

カップを差し出すネリーが私を慰めるように微笑む。だがカップを受け取りながらも、私は妙に引っかかった。

私を慰めるでもなく、かといってお小言を言ってきたり、もしくはいつものようにダルガン王家を見下す発言をするわけでもない。ネリーはただ、私の返事の内容に満足したらしい。

カップに口を付けながら、そっとネリーの様子を窺う。

目まで弧を描いたその微笑が気になってしまう。見ようによっては、今までずっと厳しかった彼女が、これまでの中で最も上機嫌かもしれない。

その反応が、腑に落ちない。

落ち込んでいる私とは対照的な反応に、気持ちがざわつく。

（なんだろう……、私とダルガン王家の人々が上手くいっていない方が、嬉しいのかしら。まさかね）

甘い紅茶に癒《いや》されるものの、あれこれと考えてしまう。

ネリーは私の髪を覆うベールを直しながら、尋ねてきた。

「王太子殿下はいかがでしたか？　その後、お話をされましたか？」

「そ、そうね。日常会話程度よ。私もお喋りは得意ではないし……」

「それでよろしいかと存じます」と囁《ささや》きながら、ネリーが後ろから私の顔を覗き込んで優しく微笑む。三日月のように弧を描く彼女の目がなぜか少し怖かった。

「焦らないことが肝心です。これからお二人はご夫婦として、長い時間を過ごされるのですもの。特に男性というのは、押すと逃げるものだと言いますわ」

「駆け引きができるほど、私に余裕や経験があればいいのだけれど」

「リーナ様は、とてもお上手にお過ごしですよ。妃たるものは騒がず、大人しくしているのが美徳ですから」

「そうかしら。でも、殿下とはもっとどんどん話さないと、関係が良くなっていかないわ」

「媚《こ》びるのはもっての外《ほか》ですわ。聖王国から来た王女として、堂々となさいませ」

ダルガンの王太子と交流を深めようとするのは、媚びているように見えるのだろうか。

ネリーの言うことが理解できない。彼女の助言を素直に聞いていたら、夫婦仲はちっとも前進しないと思うのだが。

まさかとは思うが、ひょっとして私とヴァリオが仲良くなることが、ネリーに不都合なのだろうか。

ネリーは周囲に誰もいないのを確認してから、私に顔を近づけて小さな声で言った。

「それにしても、殿下が無愛想なのは……もしや王太子殿下には愛人でもいるのでしょうか」

咄嗟にネリーが何を言ったのか、理解できなかった。それほどヴァリオと愛人という単語が、私の中で全く結びつかなかった。

「そ、そんなことはないと思うけれど」

「王族や上流貴族の男性は、愛人がいるほうが普通ですから……もしそうだとしても、毅然《きぜん》となさいませ」

聖王国では妻を二人持てるのは聖王だけだが、たしかに聖王国の上流貴族達にも公然と愛人や婚外子がいる者がたくさんいた。

けれど少なくとも二人きりで会っている時のヴァリオには、愛人の影なんて微塵《みじん》も感じない。ネリーはなぜそんなことを言うのだろう。

私はネリーの意図が知りたくて、あえて困ったように彼女を見上げて助言を求めるフリをしてみた。彼女の言動の裏に、どんな本心が隠されているのかを、知るために。

「ネリー、私はどうしたらいいのかしら?」

ネリーは私の肩に手を置いた。

「王太子殿下をすぐに信用してはなりません。ダルガンに全幅の信頼を寄せるには、時期尚早かと」

私は聖王国にはもう戻れないのに、ここで一人浮いたままでいるわけにはいかない。この返事で私が実際に信用できなくなったのは、ネリーの方だった。

国王との謁見に続き一段落ついた後は、王城の案内をしてもらえることになっていた。

ベルタはわざわざ獅子《しし》と盾の模様のダルガンの小さな旗を片手に、観光客を案内する添乗員のように城内を回った。妙に張り切っていて、ありがたいような恥ずかしいような、複雑な心境にさせられる。

聖王城ほどは広くないものの、ダルガンの王城に来たばかりの私にとっては、城の構造を覚えるだけでも大変だ。

王城の長い廊下を歩くネリーは、どこか不機嫌そうだった。彼女はたびたび後ろを振り返り、私に言った。

「気づかれました？　先ほどから、ずっとあの感じの悪い騎士——フィリップが私達の後をつけているんですよ」

広い廊下の角を曲がった所で、驚いて振り向く。するとたしかに、私の動きに気づいたかのようにサッと角に身を隠す男がいた。瞬きの間しか視界に入らなかったが、フィリップのようだ。

「本当だわ。私達を警戒しているのかしら。別にここを荒らしたりしないのに」

ネリーは近くにいるベルタに一応気を遣ったのか、チラッと彼女を気にするそぶりを見せてから言った。

「あの男からすれば、王太子妃になる王女様が来たのではなく、敵が王城の中に侵入した、という認識なんでしょうね」

ベルタは聞こえていただろうけれど、否定もしにくかったのか、何も言わなかった。

王城の案内の後は、二日後の朝に控える結婚式のために教会関係者から式の段取りを教わったり、身支度を整えたりするのに忙殺された。

夜になって寝室に入る頃には、もうへとへとだった。

初めて顔を合わせた王妃の態度は冷たいものだったが、私が王城内に与えられた居室はとても快適で広かった。

美しい景色を描いた絵画や重厚な調度品で飾られた寝室の隣には、大きなバルコニーがついた居間があり、更にその隣には書斎もあった。

絨毯は全て新品で、私のために新調してくれたと思うと、ありがたい。

ネリーとベルタの手を借り、さぁ寝間着に着替えようとした矢先。

私を突然訪ねてきたのは、フィリップだった。

フィリップは居間の入り口に硬い表情で立ち、応対したベルタに話しかけた。

「王太子殿下が、王女殿下をお呼びだ」

フィリップは私とはまるで目を合わせなかった。彼の双子の兄が戦争で亡くなった時の話を、つい思い出してしまう。肩甲骨《けんこうこつ》辺りまで長さがある黒髪は女性のように艶やかで美しく、長い下まつ毛が印象的で中性的な容姿をしている。だがこれで剣の達人と名高いのだから、人は会ってみなければ分からないものだ。

ベルタが困惑気味にフィリップに尋ねる。

「殿下がこんな時間にリーナ様をお呼びなのですか？」

「ベルタ、余計なことを聞くな。王女殿下を執務室に案内しろ」

そう告げるなり、フィリップは居間を出て行き、カツカツと靴音を立てて廊下を進んでいってしまう。

「えっ、ちょ、待ってください！」

ベルタが右手をフィリップに差し出し、私と去り行く彼の間でオロオロと視線を往復させる。

幸いまだ着替える前だったので、焦るベルタとネリーと共に、フィリップの後をついていく。

執務室までは距離があり、寒かった。

この城では人気のない所を歩く時は、外套を羽織るべきなのだと痛感する。

執務室の白いドアは、金色に塗られた蔦模様の装飾が施されていて、華やかだった。フィリップは数回ノックしてからドアを開け、ベルタとネリーを片手で払って下がらせた。二人とも不満顔だったが、執務室の机にヴァリオがおり、私を待っていたので渋々廊下へと下がる。

こんな時間に呼び出されたことに、少しばかり不安を覚えてしまう。余程の急用だろうか。

「こっちに来てくれ。急に呼び出して、すまない」

ヴァリオに命じられるまま、彼がいる机の向かいまで歩いていく。

(あれ？　どうして私のペンダントがここに？)

机まであと二歩程度のところで、立ち止まってしまう。ヴァリオの机の上に、私のペンダントが置かれている。聖王国を出る時に聖王がくれたものだ。

ダルガンの王宮に到着した時、私は雨でずぶ濡れになってしまったため、身につけていた物については全てベルタが王宮の担当者に洗浄と乾燥の手配をしてくれていた。ペンダントは王室所有の宝飾品管理者に回されたはずだ。それがなぜヴァリオの手元に？

いつのまにかフィリップが私のすぐ背後に立っていて、ヴァリオに向かって口を開く。

「殿下、ですから聖王国など信用なさらないようにと申し上げたのです。この話はもちろん、陛下になさるんですよね？」

「まぁ待て。まずはキャロリーナ王女本人から話を聞く」

私に聞きたいこととは、何だろう。この場の雰囲気からすればどう考えても、良い話ではなさそうだ。身構える私に対し、ヴァリオは無表情で尋ねる。

「君がしていたこのペンダントだが……」

そこまで言った後で、ヴァリオがペンダントを手の中でいじり、それを二つに割った。

一瞬、彼がペンダントを壊したのだと思った。だがよく見ればペンダントは綺麗に二つに分かれている。どうやら元々密《ひそ》かにロケット型のペンダントだったようで、ルビーの取り付けられた台座が蓋《ふた》のように、外側へ開いていた。

（このペンダントってロケットだったの？　全く気づかなかったわ）

近寄ってみれば、なんと内部には赤毛の女性の絵が描かれている。小さいので分かりにくいが、ほっそりとした小さな顎や優しげにやや垂れた目尻には、胸が締め付けられる懐かしさがあった。

「それは私の、母の絵です。まさか、こんな構造になっていたなんて。蓋が開くこと自体に、全く気づきませんでした」

ロケットになっているとは教えられていなかったけれど、これを製作させた聖王の、私に対する愛情と思いやりを感じて感極まる。

だがヴァリオの口調は随分冷淡だった。

「絵は今、問題にしていない。妙なのは、こちらの方だ」

ヴァリオがロケットを傾けると、中から二粒の錠剤が転がり出た。

ロケットの蓋の下には絵があるだけでなく、同時に内部は小指の先ほどの小さな収納部になっていた。出てきた錠剤はどちらも表面が黄色で裏面は青く、なんだか毒々しい色合いに見える。

ヴァリオは錠剤を摘み出して片眉をヒョイと上げ、私に尋ねた。

「これは何だ？」

詰問するような鋭いまなざしに、体の前で軽く握った手の先からヒヤリと冷えていく。

「分かりません。中にそんなものが入っているなんて……私も誓って知りませんでした」

なぜこんなものが入っているのか、わけがわからない。誰が、いつのまに入れたのだろう？

フィリップが王太子の手の中の錠剤から私に視線を移し、険しい表情で口を開く。

「何の薬物です？　こんな所に隠すようにしまわれていれば、毒だと疑われても仕方がありませんよ？」

毒だなんて、そもそもロケットになっていたことすら知らなかったのに。もはや、泣きそうだ。

困惑のあまりすぐに答えられないでいる私に、フィリップが質問を重ねる。

「所詮聖王国は、やはり信用できませんね。まさかこの毒を殿下にこっそり盛ろうとなさったので？」

続けてヴァリオが厳しい表情で問う。

「それとも――、万が一の時は自分で飲むつもりだったのか？　夫となる敵国の王太子と……どうしても上手くいかなかった時に」

（二人とも、とんでもない誤解だわ！　たしかにヴァリオの正体には気づいていなかったけれど、だからって殺そうだの死のうだの……そんなことは考えてもいなかったのに！）

激しい憎悪の視線を向けるフィリップと、ショックを受けている様子のヴァリオの誤解をどうにか解かねばならない。

「そ、それが毒のはずがないではありませんか。聖王国を出る時にもらった私にとって大事なペンダントですし、そもそもそれは……」

そこまで言いかけてから、先を濁《にご》してしまう。なぜなら不用意なことを言えば、贈り主である聖王の立場を悪くするかもしれないからだ。

「じゃあこれは砂糖菓子か何かですか？　王女殿下には、何に見えるのです？」

私に聞かれても、何なのか皆目見当がつかない。

困ってヴァリオに目で助けを求めるが、彼は親しみを感じさせない冷たい視線を私に寄越すだけだ。彼は今、私への気持ちよりも王太子としての立場を優先している。ことがことだけに、そうするしかないと頭では理解できるものの、やはり元敵国から来た王女として一瞬にして距離を取られてしまう事実を突きつけられ、物凄く傷つく。

（どうしよう。とんでもないことになってしまったわ。彼にまで疑われている……？）

妃として迎えた王女が、不審過ぎる錠剤を隠すように持ってきたのだ。自分が身につけているものに入っていたのに、「知りませんでした」は通用しないのだ。

自分が今、非常に危うい状況に置かれていることを察し、膝から下が震えだしていく。

どうしたら信用してもらえるのだろう。私が自分で疑いを晴らすしかないけれど、手立てが思いつかない。

蔑みと怒りが渾然《こんぜん》一体となった、フィリップの射るような視線が私に向けられている。

潔白を証明する手っ取り早い方法は、実際に食べてしまうことだ。

何なのかなんて、私にも分からない。聖王はロケットだと教えてくれなかったものの、母の絵が描かれている以上どう見ても特注なのだから、彼が知らなかったとは考えにくい。でも。

（お父様が、毒を私に持たせるはずがないわ。きっと、からくり屋敷みたいな、ただのいたずら心から作らせた仕掛けよ。気づいた私がクスッと笑えるように、お菓子を中に仕込んだのよ）

強引に自分を説得する。

娘に毒を持たせるはずがない。

私は決心をすると、ヴァリオの持つ錠剤に手を伸ばした。だが彼が瞬時に手を引いたため、手は宙を掻く。

ヴァリオが驚いた様子で目を瞠る。

「なんのつもりだ」

「身の潔白を、身をもって証明致します。毒ではないと」

「錠剤が何かも知らないのに、身をもって証明などするんじゃない。――君は……本当にこの存在を知らなかったんだな？」

「はい。知りませんでした」

するとヴァリオは錠剤を中に戻して蓋を閉め、ペンダントを私に差し出した。

「錠剤は少し削って成分を今調べさせている。大事なペンダントだと言うなら君に返すが、正体不明の薬物が入っていたと分かった以上、二度と手放さない方が賢明だな。今後は侍女相手であっても、安易に渡すんじゃない。なくしたり誰かに利用されでもしたら、君は責任を問われかねない」

これはフィリップがいるから、私にあえて冷酷に接しているんじゃない。今の台詞は、きっとヴァリオの本心から出た忠告だ。気を抜けば足元をすくわれるぞと。

「殿下！　今はまだ、返すべきではありません！」

受け取った私からペンダントを強奪しそうな勢いで、フィリップがヴァリオに訴える。だがヴァリオはそれを取り合わなかった。

「話は以上だ。明日はリーナ王女のお披露目である、大昼食会で朝から忙しくなるぞ。お互い明日の午前中は準備で忙殺される。そろそろ休もう」

「殿下！」とまだ言い募るフィリップを無視し、ヴァリオは机上の書類をバサバサと引き出しの中へしまい始める。

ヴァリオはふと顔を上げ、私の視線を捉えて言った。

「大昼食会での食事には、期待しないでくれ。昼食会の間中、主役の私達の席には挨拶に来る客が次々と押し寄せるから、まともに食べられる時間は殆どない。午前中に食べておくのが賢明だ」

「は、はい……。ご助言、ありがとうございます」

明日の昼食の話などどうでも良いではないか、と言いたそうなフィリップの不満顔が怖い。

これ以上ここにいて、夜遅くまで執務に励んでいたヴァリオ達の邪魔になってはいけない。でも、私への疑いが晴れたとはとても思えない。

いずれにせよ、執務を終えようとしているヴァリオにこれ以上食い下がるのは、百害あって一利もない気がした。

オロオロと頭を下げつつ、フィリップの鋭い視線を背後に感じながら、執務室を早足で退室する。

執務室から出た私に、ネリーとベルタが駆け寄った。二人とも心配そうな顔で、私の説明を待っている。夜に急に呼び出された理由を知りたいのだろう。

だが私は返却されたペンダントを手の中にしっかりと隠し、見せないようにした。寒い中、廊下で待っていた二人には申し訳ないが、今聞いた話はヴァリオとフィリップと私だけで共有すべきだと思う。

嘘がバレないよう、あえてベルタとネリーの目をしっかりと見る。

「明日の大昼食会のことで、殿下から色々とお話があったの」

「こんな遅くに呼び出してまでですか？　しかもあのフィリップとやらを使者にして……」

「殿下と私は午前中もお互い忙しくて、話す時間が取れないみたいだから。——ベルタにお願いがあるの。明日は大昼食会の前に、サンドイッチか何か、すぐ食べられて軽くお腹に溜まるものを、用意しておいてくれるかしら？　大昼食会では、まともに食べる時間がないのですって」

「はい、お任せください。——殿下はリーナ様がお腹を空かせないか、ご心配になられたんですね！」

口元を隠して嬉しそうにふふっと小さく笑うベルタに、私までつられて笑ってしまう。

手の中のペンダントを握り締め、キンと冷えた廊下の空気を切り裂くように早足で部屋に向かいながら、思った。

ヴァリオはきっと、執務室の外にいるベルタとネリーに、私が話を誤魔化す方法まで別れ際に教えてくれたのだ。彼にまだ見捨てられていないと、そう思いたかった。


大昼食会は、王城で一番大きな食堂で開かれた。

多くの王侯貴族達が招待され、私の席は国王夫妻やヴァリオと同じテーブルで、一番奥に位置していたために、私からは端の方にいる人々の顔は殆ど見えない。

結婚式は明日だったが、この宴《うたげ》は敵国であった聖王国から王女を迎え、戦争が終わったことを広く知らしめ、私の存在を強く印象付けるためのものだ。

あらかじめ決められた席に着いてナプキンを膝の上に置くが、隣に座る王太子の顔がまともに見られない。

(殿下はもしかしたら、私がダルガン王家の人たちに薬物で危害を与えに来たと、疑っているかもしれない)

私は彼と出会ってすぐに恋に落ちてしまったけれど、まだ何があってもゆるぎない信頼を寄せるほどの時間を共有していない。特にヴァリオは将来の国王として、背負っているものが違う。

ヴァリオの心の中の大事な場所から、薬物疑惑のせいで自分が追い出されたかもしれない、と思うと心労のあまり胃がシクシクと痛む。

私がヴァリオと二人で話せる時間も、ほぼなかった。

事前の情報通り、私とヴァリオのもとには引きも切らずにたくさんの招待客達が挨拶にやってきたのだ。もはや私達が、フォークに触れる隙すら与えてくれないほどに。

私は社交が決して得意ではなかったが、そうは言っていられない。王城にはフィリップのように私を信用しない人々がきっと、たくさんいる。異国から嫁いできたからには、馴染む努力を人一倍しなくては永遠によそ者のままだ。

一人一人と話せる時間は短いものの、一つ一つの会話の積み重ねの中には、大きな発見があった。

ダルガンには魔術を持つ者が多くないため、皆が高度な魔術持ちである聖王家に興味があるのか、皆私の親や姉妹達の話をよく聞きたがった。

だがそれは純粋な興味から聞いているのであって、彼らの反応を見ていると、どうやら魔術に対して尊敬や崇拝の念があるのではない、と徐々に気がつく。

私が育った国の考え方からすれば、信じられないことだ。

聖王国では、魔術が社会的地位も、身分も、評価も決めるというのに。

(この国は、聖王国とは随分違うんだわ)

驚くべきことに、ダルガン王族には茶色の髪を持つ者がちらほらといた。聖王国なら私以外、あり得ない。ダルガンの人々のベールは髪全体を隠すものではなく、軽く髪にかける薄いものだ。こうなると私一人が髪をしっかり隠していることが、かえって浮いてしまう。そして同時に、髪をあまり隠せていないダルガン式のベールには、最早《もはや》何の意味もないのではないかという気がしてくる。

そしてさらに面食らってしまうのは、たとえベールで髪を覆っていても、皆が茶色の髪の者と魔力持ちの者を分け隔てなく接していることだ。

聖都で会ったルーファスは私と目を合わせてくれたが、あれは彼にとってはごく自然な行動だったのだ。

ダルガン王城で迎える二度目の夜は、とても静かだ。

寝室は快適に設《しつら》えられていたが、慣れない枕や寝台になかなか寝つけない。何より、明日はついに結婚式を迎える。

私は聖王国ではリネンの寝間着を着ていたが、ここで与えられたのはシルク製のもので、ツルツルして肌触りがいつもと違いすぎて、頭が冴えてしまう。

「ああ、しかも明日はいよいよ結婚式なのよ。どうしよう……」

緊張を堪えきれず、思わず宙に向かって呟く。

その時、隣の部屋の扉が閉まる音がした。隣はネリーの控え室になっている。廊下に出たのだろうか。

夜中にどうしたのだろう?

ひょっとしてネリーも緊張して、寝付けないのだろうか。そう思うと親近感が湧き、誰かと話して緊張を紛らわせたくなった私は、寝台から下りて廊下に出た。

どうやらネリーは余程早足でどこかに行ってしまったのか、すでに近くにはいなかった。廊下は等間隔に明かりが灯されていたものの、薄暗くて姿がはっきりしないが、かなり先を人影が動いている。ネリーだろうかと慌てて追いかける。

(ん?　ネリーより背が高いわ。あれはネリーじゃなくて……もしかして、フィリップ?)

驚いて立ち止まってしまう。

私の先を滑るように歩いているのはヴァリオの側近のフィリップで、彼の更に先にいるのがショールを羽織ったネリーだった。つまり、ややこしいことにネリーをフィリップが追い、私が彼を追っているのだ。

時折ネリーが後ろを振り返り、その度にフィリップが調度品や柱の陰に身を隠すので、釣られて私も同じように隠れる。なぜ隠れるのかは、よくわからないが。

フィリップは今日も一日、私達を不審者扱いして行動を見張っていた。どうやらそれは夜中も変わらなかったらしく、こんな時間にどこかへ向かうネリーに気づいて、尾行しているのだろう。

ネリーは使用人用の狭く簡素な作りの階段へと向かい、どんどん上り始めた。フィリップが後をこっそりつけるので、私も足首から先を柔らかくして、足音を立てないように気をつけて、冷たい石の階段を上る。薄暗いので分かりにくいが、吐く息が白いのでかなり寒いはずなのだが、興奮のあまり寒さは感じない。

フィリップは尾行している自分が尾行されているとは露《つゆ》ほども思っていないようで一度も振り返らないため、私は彼との距離を徐々に埋めていった。

やがてネリーは階段を上りきり、大きな扉の前で立ち止まった。どうやらここが最上階らしい。

ネリーがふと思いついたように後ろを振り返り、私は身を隠すために踊り場にある壁の窪《くぼ》んだ部分に急いで駆け込んだ。すると同じ場所に隠れようとしたフィリップと窪みの中で肩と肩がぶつかり、彼はまるで夜道で化け物にでも会ったかのように目を見開いて口を大きく開けた。

(しまった、叫ばれる！)

今にも絶叫しそうなフィリップを止めるため、彼の大きな口を素早く右手で塞ぐ。

言いたいことは色々あるだろうが、私に話しかけるのは後にしてくれと念じつつ、左手の人差し指を立てて自分の口元に当てる。

どうやら私の意を汲《く》んでくれたようで、フィリップは瞠目《どうもく》したまま大きく数回、頷いてくれた。

やっと彼の口から右手を離し、ネリーの行動を確認すると、彼女は蝶番《ちょうつがい》が軋む音を響かせながら大きな扉を開けていた。

薄く開けた扉の隙間から滑るようにしてネリーが出て行き、扉がすぐに閉められる。フィリップと先を競うように残る階段を上がり扉の前に行くが、流石に開けた時点でネリーに気づかれてしまいそうだ。だがこの先に何があるのか、ネリーは何をしに行ったのかが気になる。

丸いノブに手をかけたままどうすべきか躊躇している私の隣で、フィリップは屈んで何やら壁に頭を押し付けている。どうやら壁に小さな覗き窓があるらしく、彼はそこから外の様子を窺っていた。

「何が見えるの？　ネリーはどこに行ったのかしら？」

「……ネリーは貴女の侍女ではありませんか。なぜそんなことを聞くんです？」

舌打ちでもしそうな勢いで、苛立ちのこもった声でフィリップが言う。

「夜中にどこかに行く気配がしたから、追いかけただけよ。貴方と同じよ、フィリップ」

「……この先は、ベランダになっているのです。貴女がた聖王国の一向が連れてきた鳩達の鳥籠《とりかご》を置いているベランダですよ」

「ああ、伝書鳩ね」

「リーナ様の侍女は鳩の足に何か括《くく》り付けていますよ」

ネリーは伝書鳩を使いたいと申し出ていたが、忙しくてまだ放っていなかったらしい。それにしても、なぜこんな夜中に？

私も外の様子を覗きたくて体を寄せると、流石にフィリップが退《しりぞ》く。窓は掌ほどの大きさしかないので、片目を閉じて必死に目を凝らして外を覗く。

ネリーは鳩を両手で押さえるようにして持ち、ベランダの端に進んでいた。私は窓から目を離し、すぐ後ろにいるフィリップに話しかけた。

「貴方は風の魔術が使えるのよね？　すぐに違う階のベランダに出て、あの鳩が放たれたらこっそり魔術で捕まえて、通信文を手に入れてもらえないかしら？」

フィリップは心底嫌そうに顔を顰《しか》めた。

「……今、なんと？」

「あの伝書鳩を捕まえてほしいの」

「通信文を掠め取ったりしたら、聖王国と我が国の関係が悪化しますよ？」

「だからそうならないように、伝書鳩がネリーの視界から消えたあたりの距離で、バレないように確保してほしいの。読んだらまた、鳩の足に付け直してから放して頂戴《ちょうだい》。……早くしないと、飛んで行ってしまうわ！」

私に急かされ、怪訝《けげん》そうな顔をしながらもフィリップが階段を駆け降り始める。下の階のベランダに出るつもりなのだろう。

再び覗き窓を確認すると、ネリーの手から鳩が飛び立つ。夜空の中を鳩が遠ざかるのを見ているのか、ネリーはしばらくの間、ベランダの手すりに手をかけてじっとしていた。

やがてネリーが踵を返して扉の方へ戻ってくることに気がつき、急いで覗き窓を離れる。二段飛ばしで階段を下り、一番近い階の廊下に出て壁に張りつく。

私はしばらくの間、そうして誰も通らない廊下で静かにしていた。自分の部屋から出ていたことに気づかれないよう、戻るのはネリーが完全に部屋に戻ってからにしたいし、何よりフィリップがどうしたかを知りたかった。

だがフィリップは近くには見当たらず、ネリーがいたベランダの前に戻って待ってみたものの、彼はいつまで経っても帰ってこない。一人、慣れない城の廊下で立ち尽くし、悶々《もんもん》とした時間が過ぎていく。

(伝書鳩を捕まえられなかったのかしら？　それとも、律儀に私のもとに戻ってくるつもりなんて、はなからなかったのかしら？)

近くを軽く探し回ってみたが、どこにも姿がない。

来たばかりの城の中でこれ以上無闇に歩き回るわけにも行かず、私は消化不良のまま寝室に戻るしかなかった。

もっとも、答えはこの後意外な人からもたらされた。


ネリーの伝書鳩と明日の結婚式で頭がいっぱいになり、何度も寝返りを打つ。

明日の大事な日に、目の下にクマを作りたくはない。でもなかなか寝つけず、苛立ちから更に眠気が遠ざかっていく。

慣れない部屋の中で不安を覚えた私は、一番身近な存在に助けを求めた。

「トッキー、寂しいから出てきて」

キランと一瞬黄金の光が枕元に表れ、空間の裂け目から転がり出てきたのは、トッキーだ。

寝ているところを呼び出されでもしたのか、大きなまん丸の目が、眠そうに閉じて殆ど線のようになっている。

胸の上に抱え上げると、トッキーは私の顎先に甘えるように頭を擦り付け、すぐに寝入ってしまった。

「もう寝ちゃうの？　ちょっとは私を慰めてよ」

相変わらずのマイペースぶりに呆れて左右に軽く揺するが、トッキーはほんの少しだけ目を開けて、なんとか起きようとしたのか片脚をプルプルと持ち上げたものの、再び脱力して寝入ってしまった。

(もう。ほんとに頼りにならないんだから。――でも、寝顔は可愛いわね)

口が半開きになって、安らかな寝息に合わせて体が上下している。

「リーナ」

不意にどこからか声がした。気のせいかとじっとして聞き耳を立てていると、コンコンとノックの音がする。

どこから呼ばれているのか、と目だけを辺りに彷徨わせるが、もちろん寝室には私とトッキーしかいない。トッキーも目を覚まし、いつもは緩やかに曲がっている尻尾を警戒してピンと伸ばして目を見開いている。

「リーナ、起きている？」

今度ははっきりと、あきらかに男性の――たぶんヴァリオの声がした。

「で、殿下ですか？　どちらにいらっしゃるのですか？」

「クロゼットを開けて、奥の板を外側に引いて」

クロゼットとはどういうことだろう。わけが分からないが、急いで靴を履いてとりあえず言われた通りに、部屋の隅にある木のクロゼットに向かう。トッキーは私の肩にしっかりとしがみついている。

中にはドレスが詰められていたが、両腕でよけて奥に進み、奥の板に触れる。何の変哲もない、通常の家具の一部に思えるが、力を込めて押してみた。

するとガチャリと留金が外れたような音がして、続いて蝶番が軋むような音と共に、板が奥へとまるでドアのように開いた。そうしてできた隙間からは、ぼんやりとした明かりが漏れ、やがてすぐに手持ちランプが光源だと分かる。

クロゼットの奥には、一枚の板を挟んで暗い通路が続いており、またしてもまるで扉のような板の向こうに立っているのは、ヴァリオだった。クロゼットの奥がどこかに繋がっているなんて、信じられない。

「殿下。この国は隠し通路が多過ぎではありませんか？」

半ば呆れて尋ねた私に、ヴァリオが静かな声で答える。

「もちろん、全ての部屋に隠し通路があるわけじゃない。王族の部屋にだけ、身の安全のためにあるんだよ」

王族、という言葉にドキッとする。私はまだ王太子妃になっていないし、聖王国から来ている花嫁として、反感を抱く者達も多いけれど、自分のことをダルガン王一家の一員として認められている気がするからだ。

とはいえ、昨夜聞かされたペンダントの中に隠されていた錠剤を思い出し、またしてもヴァリオに対して気まずさを覚える。

まだあの話題は、ヴァリオと二人きりの時にはしていない。私は肩に乗るトッキーの温もりに勇気を得ながら、昨夜の話を切り出した。

「殿下、例の……私のペンダントの中から見つかった黄色と青色の錠剤のことなんですけれど。わ、私、本当に何も知らなかったんです。一度はたしかにこの結婚から逃げだそうとしましたし、私が怪しく思えるのかもしれませんが、私でも何か国のために役に立てるはずだと、そう思ってここに来たんです」

ヴァリオは首を傾けて、私を見極めるかのようにしっかりと目を見てきた。

「その場合の国のため、とは聖王国のこと？」

「違います！　いいえ、正確に言うと、両国のためです」

「――リーナ、君に言わなくちゃいけないことがあるんだ。とりあえずこっちに来て」

ヴァリオは妙に感情を抑えた声色でそう言い、私の二の腕を摑んで通路の方へ引き込んだ。いつもは輝いている瞳が心なしか昏《くら》く見え、いやおうなしに緊張を強いられる。

私は「君を疑ったりするものか」という彼の言葉をもらえず、気が気ではない。

「少し通路を進むよ。この扉は、内側からしか開かないんだ。だから閉めずに行こう」

ヴァリオはそう言うなり、通路の奥へと進み始めた。

恐る恐る歩きだしつつ、周囲を見回す。

通路は人が並んで歩いてもゆとりある大きさだ。壁は一面が白く塗られていて、床はタイルが敷かれていた。

外光は全く差し込んでいないので、ヴァリオのランプが消えたら真っ暗になってしまうだろう。

心細さが極まり、片手をトッキーの背に当て、守護獣の存在を確かめる。

通路を少し進んだ所で、ヴァリオが立ち止まった。そのまま私に向き直り、抑えた声で言う。

「二人きりの時にリーナに伝えたいことがあって、こんな時間だけど通路を使ったんだ」

「伝えたいこと……？」

何を告げられるのか不安で仕方なく、ヴァリオを見つめ返すだけで精一杯だ。

「そうだ。実は、リーナが聖王国からつけてきたルビーのペンダントの中に入っていた錠剤だけど、少し削って鑑定をすると言っただろう？　その結果が出たんだ」

重苦しい声の調子から、どう楽観視しても良い報告ではなさそうだ。

（どうか、ただの風邪薬とか痛み止めであって！　ああ、でも絶対に違いそう……）

言葉を失う私の目を真っ直ぐに見て、ヴァリオは言った。

「あの錠剤は、毒物でできていた。それも、一錠で体重の重い大男でも殺せるような、強力な毒だ」

最悪の結果だった。

「そ、そんなはずないわ。だって、あれは」

その先を言うことはできなかった。

あれは聖王が私にくれたものだから……、だなんて到底言うことはできない。

考えようとすればするほど、頭の中が真っ白になる。

聖王が毒を入れる理由など、私には思い浮かばない。ダルガンの王宮の前で私が雨に濡れて、更にベルタが無遠慮にもペンダントまでさっさと脱がせるという出来事が重ならなければ、誰もペンダントがロケットのように開くこと自体に気がつかなかったのだから。本来なら毒を入れておく意味すらないのだ。

そもそも聖王が入れたとは限らない。何かの手違いで、入ってしまったのかもしれない。

考え込む私に、ヴァリオが言う。

「結果を伝えられた時、あらゆる可能性を考えなければならなかった。リーナが誰かに脅されて毒を持たされているのかもしれない、とか。私との結婚が嫌で自分で飲むために持ってきたのかもしれない、という考えもよぎったよ。でも執務室でのリーナの反応から、そうじゃないと分かって、安心した」

執務室で感じた突き放すような冷たさを、彼はもう纏っていない。大昼食会で大勢に囲まれ気を張っていたせいで感じられた緊張感も、今は微塵も感じられない。

そのことに安堵はするものの、一方で錠剤を入れた何者かは確かに存在するのだ。

「頼りないと思われるかもしれませんが、私も錠剤が入れられていたことに、全く心当たりがないんです」

ヴァリオが私を覗き込むようにして問う。

「このネックレスを誰にもらったのかを、教えてくれないのか？」

「私の家族です」

「聖王か？　王妃か？　それとも、姉妹か弟か？」

私の唯一の肉親が、私に毒を持たせた――。いや、そんなはずはない。あってないはずがない。

私という存在を丸ごと世界から否定されるに等しい状況を、肯定できるはずがない。

「ごめんなさい、言えません。でも、このことで私を困らせるつもりなんて、なかったはずです」

私は聖王を、父を信じたい。ダルガン王国の人を疑うようなことはヴァリオに言えないけれど、王宮で行われた鑑定に間違いがあった可能性も否定できない。

「殿下を信用していないわけではありません。でも、外からはどんな風に見えても、聖王一家は私の家族なんです」

ヴァリオは一旦目を閉じてゆっくりと息を吐き、再び私と目を合わせた。

「分かっている。それは私も同じで――、つまりフィリップばかりでなく、私の父や母もリーナに敬意を払っているとは言い難いけれど、私にも王太子としての立場があって、時としてリーナに完全に寄り添ってあげることができない。そのことが歯がゆいし、リーナには申し訳ないと思っている」

「殿下は私情だけで動けないし、私情を優先させられないというのは、よく理解しているつもりです」

「――昨夜、私が錠剤についてリーナを問い詰めた時、どう思った？　私を嫌な奴だと思った？」

私と目を合わせず、自嘲気味に微かに口の端を歪めるヴァリオに、正直に答える。

「……傷つかなかったと言うと嘘になります。でも、自分の持ち物なのにちゃんと調べなかった私も、立場を考えれば軽率でした」

「リーナ。私は君を疑ってはいない。でも、君は自分の周囲を疑う必要がある。誰がそんなものをペンダントに忍び込ませたのかが、分からないのだから」

ヴァリオに信じてもらえたことに胸を撫で下ろす。けれど一方で、私は周りの人々を信用してはいけないという事実に、気が引き締まる。

ヴァリオは仕方がないといった風情で首を左右に振った。

「錠剤は、早いうちに捨てたほうがいいかもしれない。もしかしたら、中が開くことを知っている者が他にいるのかも。例えばネリーという侍女だ。君とあの侍女はそれほど懇意な様子がなかった。長くリーナに仕えた侍女ではないんじゃないか？」

「その通りです。よくわかりましたね。ネリーは、私の結婚が決まってから侍女になりました」

ヴァリオは私の両手を取った。

「リーナ、君を落ち込ませたいわけじゃないんだが。もう一つ、知らせたいことがあるんだ。顔を上げて」

気づけば私は俯いていたようで、視線を上げてヴァリオを見つめる。彼は私の手をグッと握った。

「聖王国の一行は、伝書鳩を持ち込んでいただろう？　それをさっき君の侍女のネリーが放ったから、フィリップに風の魔術で鳩を捕らえさせたね？」

「は、はい。ご存じでしたか。フィリップを見失ってしまって、その後どうなったか分からないんですが」

「フィリップは通信文を掠め取るのに成功して、読んだ後で真っ直ぐに私に報告に来たんだ」

私を放ったらかして随分じゃないか。まぁ、フィリップが私を信用してくれているとは思っていないけれど。

「それで、通信文にはなんと？」

「妙なことが書かれていたんだ。『万事滞りなく。予定通り。万一、黒が緑に好意を向けてしまった時は、ご指示の通りに』とね。これは一体、どういう意味だ？」

「わかりません。黒……？　黒髪のことでしょうか。それとも黒い肌？　——もしかして、黒豹？」

ヴァリオの視線が私から、肩の上のトッキーへと移る。

「意味するのが守護獣の色だとすれば、緑は君のトッキーじゃないか？」

名を呼ばれたトッキーが、首を傾げる。

「でも、そうだとすると、まるで殿下が私に好意を向けるのが、望ましい展開ではないと言っているように聞こえます。そうなってしまったら何か行動に出る、と書いてあるんですよね」

ヴァリオは黙っていた。否定しないということは、彼も同じ感想を抱いたのだろう。

「フィリップには当面、リーナの護衛を言いつけておこう」

その人選はどうだろうか。フィリップは私を守るつもりがあるか、いまいち疑わしい。

「殿下、ネリーが何を企《たくら》んでいるのか分かりませんので、人前では今まで通り私にご関心がないように振る舞ってください」

寒さも手伝い、怖くなって無意識に自分の体をかき抱き、ブルッと震えてしまう。

「寒い？　これを着て」

ヴァリオが着ていた外套を脱ぎ、私の肩にかける。襟《えり》周りに毛皮がついており、ふわふわとしていてとても暖かい。

彼の優しさに感動し、落ち込んでいた気持ちが一気に高揚する。

だが外套の下はヴァリオも寝間着のような薄手のズボンとシャツしか着ておらず、寒そうだ。

「殿下、お気遣いありがとうございます。でもお借りしてしまうと、殿下が寒そうです」

「――リーナが暖かいなら、それでいい」

私を見下ろすアクアマリンの瞳を、ついじっと見つめ返してしまう。

「新年祭の日に『結婚するのが嫌だ』と言っていた時のように、二度とリーナを震えさせたくない」

真摯な瞳から、彼が本気で私を労《いたわ》ってくれているのだと分かる。思わず脱力して笑ってしまう。

「なんだか、人前で会う王太子様と今のヴァリオ殿下は、別人のようです」

「どちらかというと、今の私が取り繕《つく》わない素のヴァリオだよ」

「本当は双子の王太子様で、私はルーファスさんとヴァリオさんにお会いしているんじゃないかと思ってしまいます」

「それはいただけないな。本当にそうだったら、双子でリーナを奪い合うことになる。一度ヴァリオはルーファスに負けているから、縁起でもないな」

「そ、そうかもしれませんけど……」

ヴァリオはふと思いついたかのように、首を傾けて真顔で尋ねた。

「リーナはルーファスとヴァリオのどちらと結婚したい？」

「えっ……。そ、それは、」

私が答える前に、ヴァリオが人差し指を立てて私の唇に当てた。彼の手が微かに唇をかすり、頭が真っ白になる。

「いや、やっぱり聞きたくないな。どちらの名前を言われても、焼きもちを焼いてしまいそうだから」

ヴァリオは気さくで優しいルーファスでなければ私に好かれず、けれど強く冷静なヴァリオでなければ王太子として許されない、と思っているのだろう。

でも、果たしてそうだろうか？

ダルガンの王太子も今までずっと完璧だったのではなく、きっと悩んで時に壁にぶつかって、今日までなんとか邁進《まいしん》してきたに違いない。

（聖王国の隠され王女だった私が、王太子に助言するのもおこがましいかもしれないけれど。でも、私でも力になれることがあるかもしれないし、そうでありたい）

何より、夫であるヴァリオには無理をしてほしくない。

「私は……あの、ルーファスさんもヴァリオ王太子殿下も、どちらとも結婚したいです」

どうやら私の言いたいことは上手く伝わらなかったようで、ヴァリオはきょとんとした直後に笑い出した。

「リーナは優しいな」

「ち、違うんです。私だけじゃなく王宮の人も町の人も、みんなきっと、同じ風に考えると思います。一人称が〝俺〟な気取らないルーファスさんも、〝私〟な威厳あるヴァリオ王太子殿下も、全部殿下の個性であって、完璧な無機質さよりも人間的でお支えしたいと感じるからです」

ヴァリオは笑いを収め、考え込むように何とか頷いた。

「なるほど。聖王は崇《あが》め奉《たてまつ》る神のような存在だと聞くが、ダルガンでは国王とは民に守られるのでなく、民を率いる存在だ。リーナが言うことも、一理あるな」

ホッと胸を撫で下ろす。誤解なく伝えられたようだ。思い切って私の考えを伝えてみて、本当に良かった。

ヴァリオは再び前を向くと、案内するように私の背に手を当てた。

「長々と通路で立ち話をしてしまったな。先まで行こうか。すぐ俺の部屋に着くから。大丈夫だよ」

（殿下の部屋に？　この通路で繋がっているということかしら？）

わけもわからず、ヴァリオの右腕の服の生地に掴まって歩くが、暗くて少し先しか視野が利かない。

借りた外套の温もりにドキドキと緊張しながら、ゆっくり先を進む。

「あの、途中に落とし穴があったりしないかしら？」

「そんなわけない。王族のための専用通路なんだから」

歩きながらヴァリオが愉快そうに笑い、釣られて私も笑ってしまう。ぎこちなかった雰囲気がようやくなくなり、ルーファスとリーナに戻れた気がする。すると同じことを感じたのか、彼の腕が私の肩に回された。

「リーナの笑い声は、とても綺麗だ。新年祭の投げ矢を思い出すよ」

肩や背に触れるヴァリオの温もりにドキドキしながら答える。

「あの、ありがとうございます。新年祭、凄く楽しくて……、私の大事な思い出なんです」

「私にとっても、同じだよ」

通路は暗くて寒かった。おまけに埃っぽい。

けれど二人で身を寄せて温もりを分け与え、共に過ごした思い出を共有するのは、私をこの上なく温かな気持ちにさせた。

やがて行き止まりになった先に、腰の高さほどの扉があった。ヴァリオはランプで照らしながら、膝の辺りに位置する金属製のノブに手をかけ、扉を引いた。

扉が開くと同時に、中から煌々《こうこう》と明るい光が通路に漏れ出て、辺りを照らす。

「少し扉が小さいから、頭をぶつけないように気をつけて」

ヴァリオが屈んで扉をくぐるのに続き、私も背を折って扉の向こうへ歩いて行く。

「うわっ、眩しい」

通路を抜けると、目をすがめてしまう。光に目を慣らせるためにゆっくりと目を開けば、眼前に落ち着いた深緑色の壁紙が見えた。

ヴァリオが私から離れ、手持ちランプを近くの棚に置く。

「私の寝室だよ。本当に繋がっていただろう？」

「はい。ダルガン王城は、迷路だらけのお城ですね」

ヴァリオの寝室は落ち着いた雰囲気の内装だった。

深緑色の壁紙に、金縁のある白い板の装飾が規則的に配置され、その一つが私の寝室と繋がる扉になっていた。

広い寝室の壁の真ん中には、黒豹が刺繍されたゴブラン織の絨毯が飾られ、窓のカーテンには部屋の明かりを反射して輝く金糸のタッセルがたくさんぶら下がっている。

奥に鎮座する寝台は天蓋《てんがい》付きで、とても大きい。

暖炉のお陰か、部屋の中は暖かくて快適だ。

「居心地の良さそうなお部屋ですね」

私達は結婚するわけだが、この寝室に私が堂々と入っていく日は、まだ遠く思える。何せ王妃に白い結婚を命じられているのだ。

ヴァリオも同じことを思ったのか、彼は私を急に引き寄せた。

「リーナ。今すぐは難しくても、必ず状況は良くなる。それまで、私を信じてついてきてくれ」

ヴァリオが少し屈んで、そっと私の頬にキスをした。肩の上にいたトッキーは、見てはいけないと思ったのか、ギュッと目を閉じる。

「ネリーの目的が分かるまでは、私達は今まで通りに振る舞って、様子を見よう。でもどうか誤解しないでくれ。私は、君を手放すつもりはない」

トッキーが肩の上でバランスをとりながら、目を前脚で覆った。それを見た王太子がフッと笑う。

「なんだ、ちゃんと人の言葉が分かっているんだな。意外と頭がいいかもしれない」

ヴァリオが手を伸ばし、トッキーに触れる。頭をゆっくりと撫で、顔を上げたトッキーに笑いかける。

「守護獣らしく、ちゃんとリーナを守ってくれ。頼んだぞ?」

トッキーはそれに応えるように、サッと片方の前脚を上げた。


翌朝の朝食は、ヴァリオと一緒だった。

王太子夫妻の食堂は、大きな窓から日光が注ぐ明るく気持ちのいい所なのだが、席に着いた私はヴァリオの朝食に、目を丸くした。

彼の皿には雑穀入りのパンと果物と、少しのナッツしか載っていないのだ。

もしこれが聖王や王太子の食卓だったら、間違いなくコックが呼び出され、その場で首を告げられている。

ネリーも驚いたのか、チラチラとヴァリオの皿を見ている。

とはいえ私に用意されたメニューは豪華だった。

白く柔らかそうなパンに、スープ。卵料理にサラダもあるし、銀の皿には各種の果物が積まれ、「お好きなものを仰ってください。剝いて参ります」とベルタが言う。

(食べにくいわ。こんなに質素な食事をしている人の前で……)

聖王城でも私の食事はいつも王族の中で後回しにされたので、こんなに豪華だったことはない。

果物を剝いてこいだなんて、言っていいのだろうかと悩んでしまう。するとヴァリオが両手で持ったナプキンをバサッと振って広げ、自身の膝上に載せながら無表情に言った。

「早く果物を選んでくれ。侍女が困っている」

「はっ、はい。すすすすぐに!」

昨夜の優しさとは打って変わって冷淡な態度に、芝居をしなくても恐怖を感じてびくついてしまう。

とりあえず一番手前にあったメロンを選び、ベルタに切ってくるよう頼む。

ベルタはネリーに近くの簡易調理場を案内するため、メロンを抱えて二人で出て行ってしまった。

扉が閉まるなり、ヴァリオが離席して私の隣まで駆け寄ってくる。彼は急に片膝をつき、私の左手を取った。

「皆の目があるとリーナによそよそしくしないといけなくて、辛いな。全然リーナに触れられなくて、欲求不満になりそうだ」

「私も、いつもの優しい殿下が……恋しくなってしまいます」

ヴァリオは私の親指にはまる白金の指輪を、満足げにそっと撫でた。

「あれからいつもつけてくれていて、嬉しいよ」

「私の宝物ですから」

本当のことを言っただけだが、ヴァリオは至極嬉しそうに微笑み、私の左手をぎゅっと握った。

「今日の結婚式をとても楽しみにしているよ。ウエディングドレスを着たリーナは、絶対にとびきり綺麗だ」

「殿下こそ、とびきりカッコいいはずです」

ヴァリオが私の左手を優しく握ったまま、控えめに微笑む。

「この結婚は政略結婚ではあるけれど、でも実際はその前にリーナに惹かれていたよ。聖都の教会で、一緒に水盤に手を浸した仲だしね」

二人で聖都観光をした時のことを思い出し、クスリと笑ってしまう。

「やっぱり言い伝えは正しかったんですね！」

「こうやって、リーナにちゃんとプロポーズをしたかったんだ。——俺と結婚してくれる？」

ヴァリオは一度咳払いをすると、急に真顔になって私を見上げた。くすぐったいような照れ臭いような気持ちが、胸の中で大きな感動へと一気に膨らむ。

「もちろんです。王太子殿下」

「ヴァリオでいいよ。リーナには名前で呼ばれたい。……二人きりの時は、ルーファスでも構わないし」

「それはだめでしょう！」

私達はおかしくなって、外に聞こえないように口を手で覆って笑った。

その直後、ノックの音が聞こえた。ヴァリオはすぐさま立ち上がり、椅子に飛び込むように素早く自席に着いた。

ガチャリと扉が開き、ベルタとネリーが戻ってくる。

抱えているトレイの上には切ったメロンが載っており、爽やかな笑顔で私の方へ進んでくる。

その間にヴァリオは何食わぬ顔で自分の皿の上のパンとナッツをさっさと平らげてしまい、驚きに目を点にしている私を横切り、扉に向かった。

「結婚式の前に、少し執務を済ませる。――こちらのことは気にせず、ゆっくり食べてくれ」

私がパンを一口しか食べないうちに、ヴァリオは朝食を終えてしまった。返事に困っている私を置き去りにして、彼が食堂を軽やかな足取りで出て行く。

どうしたものかとベルタの反応を確かめると、彼女は先に出て行った王太子についてなんら気にするそぶりもない。

代わりに不安そうな私の目と目が合うなり、心得たように頷く。

「ご心配なく。殿下はいつも朝食をあまり召し上がりません。その代わり、昼食はたくさん召し上がります。お忙しい方なので、朝は一番頭が働くからと、早々に食事を切り上げてしまわれるんです」

「そうでしたか。教えてくれて、ありがとう」

「分からないところは、何でもお尋ねください。――さあ、メロンを切って参りましたので、どうぞ召し上がれ」

「聖王国では、メロンは夏しか出回らないの。ダルガンでは温室と火の魔力を使って、冬も収穫ができると聞いていたけれど、本当なのね！」

目の前に置かれたメロンは瑞々しく、とてつもなく美味しそうに見える。ワクワクと気分が高揚するのを感じて、口角が自然と上がっていく。

メロンには小さなガラスの器が添えられていて、蜂蜜《はちみつ》らしきもので満たされていた。

「これは、蜂蜜かしら？」

「ええ、そうです。ダルガンでは、メロンに蜂蜜をかけて食べるんです。他の国の方々には、奇妙な風習に映るらしいですね」

「聖王国では、果物に更に甘いものをかけたりはしないけれど。でも、想像してみると美味しそうだわ。せっかくダルガンに来たんだし、私もやってみようかしら」

そのほうが、私もダルガン人になれる気がしそうだ。

ガラスの器を傾け、メロンに少しずつかけていく。

近くで見ているネリーはいかにもゲテモノでも見るような目つきで蜂蜜に濡れるメロンを見ていたが、ベルタは目を輝かせている。

フォークをメロンに刺し、蜂蜜が垂れないように慎重に口に運ぶ。

甘い蜂蜜の濃厚な味のすぐ後を、瑞々しく香り高いメロンの果汁が追いかける。

「これは新発見だわ。蜂蜜と果物って合うのね！　私も癖になりそう」

思ったままを素直に言うと、ベルタはとても嬉しそうに笑ってくれた。

「そう仰っていただけると、ダルガン人としては誇らしいです。王妃様にお仕えできて、大変光栄です」

心底そう思っているような、真っ直ぐな嘘偽りのない笑顔と率直な言葉に、面食らう。

（なんの取り柄もない私を歓迎してくれるなんて）

「あの、でも私は、見ての通り、髪が茶色で……魔力を持たないの。ご期待通りではなかったと思うの。ごめんなさいね」

思わず詫《わ》びるが、ベルタは目を剝いた。

「何を仰いますか。王妃様は、大陸随一の長い歴史を持つ、偉大な王家の王女様でいらっしゃいます。それにダルガンは聖王国ほど、魔術にこだわりませんよ。魔術の代わりに、技術が発達していますし。そもそも王太子殿下は突出した魔術の使い手ですので、誰もこれ以上など望みません」

髪の色でこんなに優しい言葉をかけられたのは、初めてだ。

手を伸ばして、二切れ目のメロンを味わう。鼻に抜けていく芳《かんば》しく甘い香りと、口内に溢れる果汁を、ゆっくりと堪能する。

メロンとはこんなに美味しい果物だったのかと、目頭が熱くなるほどの感動を覚えながら。


結婚式の朝は、まだ外が薄暗い時刻に起こされた。

王都からほど近い教会で、招待された王侯貴族達が集う中、長く重たいトレーンを引きずるようにヴァリオと並んで進む。

ドーム型の天井には一面にフレスコ画が描かれていて、あまりの精緻さに、美しさに感激するというよりは、圧倒されてしまう。

衆人環視の中、ヴァリオと私は互いに目を合わせることなくひたすら前を見ていたが、緊張で気を失ってしまいそうな状況でも、左手を添えているヴァリオの腕の温もりだけは、私を支えてくれるものに思えて、凄く確かなものに感じられた。

私はヴァリオと並んで「原初の光」の前に立った。神父の言葉を聞いている間中、私は聖都の教会でのルーファスとの思い出を振り返っていた。互いに言葉にはできなかったが、同じことを思い出していると確信できることが、心地よい。

結婚指輪の交換をし、神父が私達の結婚を宣言すると結婚式は終わりだった。両国にとって重要な出来事であるはずだが、実際の結婚式自体は、終わってみればあっという間だ。

その後は、馬車に乗って王都を回ることになっていた。

式には王侯貴族しか参列できないため、一般の人々に王太子夫妻を見てもらう、絶好の機会として設けられたパレードだ。

見られることを第一の目的としているのはあきらかなので、緊張しかない。

ここで馬車に乗り込む前に、私にネリーが提案をしてきた。

「ベールがまくれてしまっております。直しましょうか？」

当然のように問われ、いつものように直すようお願いしようとしたところで、口をつぐんだ。

今日つけているのは聖王国から持参したベールではなく、ダルガン製のものだ。

果たして色すら透けるこのベールに、着用する意味があるのだろうか。衛兵が守る教会の敷地の外では、新婚の王太子と妃を見ようとたくさんの民衆が駆けつけている。彼らもまた、茶色の髪の者達は聖王国に比べれば申し訳程度にしかならないベールを付けている。

私は幼い頃、誕生日会について知った絵本を読んだ時のように、稲妻に打たれたように悟った。

（ああ、やっと分かったわ。このベールには、何の意味もないんだわ）

私は……いや私達は、誰も髪色を隠すために何かを被る必要などない。

「ネリー、そうじゃないわ。ベールを直すんじゃなくて、外してほしいの」

「何を仰いますか。ベールを外すなど、裸になるのと同じではありませんか」

ネリーが慌てるのも無理はない。

私だって小さな子供の時からずっと髪を覆ってきたから、ベールを取って晒すことにはかなりの抵抗がある。

「私はベールを被ることの方が、不自然だと思うの。ネリー、髪を崩さないように外してちょうだい」

「できるわけがございません！　ご自分が何を仰っているのか、お分かりですか？」とネリーが小声で懸命に抵抗する中、ベルタが一歩私に近づく。

「分かりました。妃殿下は外されたいのですね？」

それを受けてネリーが般若《はんにゃ》のような顔でベルタを睨む。

「ダルガンの方々は、聖王国の王女様に恥をかけと？」

先に馬車に乗り、席に座ったヴァリオが何事かと私達を見下ろしている。

私はネリーの言葉が妙に引っかかった。

（私が髪を晒すことは、本当に恥なのかしら？　ここには茶色の髪の人がたくさんいるというのに？）

顔を上げれば、馬車が通るのを待っている人々がいて、彼らの中にも私と同じ茶色の髪の者達が大勢いるのだ。元は聖王国からもたらされた悪《あ》しき風習だと思う。

私がここで恥ずかしがってベールを被るのは、彼らの髪色をも恥ずかしい色だと言うのに等しい。

ベルタの正面に立ち、真っ直ぐ彼女を見て告げる。

「私はもう自分の髪の色を、恥じていないの。だからベルタ、今すぐ取りなさい」

私の命令ということにしておけば、ベルタの行為が後で問題になることもない。

ネリーは険しい表情を浮かべていたが、ベルタは「はい……ただいま!」と答え、やや緊張した面持ちで私のベールに手をかけた。

ベールを外した私を見て、ヴァリオは少し驚いていた。

やはり茶色い髪を晒しているのはおかしいだろうか?

決意したものの、不安は残る。馬車の中で気になってしまう。だが馬車が動き始め、石畳の上を車輪が走る音が響き、集まった人々の顔がはっきり認識できるようになると、彼らもまた一様に不思議そうな眼差しを私に向けていた。

おそらく聖王国への憎しみや持たざる者への軽蔑、新時代への期待等、様々な感情がこもった視線もあるだろう。しかし私は震えそうになるのを堪え、微笑を作って皆に手を振る。

沿道から上がる歓声の多くは王太子に向けたものだった。だがやがて「王太子妃殿下! おめでとうございます!」と私に向けた声もチラホラと上がるのが聞こえる。

ヴァリオは前方の沿道に視線を向けたまま言った。

「ベールを外してくれて、外で初めてリーナをちゃんと見られた気分だ」

「あの、変でしょうか……?」

「ベールで隠してしまうなんて、もったいない。リーナ、ありがとう」

一瞬、ヴァリオが何に対してお礼を言ったのか思い当たらなかった。だがすぐに胸に込み上げるものがあった。私にとって、髪色を晒すということがどれほど勇気がいることかを、彼は理解してくれたのだ。

そのことがとても嬉しかった。

相手を思いやって行動に移したり言葉にしたりすることは、きっと今日結婚した私達には何より必要なことなのかもしれない。

(今日からは、もう二度とベールで髪を隠したりはしない)

固く決意して、何度も馬車の中でしゃがみ込んで隠れてしまいたい衝動を、懸命に抑えた。


そして王太子妃となってから、五日後。

この日から、私達の新婚旅行が始まった。

新婚旅行といえば、昔からどこかの海や島へ行くのが定石だし、一番の目的は二人でのんびりすることだろう。

しかしながら、ヴァリオが計画を立てた私達の新婚旅行は、甘さとは無縁の国内視察だった。

最初の行き先は、なんと軍事演習の行われる荒野なのだ。

馬車にガタガタと揺られながら、つい姉のアンヌの結婚式とその後の新婚旅行を思い出してしまった。彼女は聖王国の西海岸にある、風光明媚《めいび》な海辺のリゾート地に出かけた。

一週間、そこで飲んで踊って食べての楽しい時間を過ごしたらしい。

滞在先は豪華絢爛《けんらん》なホテルだったはず。

もし姉に私の新婚旅行が、軍事演習を見に行くことだとバレたら、喉が千切れるほど大笑いされたに違いない。

「軍事演習……？」

一般的な新婚旅行の行き先との乖離《かいり》に馬車の中で戸惑っていると、ヴァリオがやや大げさな身振り手振りを使いながら弁明をするように言った。

「ダルガンのことを殆ど知らない聖王国の王女にこの国の考え方を知ってもらうには、これが一番てっとり早いと思ったんだ。――きっとリーナが新婚旅行に期待していた旅程とは、随分違うだろう」

「そんなことはな……くはないですが」

「――やっぱりガッカリしただろう？」

ガクッと頭を下げて自分の膝まで視線を落としたヴァリオが、面目なさそうに頭を掻く。

まずいことに、落ち込ませてしまった。

本音を言えば、優雅にゆったりと過ごす新婚旅行に魅力を感じていた。落ち着いた所でゆっくり二人の距離を縮めるのが新婚旅行の定番だと思うのだ。リゾート地での新婚旅行に、漠然《ばくぜん》とした憧れのようなものもある。

「リーナが来るとあらかじめ分かっていれば、視察ばかりの旅程にはせず、もっとダルガンの観光地を重点的に訪れたかったんだけれど」

ヴァリオは恥じ入るように肩を落とし、眉を寄せて座席の上で小さくなった。気を遣わせてかえって申し訳ない。

たしかにこの新婚旅行は予想とは少し違った。でもモノは考えようだ。元々敵対国から来ている私の場合、定番の行き先がふさわしいわけじゃない。

ダルガン王国について本で読んだり家庭教師から聞いたりして得た情報しか持たない私は、海や島を見てのんびりしている場合ではない。王太子妃になったのだから、ダルガンはどういう国なのかを語れるようになりたい。

それに相手がヴァリオならば、一緒に過ごせるだけで十分かもしれない。

落ち込むヴァリオを慰めるために、そして残りの半分は本心から言う。

「いいえ。むしろこの方が私にピッタリの旅行先だと思います。ダルガンと聖王国は随分違いますし、百聞は一見に如《し》かずというでしょう?」

「そう言ってもらえて、助かるよ……ありがとう」

ヴァリオがおずおずと私に分厚い「旅行計画書」を手渡す。

まさか新婚旅行に、単行本一冊分の計画書があるとは、思っていなかった。

「こ、こんなに綿密な計画があるんですね。たったの五日ですのに」

「手抜かりはないはずだ。表紙の版画にいたるまで、私が作ったんだから」

ご冗談を、と笑おうとしたが、すぐに表情を引き締める。

ヴァリオは大真面目に言っており、事実を述べたに過ぎないのだと、気がついたのだ。

「行き先を急に変えることはできなかったから、計画書を気合いの入ったものに変えたんだ。——

いや、たしかに計画書に気合いを入れ過ぎたとは、自分でも思っている」

私が計画書を凝視しすぎたせいか、彼は少し照れ臭そうに目を逸らしてソワソワとみじろいだ。しかも耳の先がほんのりと赤くなっている。

もしや、照れているのだろうか。

私の視線に気まずくなったのか、ヴァリオが続ける。

「最初に準備していたのは、もっと薄いものでね。リーナを案内するんだと思って、急遽張り切ってページを増やしたんだ。――もちろん、ロマンチックな行き先ではないと分かっているよ。聖王国はダルガンを三流国家だと思っているから、早々にその認識を改めてほしい気持ちがあったんだ」

なるほど、もともとキャロリーナ王女に軍事演習場を案内したかったのは、おそらく王女を通じてダルガンの軍事力を聖王に見せつけよう、という意図があったのだろう。

「仰る通り、ちょっと想像していた行き先とは違いますけれど、これはこれでロマンがあります。定番の湖や高原より、軍事演習場の方が素敵です」

「いや、流石にそんなはずないだろう」とヴァリオが苦笑する。

「海や湖は、どこの国でも同じようなものですけれど、ダルガンならではの唯一のものを見られる方が、行く甲斐がありますから」

ヴァリオはほっとしたように大きく息を吐き、肩の力を抜いた。

「リーナがそう言ってくれる女性で、良かった。旅行計画書を大幅に加筆して良かったよ」

分厚い旅行計画書を一度見下ろし、私は笑った。

基本的に私達は王家所有の屋敷か、滞在先の領主の館に泊まる予定だったが、計画書にはその建物の沿革や特徴などが、十ページ以上にわたって記されていた。

ヴァリオは私が思っていたよりもずっと几帳面《きちょうめん》な性格をしていたらしい。新年祭で見た彼とは、また違う一面を見た気がする。朗らかで優しく遊んでいるだけではない、彼の姿を。どんどん新しい彼の姿を知ることができるのは、大好きな本の新しいページをめくるのに似ている。不安よりワクワクするのは、相手があの「ルーファス」だからだろう。

（まだまだ、知らないことばかりだわ。でも、理解しようとする努力は、大切よね……）

夫であるヴァリオの思考のかけらに、少しでも寄り添いたい。分厚い旅行計画書の、一字一句に目を通す。

それでも――。

（くっ……。これは……）

主な旅行先は、病院、孤児院、武器庫、工場見学。眩暈がするほど、甘さ要素がゼロだ。

もちろん、無選別に決めたわけではないはずだ。きっと、それぞれに選んだ理由があったのだろう。

窓の外を見れば、騎乗した衛兵達のすぐ近くを黒い豹が並走している。ヴァリオの守護獣だ。

トッキーには到底真似ができないので、馬車の座席の隅で丸まっている。

私の隣に座るヴァリオはトッキーに興味津々で、時折彼をつついては遊んでいる。トッキーの方も少しずつ慣れてきたようで、ヴァリオのマントに包《くる》まって暖を取っている。

ヴァリオはトッキーを猫か何かだと思っているのか、彼の顎の下を指の背で撫でながら、首を傾げた。

「なんだかトッキーは初めて離宮で見た時より、大きくなってないか？　一回りたくましくなって、大人の猫くらいの大きさがあるぞ」

「そうですね、前にご説明した通り、今が冬なのでたまに冬眠しているからです」

「トッキー、お前本当に厄介なヤツだな」

ヴァリオに声をかけられ、トッキーが面目なさそうに俯く。彼はトッキーを覗き込んで愉快そうに笑った。

「意外と表情豊かじゃないか。この大きくて垂れた目が、愛嬌《あいきょう》があっていいな」

自分の守護獣を褒められ慣れていないので、照れ臭いのと同時にどう反応していいのか分からない。肯定するのはおこがましい気がするし、否定するのもトッキーに失礼だ。

黙ってしまった私を見て、ヴァリオが不思議そうに目を上げる。

「リーナ、どうかしたか？」

「いいえ。なんだかヴァリオ様は、私のいろんな感情を揺さぶる方です」

「なんだ、それは。褒められていると思っていいのか？　リーナも同じだよ。毎日、初めて味わう景色を見せてくれている」

ヴァリオは馬車の窓にレースのカーテンがきちんと掛けられていることを確認してから、こちらに両手を伸ばして私の手を取った。

「聖都の大教会で、なぜ三位の分配の水盤の中にリーナも一緒に手を入れるように言ったか分かる？」

新年祭で聖都を案内した日のことを思い出し、首を左右に振る。ヴァリオは照れ臭そうに小さく笑って続けた。

「水盤に男女が一緒に手を入れることの意味は、私も知っていたよ」

「えっ、そうだったんですか？　てっきりあの時、ルーファスさんは知らないのかと……」

「知らないフリをして、リーナに手を浸けさせたんだ。あの時、リーナとどうしても別れたくなかったから」

握られた手から熱が伝わり、私の顔はヴァリオの手より遥かに熱くなっていく。思わぬ告白に驚きと喜びで暴れる心臓が痛いくらいだ。

「手を浸しっぱなしにした私も、同罪です」

ふとあの時気になった彼の発言を、思い出した。

「そういえば、ヴァリオ様はご自分の手が血で汚れていると仰ってましたよね。なぜあんなことを？」

ヴァリオは悲しげに笑った。

「前線とまではいかなくても、何度か聖王国との戦いを現場で指揮したことがあるんだ。当時流れた兵士達の血は、目には見えなくともこの手についている」

それは私が知り得ない、指揮する側の痛みなのかもしれない。ヴァリオの手を見つめ、彼を勇気づけたくて握り返した。

「彼らの死は全部、私が命じた結果も同然なのだから。だけど私に怯えることなく、すぐに綺麗だと言ってくれたリーナに、凄く救われた思いがした」

「私がここに来たからには、もう二度と戦争は起きませんから、ご安心ください。この新婚旅行は、私がダルガン国内を見るだけでなく、いろんな人々に私の姿を見せて、戦争が終わったことを分かってもらうためでもあるんですよね？」

ヴァリオは私の両手を自分の顔の高さまで持ち上げ、私の手の甲にキスをした。

「この手は、絶対に誰にも汚させない」

この馬車が目的地に着かずにずっと走ってくれればいい。いっそ、今心臓が止まって息絶えてもいい。そう思えるほど、私はこの瞬間に途方もない幸せを感じた。


最初の目的地に着くまでに、私達はいくつかの街で休憩を挟んだ。

この間、私は一貫して王家と民の距離が近いことに大変驚いた。

聖王国では王太子が通れば、近くにいる者達は、王太子が通り過ぎるまで深々と頭を下げるものだ。話しかけるなんてもっての外だし、手を振るのも失礼だ。だが国が違えば考え方や習慣が違うのか、ダルガンでは民はヴァリオ王太子に軽く会釈をするだけだし、反対にとろけるような笑みを見せる女性達も多かった。

とりわけ私が仰天したのは、沿道の屋台の店主が商品の玉ねぎの箱をひっくり返してしまい、道端を埋め尽くして転がる玉ねぎを、ヴァリオが衛兵達と一緒になって拾ってあげたことだ。

(断言できるわ。天地がひっくり返っても、聖王国にいる私の弟なら、絶対にこんなことをしない!)

かといって、私は失望したりはしなかった。むしろ逆だ。

飾らず自分から国民の中に入っていくヴァリオの姿は新鮮で、一層惚《ほ》れてしまいそうだった。ダルガンに来てみれば、神のように振る舞う聖王家の姿勢に疑問を抱いてしまう。

馬車に揺られ、目的地に辿り着いた私達の目の前に広がっているのは、紺碧《こんぺき》の美しい海でも、花火でもなかった。

荒涼とした、枯れ木の立つ平原である。

城から南東にある平原が演習場になっているのだ。

馬車で到着すると、ヴァリオは私が降り立つのを手助けし、自信ありげに言った。

「たとえ今は争いがないにしても、戦争はいつ勃発するかは分からない。だからダルガンは常に訓練を怠《おこた》らないようにしている」

なるほど。

平原には石造りの砦が建てられ、どうやらダルガン兵達はそこを敵の要塞《ようさい》と仮定し、攻撃の訓練をしているようだった。

私達は高い砦からかなり離れた所に馬車を止めた。

人が遠巻きに配置されている代わりに、砦の側には車輪の付いた鋼鉄の細い筒のような形状のものがいくつか置かれている。

「殿下、あの車つきの筒はなんでしょうか？　聖王国では見たことがありません」

するとヴァリオは得意げな表情を浮かべた。少し後ろにいるフィリップは、私を小馬鹿にしたように鼻で笑う。

「今日はあれを見に来たんだ。聖王国の王女には、刺激がかなり強いかもしれないな。音が凄《すさ》まじいから、あまり近寄らない方がいい」

鋼鉄の筒に少しだけ近づこうとした私を、ヴァリオが腕を伸ばして止める。彼はそのまま片腕をあげ、筒の周囲にいる兵達に「着火」と命じた。

間もなくドン！　という爆音と共に、煙を放つ球体が筒から吹っ飛んだ。瞬きをする間に、それは砦に当たり、石造りの砦の壁にまるで砂糖菓子のように穴を開ける。

思わず私は身を固くし、隣に立つルーファスに聞いた。

「今のは、なんです？　火の魔術ですか？」

振り返ったヴァリオの顔は、随分と満足げだった。

彼が口を開く前に、もう一発の球が飛び、二箇所に穴の空いた砦の外壁がボロボロと崩れ始め、すぐに大きな一つの穴になった。

ヴァリオは長い腕を伸ばし、前方にある車輪付きの筒を示した。

「魔術ではない。まだ実戦で使用したことはないんだが、これは我が国で開発した新兵器だ。火薬を使って、鉄球を飛ばす」

新兵器も、火薬とやらも、私には馴染みのない言葉だった。

「聖王国では、接近戦以外の攻撃は主に魔術で行います。魔術でないなら、どうやってあんな火を吹く球を飛ばすのです？」

気づけば、私を取り囲む兵達も、誇らしげに微笑んでいた。

自信に溢れた口調で、ヴァリオが答える。

「これが、我が国の技術だ。魔力に代わって、これからの時代を切り開く力。それが技術だと、ダルガンは確信している」

私は筒の中に球体を仕込む若い兵士を見た。髪色は茶だ。

「あの兵士は、『持たざる者』だわ。でも、火を吹く球を打てるのね……！」

思わず興奮して、声が上ずる。

「それこそが技術の強みだ。生まれ持った魔力は関係ない」

聖王国にも多少の技術はある。技術といえば、紙や織物作りに使われている。それに、近年では時計に精密な機器が使われていて、ここ半世紀の技術の進歩は目覚ましいと言われる。

だが、ダルガンの技術は、そのずっと先を行っていた。

感心していた私だが、すぐに顔を曇らせる。

「もしもの時は、あの兵器で戦うのですか？」

「先制攻撃を仕掛けるつもりはもちろんない。だが、我が国を侵略する国があったなら、徹底して戦う」

断言はしないが、可能性ある筆頭国は聖王国だろう。

生まれ育った聖王城を、燃える鉄の球が打ち砕く光景を想像してしまい、慌ててそれをかき消す。

「あの新兵器は、なんという名前なのですか？」

何気なく尋ねてみると、近くにいたフィリップが片眉を怪訝そうに持ち上げて聞いてくる。

「妃殿下はもしや、聖王陛下に告げ口でもなさる気ですか？　ダルガンが鋼鉄の玉を打ち込もうと目論《もくろ》んでいるから、風の防御魔法の精度を上げておけ、とでも？」

「そんなつもりはありません。ただ、興味があっただけです」

ヴァリオは打撃を受けた砦に少し近づき、自分の腰に手を当てて振り返った。

「そうか。我が国の情報は、義父殿に筒抜けになり得るのだな。もしも聖王に手紙を書くのなら、今日見たことをできるだけ大袈裟に書いてくれ。義父殿が、間違っても我が国に再び攻めこもうなどと思わないように」

掌にじっとりと汗が滲むのを感じる。

ヴァリオは冗談めかして言っているが、やたら綺麗な彼の宝石の瞳の奥に、挑戦的な色を見た気がした。今彼は、一人のただのルーファスという男性としてではなく、ダルガンの王太子として、聖王国の王女である私がどう出るかを見極めようとしている。これは王太子個人の言葉ではなく、おそらく王宮にいる人々が私に対して思うであろうことを、彼が代弁したにすぎない。忘れてはならないのは、彼もまたたしかに聖王国を恨んでいる者の一人だということだ。

フィリップも探るような目つきを私に向けている。私の返事を聞き漏らすまい、としているに違いない。

（フィリップは私が敵か味方かを、見定めようとしているんだわ。兵士達も顔には出さないけれど、きっと同じね。なんだか、狼《おおかみ》の群れに放り込まれた羊になった気分だわ……）

ここで答えを間違えては、孤立無縁になってしまう。

ヴァリオの発言が本気なのかを、考えなければ。

今日、この場にはネリーが来ていない。彼女は先に宿泊地へ向かい、仕度を整えておく先発隊の一員に選ばれたからだ。ヴァリオはネリーを不審に思っている。もしかしたら、彼女には火球を見せたくないのかもしれない。

もしも本気で彼が兵器の情報によって義父を牽制《けんせい》したいと思っているなら、実際に国境で実演するなり、大使に教えるなり新聞社に大々的に報じさせるなり、私の手紙越しより効果的な方法がたくさんある。

たぶん、ヴァリオは聖王にダルガンで見聞きした軍事情報を、流してほしいとは思っていないのではないか。取扱いに細心の注意を要する話題だと判断できない王太子妃だと思われるのは避けたい。

ここで己の頭で思考せず「はい」と答えるような妃であれば、ダルガンの人々に見放される気がした。

「父からは折りに触れて書簡を寄越すように言われておりますので、今夜久しぶりに送ろうと思います。私は、今日平原で兵士たちの剣の練習を見ただけだと手紙には書きます」

「何を書こうと、キャロリーナの自由だ」

そばで聞き耳を立てているに違いないフィリップをチラリと確認した。目が合うと、彼は何事もなかったかのように、視線を逸らした。

（まったくもう。伝書鳩から通信文を取っても私には報告すらしないし。その上、一言も言わずにヴァリオのもとに向かうし）

敵国から来ているために侮《あなど》られているのは重々承知だ。

問題は、私自身の魔力のなさや容姿、持って生まれた立場のようなどうしようもないことではなく、言動で相手を失望させることだった。

それだけは恥ずべきことだ。

「持たざる者」である私も、何一つ本当に持たないわけではないはずだ。

どうにもならないことは多いが、努力で補えるものならば、落ち度を何としても埋めたい。

私はフィリップにも聞こえるような大きな声でヴァリオに言った。

「それと書簡には――、ヴァリオ王太子は剣神と名高い側近のフィリップを打ち負かすほどの腕前をお待ちだと書いて、父に報告しますわ」

ダルガンを下に見ている聖王へ、微かに牽制を利かせたつもりだ。

だがヴァリオは固まった。その視線が無意識に意見を求めてフィリップに向かったが、彼も硬直している。

ヴァリオがフィリップといくらか距離を取り、向き合う形で立ち止まる。

「……いやいや、殿下。まさか」

苦笑するフィリップに向かって、ヴァリオが宣言する。

「よし、いいだろう。フィリップ、久しぶりに私と……、俺と手合わせをしろ」

急な展開に、周囲にいる兵士達もざわつく。

本当に剣を合わせることなど、私も予想していなかった。

「で、殿下。何も実践されることはありません！　私が父に伝えるだけですから」

「義父殿に嘘を吐くのはいただけないな、キャロリーナ。ここはまさに演習場なのだから、丁度いい」

ヴァリオは私にだけ聞こえるように、声を落として続けた。

「それに、素の私を見せてもいいかなと、リーナのお陰で遊び心が芽生えたんだ。だから止めないでくれ」

呆気に取られている私をよそに、ヴァリオがスラリと剣を抜く。

対するフィリップは、頭痛がするかのように額を左手で押さえている。

「殿下、本気ですか？　新婚旅行でお怪我なさったら、目も当てられませんが」

「流石の自信だな、フィリップ。後でその発言、後悔するなよ？」

ヴァリオは自分達の周りにどんどん集まり始めた兵士達に、実に愉快そうに話しかけた。

「兵士達に剣を振れといつも命じてばかりでは、一方的に過ぎるからな。それに皆、剣神の剣技が見たくはないか？」

「見たいです！」と兵士達が大きな声を合わせて答え、目を輝かせて頷く。

先ほどまでの硬い雰囲気は一変し、皆の顔に笑顔が浮かぶ。

「殿下も、粋なことをなさる」

「お二人の剣技を見られるのは久しぶりじゃないか。俺達兵士にとっては、目の保養だな」

聞こえてくるのは、一様に期待に満ちた呟きで、これ以上ヴァリオを止めることはできそうにない。

困惑する私の前で、ヴァリオとフィリップがほぼ同時に前方に踏み込み、互いの剣をぶつける。

カーン、と金属音が響き、兵士達が歓声を上げる。

ヴァリオが激しく剣を繰り、フィリップが逐一防御してそれを流す。少し後退したところで今度は一転してフィリップが次々と容赦なくヴァリオに剣を振り下ろす。

互いに太刀《たち》筋を読んでいるのか、剣が衣服に触れることはないものの、気迫溢れて勢いがあり、僅《わず》かな遅れが命取りになるのは、間違いない。

兵士達は血気盛んに声援を送り、最高の盛り上がりを見せているが、私は怖くて仕方がない。

一瞬、ヴァリオの瞳が素早く私に向けられ、彼と目が合った。直後、彼は目にも止まらぬ速さで剣を下から振り上げ、フィリップの剣が消えた。

ヒュンヒュン、と風を切る音が上空から聞こえたと思うと、フィリップのすぐ後ろの地面に、ザクッと大きな音を立てて剣が突き刺さる。

半ばまで土に埋まった剣は、銀色の剣身に陽光を反射しながら、反動で前後に揺れている。

右手から剣を失ったフィリップは、啞然《あぜん》と自分の後ろを振り返った。

ヴァリオの剣はフィリップの手から彼の剣を見事に奪ったのだ。

しばらくの間、誰もが揺れる剣を見つめていた。そして何が起きたのかを、誰が勝者なのかを理解すると、再び地鳴りのような歓声が沸き起こった。

「王太子殿下、万歳！」

「我らが剣神、ここにあり！」

皆大いに喜んでいるが、私はやっと恐ろしい時間が終わり、腰から下の力が抜けてしまった。へなへなとへたり込みそうになり、ベルタにどうにか支えてもらう。

ベルタは小柄な体形のどこにそんな力があるのかと驚くほど力強く私を支えてくれたが、彼女もまた私に対して意外だと目を瞬いた。

「妃殿下。そんなにも王太子殿下がご心配だったんですね」

「だって、私の不用意な一言のせいで二人が剣を抜いてしまったから……」

「まぁ、不用意だなんて。士気が上がりましたし、何より王太子殿下のお茶目な一面が拝見できて、私などは感激してしまいましたよ？」

そうだろうか。

結果良ければ全て良しと思いたいけれど、その後の演習場での説明を聞く間中、私はまだ胸がドキドキしていた。

ダルガンでは殆ど唯一と言っても過言ではない、私の味方であり愛する人を失うかもしれない、という恐怖がどれほどのものなのか、骨身に沁《し》みたのだ。

軍事演習場では少し距離を取って歩いていた私とヴァリオだったが、次の移動先に向かうために馬車に乗ると、彼の澄ました顔が豹変し、いたずらっ子のようにニヤリと笑った。手すりに腕を乗せ、長い脚を組んで至極満足げだ。

「さっきは面白い提案をしてくれて、ありがとう。私の剣の腕も、捨てたもんじゃないだろう?」

「決して提案をしたつもりではなかったんです……! 殿下とフィリップの手合わせには皆さん見入っていましたけれど、私は心配で胸が潰れそうだったんです……!」

ずっと皆の前では言えなかったことを、ようやく伝えられる。だがヴァリオはしれっとした様子で言った。

「怪我には繋がらないよう、加減は分かっているから心配することはないんだ。皆、盛り上がっていただろう?」

「ええ。でもまさか手紙のお話にあそこで殿下が乗ってこられるなんて、思いもしませんでした」

「リーナにカッコいいところを見せたかったんだ」

そう呟いて自嘲気味に小さく笑うヴァリオが予想外で、彼をハッと見つめてしまう。

まさか私に自分を良く見せたい、と思っていたなんて。

(意外過ぎるわ。だって、すでにこれ以上はないってくらいカッコいいのに。ヴァリオ王太子ほど魅力的な男性なんて、絶対に他にいないんだから。上限を突破するつもりなの? そんなのってないわ)

「もっと素敵になんて、ならないでください。十分過ぎるほどカッコよくて、お近くにいるだけで私は恥ずかしいのに」

　正直に苦情を申し立ててみるが、ヴァリオは目を丸くした。すぐに顔を歪めて小さく笑い、自分の拳を鼻に押しつけている。斜め下に視線を流した彼の耳先は、またしても朱が差している。

「参ったな。そっちこそずる過ぎるだろ。なんなんだ、その可愛過ぎる反応は」

「私は、ただ本心を……」

「ああもう、我慢できない」

　そう言い捨てたヴァリオは、座席から腰を上げて両腕を伸ばし、正面に座る私の二の腕を掴んで強引に隣に座らせた。

「皆の前だとリーナと距離を取らないといけないのが、苦痛で仕方ない。こうやって、いつも抱き寄せていたいのに」

「で、殿下……」

「リーナが視界に入ると、触れたくてたまらなくなるんだ。一体、どうしてくれる？」

　ヴァリオの両腕が私の腰と背に回され、殆ど抱きしめられているみたいな状態になっていて、私の心拍数が異常なほど上がっていく。

　ドクドクと胸打つ音が、彼に聞こえてしまいそうだ。

「リーナを妃にできて、私は本当に幸せ者だ」

「私も、とても幸せです。ありがとうございます」

　けれど、さっきから機嫌が良過ぎるヴァリオに、ちゃんと私の気持ちを伝えて釘《くぎ》を刺しておかねばともう一言、苦言を呈する。浮かれてばかりではいられず、これもお妃の勤めだと思うのだ。

「殿下はもうお一人の身ではなくて、私がいるんですから……だからもう二度と、危ないことはなさらないでくださいね？」

懇切丁寧に言ってみたつもりだが、ヴァリオは素早く顔を背けた。

ヴァリオの長い黄金の髪がバサリと私の顔に流れ落ちてきて、視界を取り戻そうと首を仰け反らせて振り払う。

目を上げると、王太子の横顔が見えた。意外なことに、その顔は真っ赤だった。

「くそっ。まったく、どこまで可愛いんだ……！」

ぽつりと呟かれたその一言に、今度は私が茹《ゆ》で蛸《だこ》のように真っ赤になってしまった。


二日目は朝から次の移動先に向けて、馬車に乗り込んだ。

もちろん、ヴァリオの力作である旅行計画書を旅の友として持ち込んでいる。

前日にたっぷり睡眠を取ったので、心身ともに朝から快適だ。

新婚旅行初日の夜は、豪華なホテルに泊まった。私達のために準備された部屋は最上階にあり、上下二階に分かれた大層広い部屋だった。

部屋数は複数あったのでヴァリオと私は別の寝台を使ったが、私は疲労のあまり体を横たえた途端に眠りの世界に転がり落ちていったのだ。

車内でヴァリオは私の正面に座ったのだが、私が旅行計画書のどこを読んでいるのかが気になったのか、隣に席を移動してきた。

隣に座った直後、私達の肘が当たり、びくりと震えてしまう。もちろん恐怖などではなくて、接触に胸が高鳴ったせいだ。

横から覗き込んだヴァリオが言う。

「次の滞在先を調べているのか?」

これから向かうハイマーのページを読んでいた私は、旅行計画書から顔を上げた。

「はい。ダルガン最古の教会があるんですよね。それ以外は、恥ずかしながら何も知らないので、今一生懸命読んで勉強しています」

「勉強熱心だな。渾身の旅行計画書を活用してくれて、製作した甲斐があるよ」

「あの、魔術を生まれつき使える人は、訓練して上手に使いこなせるようになりますけど、ダルガンの技術というのは、どうやって学ぶのですか?」

ヴァリオは意外なことを聞かれた、と言いたげに両眉を持ち上げた。

「同じく、訓練するんだ。魔術と違って、親や家庭教師から学べたり魔術学院で教えてくれたりするわけではないから、今は一部の兵士達を集めて、特訓している。今後は対象者を増やしていく予定だ」

「なるほど。やっぱりそれなりに訓練が必要なんですね。どう扱うかだけでなく、どういう仕組みなのか理解した上で携わらないと、危険が伴うこともありそうです」

ヴァリオは大きく頷いてから、両腕を組んだ。

「その通り。技術は魔術とは違うからな。呪文一つで作用させれば済むわけじゃない」

私はガス灯の設備を思い出した。たくさんの道具や準備、手順が必要で、魔術のように最後は力技でどうにかなることはなく、繊細な知識と実践が欠かせない気がする。

「魔術と違って、修理もできる必要がありますよね」

実際に使う様々な場面を想像して言ってみたのだが、ヴァリオは感心したように目を見開いて私を覗き込んだ。

「そう、一筋縄ではいかない。技術を開発したからといって、それ自体がゴールではないんだ」

「私達は丁度、ダルガンにおける技術の黎明期《れいめいき》にいるのですね。今が正念場といったところでしょうか。例えば技術を学べる職業訓練学校のようなものがあれば、誰でも希望する人達が、生きる力を身につけることができますね」

ヴァリオは首を傾けて、より一層私の顔を覗き込むようにして至極満足そうな笑みを浮かべた。

「そうだな。いい考えだ。私の妃は大したものだな。さしあたって場所と資金があれば、すぐにでも始められるんだが、まずは予算をどこかから持ってこないとな」

国家の会計は年ごとに予算が組まれ、厳格に執行されていく。緊急で必要になった場合であったとしても、あらかじめ予定されていなかった支出ができる条件は厳しいのだろう。

「私、技術に凄く興味があります。それなら、私の持参金の一部を是非使って下さい」

「何を言うんだ。あれは君が聖王国の王女としての品位を保つために、聖王が持たせたものだろう」

「品位はお金で作れるものではありません。物件探しから是非やらせてください」

ヴァリオは首を左右に振りながら笑った。何か変なことを言っただろうか、とドキッとしてしまう。だが笑いを収めた彼が私に再び向けた目は、とても温かだった。

「ありがとう。ダルガンのことを、そこまで考えてくれるなんて。リーナは目を下げるように言われて育ったようだけど、何も見てこなかったんじゃないな。代わりに、物ごとの本質を捉えようと常に思考してきたんだね」

「そんな、大袈裟です。ただ私は改革的なことを目指すこの国が、凄いなと思っただけです」

「同じことの繰り返しでは、進歩しないからな。現状維持をしようとすると、沈んでいくものだと思っている。小国が生き残っていくのは、大変なんだ」

肩をすくめて笑うヴァリオは、どこか自国を茶化した口調ではあったが、私は改めて背筋が伸びる思いだった。

（王家って、大変なんだわ。なんだろう、聖王国と全然違う……）

自分のマントを整えようとヴァリオが一度腰を浮かせ、尻の下のマントを払って裾を整える。広がったマントは隣に座る私の膝の上に落ち、片膝を彼のマントで覆われた私は、ピクリと足を震わせて硬直する。払うに払えず、困ってしまう。

とりあえず何を言うでもなく、平静を装う。

ヴァリオは再び口を開いた。

「私の国のことを学ぼうとしてくれて、嬉しいよ。いや……私達の国、だな」

顔を上げると、再び私達の目が合った。旅行計画書を共に覗き込んでいたヴァリオの顔が思わぬ近さにあり、慌てて目を逸らしてしまう。

ごくりと生唾を嚥下し、小さな声で応える。

「この国に、き、妃として来たからには、当たり前のことです」

聖王国の失敗作王女の自分が、ヴァリオに「嬉しい」と言ってもらうことができた。そして自分もそのことを嬉しいと感じている。

それはとても特別なことのように感じられた。

膝の上にかかったマントは、間もなく気にならなくなった。


ハイマーは、小さな街だった。

丘の上にこの辺り一帯の領主の館がそびえ、その麓《ふもと》には漆喰《しっくい》の可愛らしい家々が並んでいる。

ハイマーの街の人々は、新婚の国王夫妻を迎えるため、街のいたる所に花々やリボンを飾り、華やかな雰囲気を演出してくれていた。

広場で馬車を降りると、私達を待っていた街の人々はここぞとばかりに、楽器の演奏や若い娘達による踊りの披露を始めた。

歓迎に応えるため、私達がしばらく足を止めて踊りを観ていると、小さな子ども達が花束を抱えて、私に手渡してくる。

(聖王国から来た茶色い髪の私でも、こんな風に親切に接してくれるなんて……。なんて心の温かい人たちなの)

故郷では考えられない。優しさが、心に沁みる。

ここでも私が驚いたのは、相変わらずヴァリオが街の人々に自ら進んで話しかけることだった。聖王国の王族なら、まず考えられない。

聖王族は不可侵の神聖な存在であって、人々は崇めて拝み低頭するものの、同じ目線で会話するなどまずあり得ないが、ヴァリオは老婦人に「ハイマーはいつ来ても綺麗だ」とか子どもに「何歳になるんだ?」などと話しかけている。

(こんな風に民との距離が近いなんて。聖王国の王族とは、凄く違うわ)

あまりの違いにまだ慣れない一方で、人々の顔に浮かぶ親しみや笑顔を前に、聖王国よりもダルガン王族と民との関係の方が良いのではないかと思えてくる。私は、この国が好きになれるかもしれない。

ヴァリオが隣を警護しつつ歩くフィリップに言う。

「知っているか?　聖王は新年祭で、自分の守護獣を披露していたんだ。私もボーグを披露すれば、皆は喜ぶだろうか?」

フィリップは微かに顔を顰めたが、小さく頷いた。

「聖王の真似をするのは癪《しゃく》ですが。……喜ぶでしょうね。しかし、そんなことをお考えになるとは、殿下らしくもない」

フィリップの反応は予想の範囲内だったのか、ヴァリオはニッと笑ってから少し歩調を緩め、自分の前方に空いている場所を作った。

ここにボーグを呼び出すつもりなのだろう。

ヴァリオが軽く目を閉じ「ボーグ、おいで」と小さな声で呼びかける。

空間に金色の裂け目が現れるなり、人々は次に何が起きるのかを悟り、歓声を上げた。しなやかな体軀の大きな黒豹が登場すると、周囲の興奮が最高潮に達する。

ヴァリオの守護獣には恐れを感じないのか、大きな豹であるボーグに向かって、街の子供達が「カッコいい！」と手を叩いて喜んでいる。

「やってみるもんだな」とヴァリオが両眉を上げてフィリップに流し目を寄越し、フィリップが苦々しげに頷く。

その後も私達に花束を手渡してくれた人々がたくさんいて、顔が埋もれるほどもらってしまったので、馬車の中は花束でいっぱいになった。


ハイマーの教会では、司教の祈祷《きとう》を聞く予定になっていた。

教会は可愛らしい漆喰の街並みの中にそびえる白亜の建物で、二本の大きな尖塔が突き出ている。

「聖都の大教会とは比べるべくもないが、ダルガンでは最も長い歴史を誇る教会なんだ」

馬車から降りた私とヴァリオは、教会までの短い石畳の道を歩きながら尖塔を見上げた。塔から吊《つ》るされた鐘は金色で、教会の白い外壁によく映える。

ベルタはハイマーに来るのが初めてらしく興奮した様子だったが、ネリーは冷めた目で教会を一瞥した。

「金色の鐘とは、珍しい。聖王国とは何から何まで違いますわね」

「青空と白と金色の対比が、美しいですね！」

ネリーの無表情と、はちきれんばかりのベルタの笑顔の対比が鮮やかだった。

教会の中では私達を歓迎するためにパイプオルガンが演奏され、揃いの白いお仕着せを着た聖歌隊の少年少女たちが聖歌で出迎えてくれた。一番奥にいる少年は歌には参加せず、お香の入った銀《ぎん》燻炉《こうろ》を腕に提げ、左右に揺すって香りを広げている。

「神の教えは、国が違っても変わりませんね。聖都の大教会のステンドグラスを思い出します」

思わずヴァリオに話しかけると、彼は少し間を開けてから答えた。

「聖都の大教会と言えば、世界で唯一の三位の分配の水盤があると聞いている。さぞ見応えがあるんだろうな。いつか見てみたいものだ。……特に、水盤に手を入れてみたい」

笑ってしまいそうになるのを、一生懸命堪える。すでにヴァリオは私と一緒に三位の分配に手を突っ込んでいるのだから。

大司教は豊かな白いひげを蓄えた高齢の男性で、神に仕えることを示す真紅の小さな帽子を頭頂部に被っていた。

教会の奥へと案内しつつ、柔和な笑顔で私達に内部の重要な絵画や像の説明をしてくれる。

例に漏れず、教会の奥の祭壇には原初の光を表す黄金の棒が掲げられていた。

原初の光の下には大きな棚があり、年代を感じさせる背表紙の本が並んでいる。私は思い切って大司教に聞いてみた。

「あの本は、管区内の魔術持ちの人々を記録したものですか？」

聖王国でも、教会には創立以来の「持てる者」達の記録書があるのだ。

なぜ、私は持たざる者なのか。それを長いこと考えてきた私は、聖王国の教会にある記録書に、機会があるごとに目を通してきた。

大司教が首を大きく縦に振る。

「その通りにございます。普段は開示しておりませんが、王太子妃殿下にご興味を持っていただけるとは、大変光栄です。ご覧になりますか？」

「ありがとうございます。ぜひ、見せてください」

隣にいるヴァリオは私が記録書に興味を示し、進んで大司教と会話していることにやや驚いた様子だった。

記録書を年代ごとに棚から抜き、中を見比べる。字の大きさや紙の薄さにはあまり変化がない。

私の個人的な興味でここで時間を取ってはいけないので、すばやく目を通しながらページをめくる。

（――思ったとおりだわ）

流石に全巻開くわけにはいかない。ある程度の年代分を確認し、もう少し見たい思いを抱きつつも記録書を棚に戻す。

私は最後に棚から一歩離れると、全体の本の冊数を数えた。

棚の前で考え込む私に、ヴァリオがぽつりと呟く。

「記録書の冊数が徐々に減っているということは、持てる者が減っているということか？」

「残念ながら、ハイマー管区ではご指摘のとおり、目立って減少の一途でございます。ダルガン全体でも同じような状況かと。もっとも、隣の聖王国では相変わらず持てる者が多いと聞き及んでおりますが」

「流石の聖王国たな」

ヴァリオのその一言は、賛辞より鼻で笑ったような言い方だった。

祭壇左右を飾るステンドグラスには、歴史上に現れた聖女達と彼女を囲む昔の人々の姿が描かれている。

この絵の中に、私と同じ茶色の髪を持つ者はいない。

一緒に祭壇前まで王太子と歩く私に、大司教が話しかける。

「ダルガンの教会の言い伝えによりますと、かつて天から与えられた魔力は、今より大きかったそうです」

「はい。聖王国でもそう言われていました。大昔は、『持たざる者』などいなかったと聞いています。差はあれども、皆が十分な魔力を持っていたと」

大司教が私の髪色に気を遣ったのか、柔らかく微笑んで首を左右に振る。

「太古の記録書は存在しませんので、単なる神話のお話でございます」

果たしてそうだろうか。

昔から魔力の有無は、親から引き継ぐと言われていた。しかし持たざる者の隔世遺伝もあるため、くじ引きのように不運にも持てる者である両親のもとに、魔力のない者が生まれることもある。

魔力にこだわる聖王は代々、妃の親族の調査を慎重に行う。私の母も遡《さかのぼ》れる限り、全員が魔力持ちだったはず。けれど、持たざる者である私が生まれた。

だからこそ、私は聖王都の教会の記録書を全部閲覧して、ある仮説を自分なりに考えている。

私はハイマーの記録書を振り返った。

「聖王国にはかつて、魔力持ちの者達は二人以上の子を持たなければならない法律がありました。恥ずべきことですが、逆の法律――つまり持たざる者は子を持ってはいけない、という法律も。どちらも今はなくなりましたが、持てる者の方が遥かに生きやすい国なのは、変わりません」

「そんな国では、魔力ある者が減らないのも当然の結果ということか」

「ですが、近年では増加率が低く、頭打ちです。年によっては減っている管区もあります。一歩引いて百年単位で見れば、あきらかに持たざる者は増えているのです」

「つまり、どこの国でも魔力を使える者達は、減り続けているということか。これは神話ではなく、事実なのだと」

ヴァリオは不可解な話を聞いた、とでも言いたげに眉根を寄せているし、大司教も困惑顔だ。

「私は本来、持てる者として生まれるはずでした。けれどそうはならなかった。おそらく私のような者が、今後は増えるのだと思います」

ヴァリオと大司教が硬い面持ちで私をじっと見てくるので、緊張して無意識に自分の髪に触れてしまう。

実のところ、私は魔力の話が好きではない。けれど魔法に重きを置かない道を模索するダルガンのヴァリオとその最古の教会の大司教に、私は今話したかった。聖王国で最も高貴な生まれでありながら忌々しい存在だった私だからこそ、辿り着いた仮説を。

私はアクアマリンの瞳を真っ直ぐに見上げた。

「私はこう考えています。魔力は世界からゆっくりとなくなっていき、――将来的に皆が『持たざる者』になるのだと。いずれ、大陸全土において、魔術は過去の遺物になるでしょう」

ヴァリオと大司教はすぐには何も言えなかった。内容が、衝撃的過ぎたようだ。

魔力を神から与えられし絶対的な祝福だという考えの中で育った我々にとって、世界が根底から覆るような考え方のはず。

魔力がこの世からなくなるなど、信じられないのだろう。

(頭がおかしい王女のたわごとだと思われたかしら？　でもそうじゃなくて、大切なことを話しているのだと、知ってほしい。聖王国では誰にも言えなかったけれど、魔力至上主義ではないダルガンでなら、耳を傾けてもらえるもの……)

私はハイマーに来る前に見学した軍事演習を思い出した。

魔術を使わずして、石の砦を破壊した鉄球を。

「魔法に頼らない、というダルガンの舵《かじ》取りはとても理にかなっていて、先進的だと思います」

「君の言っていることは、教会が伝えて来たことと、全く違うな。だが、悪くはないな。我が国は将来を見越して、技術の革新に力を注いでいるということか。いずれは高い技術を持つ国が、世界の覇権《はけん》を握るんだな」

ヴァリオは不敵な笑みを見せた。私の話にしっかりと耳を傾けてくれる彼に、聖王国で私が一人、ずっと考えてきたことを明かしてしまいたい。彼になら伝わると思うのだ。

「小さな規模ではありますが、聖都の一つの管区内の魔力量を数値化し、変動を追ったことがあります。時折強力な魔力持ちが増えることはあっても、統計的には減少の一途を辿っていました。魔力はいずれ、枯渇《こかつ》します」

「枯渇……」

恐ろしい言葉だと思う。大司教は血の気が引いたように顔を白くさせ、よろめいた。

こんな思想は、たとえ統計に基づいた結論であろうとも、異端である。はっきり言い過ぎただろうか？

「あの、大司教。怒らせましたか？」

私の話したことは、あきらかに宗教上の教えに反している。

大司教が答える前に、ヴァリオが小さく肩をすくめて平板な声で答えた。

「私は盲目的な信者になるつもりはない。時に科学的な統計の方が、事実を教えてくれることもある」

ヴァリオが重ねて大司教に問う。

「さて、私にも教えてくれ。これはダルガンの行く末にとっても、避けて通れない話だ。――魔力がなくなっていけば、いずれは人々の神への信仰も薄れていくと思うか?」

大司教は少しの間、考えこむように黙っていた。

そうして気が滅入りそうな長い溜め息を吐いた後で、祭壇の上の原初の光を見上げた。

「むしろ誰もが祝福を受けられる場所として、皆の心の拠《よ》り所になるかもしれません。変わりゆく世にこそ、神という不変の存在が必要とされるでしょう。少なくとも、我が国最古の教会の大司教として、今後の人々の信仰には自信を持っております」

そう告白し、大司教が胸に手を当て膝を折る。

私の話したことのせいで二人を怒らせることがなくてよかった。けれど会話が落ち着くと、やはり出過ぎた事を言っただろうかと、不安になってきて、いつもの癖で俯いてしまう。

床一面に敷かれた大理石の石畳には、細かな彫刻が刻まれていた。その摩耗ぶりに歴史を感じ、聖都の大教会の階段を思い出す。

すると唐突に、ヴァリオの手が私の顎先に触れ、そっと上向かされた。

目の前にあるのは、私を怪訝そうに見下ろす王太子の瞳だ。

「君はどうも、すぐに下を見る癖があるようだ。我が国の王太子妃なのだから、毅然と前を見ていてくれ」

教会中の人々に見られていることと、ヴァリオの近さについ目を上げ続けることを躊躇してしまう。

聖王国ではバカにされ続けて来た茶色の目を、見られることに抵抗があった。

だが俯いた王太子妃では、民から信頼されない。何より、ヴァリオが恥をかく。

砦を打ち砕いた鉄球を思い出し、自分に言い聞かせる。

（この国では、誰も私が『持たざる者』なことに、特別の注意を払ったりはしない。だから、顔を上げて大丈夫……）

大司教が私とヴァリオに教会の歴史について話し始めた。

教会内部の柱に刻まれた彫刻や、梁《はり》からさげられた重厚な模様のタペストリーについて、私達を近くに案内しながら、解説をしてくれる。

私はその話を聞く間、首にいつも以上に力を入れて、前を向いて大司教とヴァリオについていった。

顔を上げたまま視線を巡らせると、聖歌隊の子ども達や衛兵にも茶色の髪の人々がたくさんいるのだ。聖王国では少数派だった自分の髪色が、この国では多数派なのだと、改めて実感する。

（私が恥ずかしいと思って顔を下げれば、この人達のことも貶《おとし》めることになるんだわ）

私は大司教が教会と王家との関わりについて話しだすと、大きく頷きながら目を瞠って彼の話に聞き入った。

話が貴重だったからではない。

顔を上げて目を見開けば、視界にはこれまで以上にたくさんのものが入ってきた。私はそのことに感動した。

目を上げると、世界が少しだけ広がった気がしたのだ。


ハイマーには国王の従兄弟《いとこ》が屋敷を構えており、私達はそこに宿泊した。

国王の従兄弟は物静かで落ち着いた男性で、移動の多い私達を疲れさせないよう、夕食は小さな宴席にしてくれた上、早めに切り上げてくれた。

新婚の夫婦はゆっくり二人きりで過ごすものだ、と気を遣ってくれたらしい。

私達のために準備された寝室は、書斎も併設の大きなもので、専用の中庭までついていた。

入浴を済ませてもまだ寝るには時間が早く、ヴァリオと私は中庭に出てみた。

自分達の他は誰もいないので、櫛《くし》ですいて垂らしただけの長い茶色の髪を揺らしながら、寝室と中庭を繋ぐ扉を開ける。

夕食の間に雨が降っていたのか、じっとりと肌にまとわりつくような湿気が中庭に充満していた。

濡れた緑の葉から立ちのぼる青い匂いが、高い湿度を更に強調する。

中庭には白いタイルが敷かれ、曲線を描く花壇にはパンジーが鮮やかに咲き誇っている。白色や黄色、紫色や青色。

まるでパンジーの見本市のように美しい。

ヴァリオが小さなベンチの前を通り過ぎたところで、私は彼に並んで話しかけた。

「秘密の中庭みたいで、素敵ですね」

「そうだな。花の香りが漂っていて、素晴らしい。久しぶりに二人きりになれたな。ハイマーではずっと人に囲まれて移動してきたから」

ヴァリオが花の香りを吸うように大きく息を吸い、肩を下ろしながらまた息を吐き出す。

王太子である彼も、始終周囲に人がいるのは時折窮屈《きゅうくつ》に感じるのだろう。

「せっかく二人きりになれたから、少し座って話そうか」

ヴァリオはそう言うなり、マントを大きく払ってベンチに座った。まだ少し濡れている箇所があるため、マントを横に広げて私がその上に座れるようにしたようだ。

人のマントを尻に敷いて良いのか逡巡したものの、遠慮するのも感じが悪い。

おずおずと腰を下ろし、二人で並んで座った直後。

ベンチの向かいに設置された水盤から、噴水のように水が勢いよく上に噴き出した。

「なんてタイミングかしら。まるで私達が座るのを、待っていたみたいですね！　これはヴァリオ様の水の魔法ですか？」

感激の声を上げる私とは対照的に、ヴァリオは冷静だった。

「いやいや。これに魔法は必要ない。ベンチに負荷がかかると、弁が開いて噴水が出る仕組みになっているんだ。似たものが王城の庭園にもあるぞ」

「そんな仕掛けが⁉　これも技術なんですね。聖王国では、見たことがありません。ダルガンの生活は、びっくり箱の連続です」

「びっくり箱か。そうか？」

ははははと腰を折って笑ったヴァリオの肘が私に当たり、私達は噴水から目を離し、互いに見つめ合った。途端に心臓が跳ねる。

（なんだか改めて見つめ合うと、変な気分になるわ。ヴァリオ様ったら、お風呂上がりだから妙に色気があるんだもの）

ヴァリオはいつも後ろで束ねている髪を今は下ろし、まだ少し濡れた波打つ髪が彼の肩から流れ落ちている。

私達は急に恥ずかしさを覚え、視線を逸らして再び噴水を見上げた。

そうしてしばらく水の音に耳を傾けた後で、ヴァリオが口を開いた。

「リーナ。手を繋いでいい？」

「は、はい。も、もちろんです……」

ぎこちなく互いの手を相手に寄せ、指先が触れ合った後ですぐに握り合う。

中庭は寒く長時間座っているのに適した季節ではない。だが手を繋いで二人きりでベンチに佇《たたず》むのは、とても贅沢な時間な気がして、私達はしばらくそこから動かなかった。

ハイマーを出て隣の街に休憩のために立ち寄った私達は、馬を交換する間に街中を散策した。

聖王国にいた時は知らなかった小さな町ではあったが、蜂蜜色の建物がひしめく街並みは風情があり、衛兵に周囲を囲まれながらも、首を忙しくめぐらせながら歩いた。

ヴァリオの少し後ろを歩きながら、不意に視界に飛び込んできた丸いものを避けるため、私は咄嗟に右手で顔を庇った。その直後、カシャンという儚《はかな》い音と共に冷たい衝撃が手の甲を襲った。

衛兵達がざわつき、隣にいたネリーが物凄い形相で私の右手を取る。

「大丈夫ですか⁉　妃殿下、お怪我はありませんか⁉」

私の右手はなぜか濡れていて、ぬるぬると糸を引くものが指先から地面に向かって垂れている。一歩下がって足元を見てみると、何やら薄くて白いかけら状のものが落ちていた。

（これは、卵の殻？）

「不届き物が、妃殿下に生卵をぶつけたぞ！」

「捕らえよ！　その青い服を着た奴だ！」

ここでようやく、誰かが私に向かって生卵を投げたのだと知る。とんでもない悪意と、その標的にされた事実に一瞬頭の中が白くなる。

あっという間に衛兵達の間で指示が飛ばされ、すぐ側の街路樹の後ろに隠れていた少年が、数人がかりの衛兵達に摑みかかられ、地面に押し倒された。

（あの子が私に生卵を投げつけたの……？）

おそらく七歳くらいと思《おぼ》しき少年は、拘束されながらも四肢を振り回して叫んだ。

「離せぇ！　僕は聖王国なんて大嫌いだ！　僕の父さんを殺した奴らだ！」

少年の言葉は鋭い刃《やいば》のように私の胸に刺さった。誰がどう聞いても、少年は聖王国から来た私を非難していた。衛兵達がそれ以上の罵詈《ばり》雑言《ぞうごん》を私に吐くことがないよう、少年の口元を押さえつける。

大きな男達の手で押さえられ、少年が陸に引き上げられた魚のように暴れる。

「暴れるな！　早く拘束しろ」

衛兵がテキパキと動き、そのすぐ近くではボーグが背中の毛を逆立て、少年に向かって唸り声を上げて威嚇している。

守護獣は主人が名を声に出して呼び出さずとも、激しく動揺した時は察知して姿を現すものだが、トッキーは出てこない。運悪く冬眠の日と重なってしまったらしい。

ネリーは私の手を急いでハンカチで拭い、ベルタは顔を引き攣らせて私を元来た道へ押し戻し始めた。ヴァリオも険しい目つきで周囲を窺いながら、素早く私に命じる。

「馬車に戻れ。散策は一旦中止する」

第二の卵が飛んでくることを恐れたらしい。

だが私はベルタに背を押されても、その場を動かなかった。それよりも、小さな顔いっぱいを大きな男の手で塞がれた少年が気がかりだった。衛兵もすぐ近くにヴァリオと私がいる手前必死で、そのうちの一人は少年に馬乗りになって動きを止めようとしているのだ。

思い切って衛兵達に大きな声で呼びかける。

「その子が呼吸できないわ。私は何を言われても平気だから……、口から手を離してあげて」

少年を囲んで地面に膝をつく衛兵達は、ギョッとしたように驚いたが、ここで少年に窒息されてもまずいと気がついたのか、少年の顔から急いで手を離す。

少年は肩で息をしつつも、まだ聖王国の悪口を叫んだが、衛兵に引き摺《ず》られるようにして、裏路地へと連れて行かれ、私とヴァリオの視界から消えていく。

ヴァリオは私の正面に立ち、気遣わしげに言った。

「散策を切り上げて、この町はもう出発したほうがいいんじゃないか？」

だが私は首を左右に振った。

幸い卵は手にしか当たらなかったので、拭いてしまえば問題ない。

「もう、俯かないと誓ったばかりです。旅程を変更する必要はありません。殿下に、恥をかかせたくないんです。恨みをぶつけられようとも、毅然としていたいんです」

ヴァリオは厳しい表情でしばらくの間薄い唇を引き結んでいた。やがて厳かに一度頷き、言った。

「分かった。君の意見を尊重しよう」

少年を無罪にしろと願い出ることはできない。理由があれば無抵抗の人間に生卵をぶつけていいことにはならない。

だが念のため、私は衛兵達に言った。

「あの子は私の手を狙ってくれたのよ。必要以上に罪を重くしないであげてね」

「最初から腕を狙ったわけじゃないですよ。妃殿下が手を上げられたから、顔に当たらなかっただけではありませんか！」とネリーはカンカンの様子だ。

それを受け流して散策に戻る私を見て、ヴァリオのすぐ後ろにいたフィリップが呟く。

「妃殿下は、傲慢《ごうまん》な聖王家の方々とは、少し違うようですね」

解釈に悩んだが、これを賛辞と受け止めるほど能天気でもない。

（だいたい、私のすぐ近くにいたんだから、護衛として周囲を警戒していたフィリップなら、飛んでくる生卵に気がついたんじゃないかしら？　もしかして、わざと教えたくはなかった……？）

私がどう対処するか、見たかったのかもしれない。

私は勇気を出して、彼を真正面から睨んだ。

「あなたも心の中では私にあの少年と同じことをしたかったのではないの？」

「――まさか。何を仰いますか。そのようなことは決して考えておりません」

一見、中性的で柔和な面差しをしているが、フィリップの醸し出す優雅な雰囲気に誤魔化されてなるものか。

言うべきことは、言うべき時に言わなければ。

「そうね。私を軽んじるのは、王太子殿下を軽んじるのと同じだもの。貴方は殿下の忠実な側近でしょう？」

平静を装っていたが、大それた発言なので心臓は激しく打ち鳴らされ、掌には大汗をかいている。

それでも私は言い切った。そうして驚いて身を固くしているフィリップに背を向け、歩きだした。

新婚旅行を終えた私は、ダルガン王城で父宛ての手紙を書いた。

聖王国では見聞きすることができなかったダルガンの美しさや、人々が親切であること。そして初めて知った「技術」のことを。

温室栽培のメロンの美味しさや、中庭の噴水。どれも聖王国にはなかったものだ。

両国にはもう二度と争ってほしくない。ダルガンがいかに技術の向上に務めているのかを知らせ、聖王に認識が古かったことを自覚してもらいたかった。

生まれた時から自分がどう生きれば良いのか、何をしたら良いのか常に迷ってきた私だけれど、一度は心折れそうになった両国の架け橋に、頑張れば本当になれるのではないか。

少しずつ自分の中に自信と信念が芽生えるのを感じながら、私は一文字一文字を丁寧に書いた。

第五章　非情な命令

私の結婚から二ヶ月後。

ダルガン王太子妃となった私の初めての外交活動は、バスティアン王国を訪問することだった。

彼《か》の国のビクトリア王女と、私の弟であるシャルル王太子の婚約が正式に決まり、そのお披露目パーティーに招待されたのだ。二人の婚約は、父が長年腐心して取り付けたものだ。

バスティアン王国は聖王国とダルガンの双方と交流があったが、二カ国が長年戦争をしていたため、つかず離れずといった関係にあった。だが、これからは三カ国の関係が変わる。

婚約お披露目パーティーは、新しい時代の象徴でもあった。婚約が決まったことを祝うため、バスティアン国王は国内の上位の王侯貴族だけでなく、周辺諸国の君主をパーティーに招待していた。

バスティアンは友好関係にある国が多いため、多くの国々の王族達が集まる国としても有名なのだ。

ダルガンでの私の結婚式には、流石に聖王が招かれることはなかった。だが今回のパーティーにはバスティアンと長年良好な関係を築いているため、聖王も来ることになっており、三カ国の王族が珍しく集合するのだ。

当初招待されていたのはダルガン国王だったのだが、彼は多忙のため参加せず、代理として私と王太子が参加することになった。

この多くの人々と顔を合わせるパーティーに際し、私が決めたことがある。

第一に、髪を隠すベールはレースの小さめなものにすること。私はもうダルガンで被っていないものの、バスティアンの慣習も尊重しなければならない。

第二に、ダルガンの王太子妃として、俯かず目を見て話すこと。誰の前であろうとだ。私はダルガンそのものとして見られる。自信のない国家を、誰が信頼するだろう。

パーティーはバスティアン王城の広い庭園に面したホールで開催された。

私とヴァリオは、馬車で王城に到着した時から注目の的になっていた。私達の結婚自体が珍しいものだったからだろう。名も知らない人々からの注目に、笑顔でなんとか応える。

ホールの入り口では、順に招待客を出迎えるバスティアン国王と聖王がいて、彼らに順番に挨拶をする。

聖王と王妃の少し後ろには、ミーユがいた。彼女は私にはまるで気づいていないかのように、ヴァリオを目で追っていた。私が聖王国を離れる時は、ミーユはずっと顔を覆うベールを被っていたのだが、今はつけていない。見る限り顔には発疹の痕は見えないが、化粧で上手く誤魔化しているのだろうか。

ヴァリオがバスティアン国王と聖王の前に進み出て、胸に手を当て膝を軽く折る。

「お招きありがとうございます。この度は、ビクトリア王女殿下とシャルル王太子殿下のご婚約、おめでとうございます」

「こちらこそ遠路遥々、よくいらしてくださった。——我々三カ国は、大きな意味で家族になりますな」

バスティアン国王は私とヴァリオどちらにも満遍なく目を合わせ、とても感じの良い笑顔を見せてくれた。

一方で、聖王は私とは全く目を合わせなかった。代わりにヴァリオに薄く微笑み、声をかける。

「こうしてお会いするのは、初めてですね。これまでは代理人を通じたやり取りでしたが、お会いできてとても嬉しいです。殿下は私の義理の息子なのだから、今後はもっと頻繁にお会いしましょう」

「ありがとうございます。今度、ぜひダルガンにいらしてください。リーナも喜ぶことでしょう」

ヴァリオがそつのない控えめな笑みを浮かべ、聖王に軽く頭を下げる。

聖王の側に控える聖王国の近衛騎士の中にはレオンスがおり、彼は私を見てとても驚いた様子だった。彼だけでなく、私とは顔見知りの近衛騎士は皆、目を見開いて何度も瞬きをしつつ私を凝視し、判で押したように同じ反応をしていた。

おそらく、私が髪を隠していないことが、とても奇異に見えたのだろう。

簡単な挨拶が済むと、招待客たちはホールに集まった。管弦楽団が演奏を始め、最初に踊るのは今日の主役のシャルルとビクトリア王女だ。シャルルは濃い緑色のジャケットを着ており、立襟と彼の体形に寸分の狂いなく丁寧に仕立てられた衣服のお陰で、いつもより大人っぽく見える。ビクトリア王女と私は初対面だったので、未来の義理の妹を感慨深く見つめてしまう。

青色のドレスは裾のレースがとても柔らかく長く、彼女の金色の髪の毛と青色の瞳によく似合う。

二人は吹き抜けとなっている二階から、螺旋《らせん》階段を下りてくると、ホールにいる人々から割れんばかりの拍手を受けた。

まだ幼さの残るシャルルが、同じくまだあどけなさの残るビクトリアの手を取り、ホールの真ん中へと進む。

二人が踊り始めてしばらく経つと、やっと他の招待客達もホールでのダンスに参加し始めた。

招待客達が次々にダンスを始める中、私は一人で壁と同化していた。ヴァリオは今回、シャルルの婚約を祝うために、ダルガンの最先端技術を使ったものを持参してきていた。技術を披露して諸国を牽制するのだという。彼は庭園にそれを設置する作業に忙しいのだ。

バスティアン王城は、豪華絢爛だった。

(いつもみたいに目線を下げていたら、気がつかなかったかもしれないわ)

天井のシャンデリアの美しさや、壁の装飾を観察しているとレオンスと目が合った。彼と会うのは、私の輿入《こしい》れの時に国境付近で別れて以来だ。

「レオンス、貴方あの後、ダルガンから追い出されて聖王からお叱りを受けなかった?」

「正直なところ、かなり。ですが、まさかダルガンの王太子殿下があそこまで強情な方だとは、思いもしませんでした」

そうね、と答えつつ、ダルガンに入ってヴァリオと初めての会った時のことを思い出す。あの時は、王太子がまさかルーファスだとは思いもせず、怖くて震えていたっけ。

「――王太子殿下は、庭園でお忙しそうですね」

レオンスは庭園でダルガン人技師たちと長い棒を組み立てている王太子を見た。私を一人で放置していることを、遠回しに非難したいようだ。

「ご夫婦で来たはずなのに、お気の毒にお姉様は置いてけぼりかしら？」

レオンスの後ろから嘲笑を含んだ甲高い声で話しかけてきたのは、片手にワインのグラスを持ったミーユだ。

「お姉様ったら、仮にもダルガンの王太子妃ですのに、私の護衛騎士と踊るおつもり？」

どうやらレオンスは今、ミーユの護衛担当をしているらしい。

「ち、違うわ。私はただ……」

「ネリーから聞いたわぁ。王太子殿下は、お姉様を気に入らなかったんですってね。それにしても、殿下は肖像画よりもずっと見栄えする方ね。結婚前にもらった肖像画では、無表情に山の前で乗馬されているお姿だったから。てっきり、こういうのにありがちな美化された絵だと思っていたのに！

逆に詐欺にあった気分だわ」

それは私がミーユから手渡された肖像画の描写と、全然違うではないか。

（やっぱり！　殿下本人はよく似ていて出来の良い肖像画だったと言っていたから、おかしいと思っていたのよ。ミーユは本物の肖像画を、見ていたんじゃないの！）

怒りのあまり感情的に昂《たかぶ》った声になりそうなのを堪え、落ち着いてミーユに尋ねる。

「私達が見た肖像画は、ニッコリ笑って親指を立てた男性のものだったわよね？」

「あら、何を言っているの？　お姉様のご記憶違いよ」

ミーユが不自然に目を逸らす。

やがて庭園の扉が開けられ、ヴァリオがホールに戻ってきた。彼はバスティアン国王と歓談している聖王のもとに行き、二人に話しかける。

「バスティアン国王並びに聖王陛下。ビクトリア王女とシャルル王太子のご婚約を祝い、ダルガンよりささやかな贈り物をお持ちしました。どうぞ外をご覧ください」

夜の庭園から吹き込む風はとても寒かったが、窓が大きく開かれ聖王やその周りの人々がこぞって彼と共に庭園の近くに行くため、ホールの人々も殆どが釣られて庭園に注目した。

庭園には、等間隔で長い鉄の棒が二列に立てられている。先には小さな屋根のついた家形の模型が取り付けられ、ヴァリオが長い燭台を使って、その屋根の下に火を灯し始めた。

鉄の棒の先に点けられた火は、燭台の火より遥かに明るく大きく灯っている。

ホールの人々が不思議そうにざわつく。鉄の棒の先には蠟燭などの火がつくようなものは何もないのに、なぜか火が燃え続けていることが不思議なのだろう。魔術を使った様子もないのだから。

ヴァリオが庭園の手前まで戻り、ホールの人々に向かって説明をする。

「魔術ではなく、石炭を蒸し焼きにして発生する空気を使って、庭園を照らしています。ダルガンの技術の明かりです」

まぁ、凄いわと澄んだ高い声がして後ろを振り返ると、すぐそばまでビクトリア王女が来ていた。隣に立つシャルルが、頰を膨らませて不満そうな声を上げる。

「何が凄いんだ？　魔術による光のほうが遥かに大きくて力強いじゃないか。僕らには必要ないね！」

窓に額をつけんばかりの勢いで外を見ている老婦人が呟く。

「私は水の魔術しか使えないから、あれが欲しいわ」

それを聞いて私は勇気を出して、老夫婦の近くに進み出る。

発言することに気後れも感じるが、ダルガン王城で何度も技術者達と繰り返し練習していたヴァリオのために、何か言わなくては。ダルガンを背負う一人としての責任感を持ちたい。

「燃える空気は、管で運んでいます。点火にも維持にも、火の魔術を使う必要はありません。蠟燭のようにちょっとした風で消えることもありません」

私が急に発言したからか、周囲の人々が驚く。目を丸くして絶句する人々の中で、老婦人がにっこりと微笑んだ。

「まぁ。ダルガンの王太子妃様は、流石にお詳しいんですね」

私はダルガンの王太子妃、という言葉が嬉しかった。石炭を蒸し焼きにして発生する空気は、ガス灯だけでなく様々な機械を動かす動力源にもなるらしい。一つの発明が、様々な分野に有効活用できるのだ。

新しい時代への扉をダルガンが開けようとしているこの時に、王太子妃として立ち会えるのは、名誉なことだと思う。

庭園が幻想的に明るくなり、皆の注目を集めた直後。

ヴァリオが夜空を指した。

「シャルル王太子殿下とビクトリア王女殿下のご婚約を祝して、ダルガンから花火をお贈り致します」

はなび、という単語は初めて聞くものだろう。

困惑ぎみな空気が広がった刹那《せつな》。ドンと爆発音が響き、続けて弾《はじ》けるような炸裂《さくれつ》音と共に夜空に巨大な赤い火の玉が上がった。

何ごとかと多くの者達が無意識に腰を屈めて頭を腕で庇う中、火の玉が青や黄色の光を放ちながら、花が開くように弾けた。

事態の展開が読めないまま、すぐに二発目、三発目の火の玉が上がっていく。

あれは何だろうかと、見たことのない光景に皆の目が釘付けになる。

空高く上がった火の玉は、風車のように大きく円形に開いたり、柳の枝のように放物線を描いたりして輝きながら消えていく。

夜空に青や赤、黄色の光が散り、まるで黒いキャンバスに描く光の絵画だ。

最初は何事かと警戒して動きを止めていた人々が、花火が一つ打ち上げられるたびに警戒を緩め、徐々に歓声を上げてその光のショーに目を奪われていく。

爆音に怯えていた婦人達も、皆顔を上げて夜空に見入っている。

「ねぇ、王太子妃殿下。あの火の玉はどうなっているの？」

いつのまにか私の隣にビクトリア王女が来ていて、私の二の腕を摑んでいる。丸い大きな目を、好奇心いっぱいに開けて夜空を見上げている。

「あれは火薬というものを使っています。大きな球体にたくさんの火薬が詰められていて、地上から打ち上げた後に次々に引火して、あのように見えるのです」

「どうしてあんなに色んな色が出るの？　火の魔術が得意な私のお母様も、あんなことはできないわ」

私は更に言い足した。

「材料に混ぜる成分を変えることで、多彩な色が出せるのです」

「魔法じゃないのに、まるで魔法ね！　空に神様が絵を描いてらっしゃるみたい」

なんて愛らしい表現だろう。自然と笑顔が溢れる。

「ありがとうございます。我が国の技術者達にも、後で伝えさせていただきます」

ダルガンを我が国と呼ぶことにまだ慣れないが、誇らしくもある。

ビクトリア王女について来たのか、少し後ろにいるシャルルは相変わらず膨れっ面だ。

ヒマワリを彷彿《ほうふつ》とさせる黄色い大きな花火が連続して打ち上げられ、最後に激しく弾けてたくさんの花を咲かせ、上空は昼間のように明るくなった。

やがて爆音がパッタリと止むと、全ての花火が消え、ホールの人々も静まり返った。

一瞬の後、ワッと盛り上がって皆が今日目撃した素晴らしい技術への感動と畏怖《いふ》について話しだす。

ヴァリオはホールの中に戻るや否や、あっという間にたくさんの人々に囲まれ、賞賛を受けた。

男女を問わず花火に興味を持った人々が、その仕組みについて我先にと口を開いてヴァリオを質問

攻めにし、女性達は手放しでダルガンの技術を褒め、感動を伝えた。ヴァリオは顔を覚えきれないくらいの人数の人々に囲まれていたが、一人一人に対して丁寧に説明をしていた。

聖王も彼に近づき、シャルルの祝いへのお礼を伝えて微笑を浮かべている。だが、その笑顔はややぎこちない。

聖王の引き攣る頰に気づいた者は、殆どいなかったかもしれない。けれど彼はあきらかに、ヴァリオの積極的な行動と技術に動揺を隠せないでいるようだ。

ダルガンからのお祝い品の披露が上手くいったことに安堵したが、興奮する人々の中でミーユが放心した様子だったので、気になった。

ミーユは長いまつ毛を震わせて何度も瞬きをして、人垣の中のヴァリオを見つめていた。

やがて彼女はすぐ近くにいたレオンスに話しかけた。

「やっぱり、間違えたわ。間違えたのよ……」

「はい？　ミーユ様、今なんと仰いました？」

「だってこんなに拍手喝采を浴びるような男性だとは、思わなかったのだもの」

「ええと……、それはダルガンの王太子殿下のことでございますか？」

尋ねるレオンスの顔を見ることもなく、ミーユはヴァリオをひたむきに見つめていた。手が震えているのか、右手に持つワイングラスが小刻みに揺れ、溢れそうになっている。

「あんな素敵な殿方なら、わたくしがふさわしいはずなのに。おかしいわ」

何を言っているのか理解できず、私とレオンスは固まった。

白いワインがミーユの手にしているグラスの中でクルクルと渦巻き、水面が波立つ。何ごとかと注目した直後、ワインはグラスの中から飛び出し、まるで意思を持つ生き物のように、近くにいたレオンスに向かって真っ直ぐに飛んだ。

飲みかけの少量しか残っていなかったものの、ワインはレオンスの顔にぶつかって濡らすと推進力を失い、彼の胸元を汚した。

風の魔術だ。ミーユがこっそり魔術を用いて、レオンスにワインをかけたのだ。

「ミーユったら、レオンスに何するの」

「うるさいわね。お姉様は何も知らない、お馬鹿な駒のくせに」

ミーユが空になったグラスをレオンスに向かって放り、彼が慌てて片手でそれをキャッチする。

「そもそもレオンス、お前が使えないからいけないのよ。ダルガンに行ったくせに、早々に追い出されてノコノコ帰ってきたりして」

レオンスはこの失態を周囲の人々に見られないよう、身を屈めて片手でポケットからハンカチを取り出し、顔を拭いた。

「申し訳ございません」

普段からミーユは護衛騎士にわがままを言うことはあったが、魔術で懲《こ》らしめることなどなかった。なぜミーユがこんなに怒っていて、レオンスに八つ当たりをしているのか分からない。

私の護衛騎士だったから、邪険に扱われているのだろうか。

「レオンスは何も悪くないでしょう？　ねぇ、待ってミーユ……」

話しかけるも、ミーユは私を無視してツンと顎を逸らし、ホールの中ほどへ向かって私から離れていく。

ミーユを問い質したかったが、これ以上ここで言い争いをしているのを、周囲に見られるのは避けたい。聖王一族が揉めているという醜聞《しゅうぶん》になってしまうし、祝いの席に水を差しかねない。仕方なく、ミーユを引き止めようと彼女に伸ばした手をそっと引っ込める。

ミーユはこれ以上私と話す気はないと言いたげに肩を怒らせて大股で遠ざかり、その後をレオンスが慌てて立ち上がって追いかけていった。

ようやく花火の興奮が収まると、次はダンスの時間だった。

管弦楽団が演奏を始め、その軽やかな音楽に合わせて、男女がペアになってホールの中央で踊り始める。

曲が始まるとヴァリオは私のところに戻ってきた。

私の正面に立ってすぐに、ヴァリオが素早く周囲へ視線を走らせる。どうやら私達を見ている人々がいないかを確認しているようだ。

「早く、手をこちらに」

私とはあえて目を合わさないまま、ヴァリオは冷めた声でそう命じてきた。

私も視界の端で聖王が私とヴァリオの方を向いていることに気がつく。

(お父様だけじゃないわ。どうしてかしら。ここから離れた所にいるのに、ミーユも私と殿下を見張っているみたい)

目で訴えると、私の思わせぶりな視線に気づいてくれたのか、ヴァリオが小さな声で呟く。

「――私の義理の家族が、食い入るようにこちらを見ているな」

「そうなんです。温かく見守ってくれている……感じではないですよね」

ヴァリオとすでに親しいことがばれないよう、彼とは今あまり話さない方がいい気がした。

だが、私は自分の国の技術を誇らしげに紹介するヴァリオの姿に感動し、どうしてもすぐに感想を伝えたかった。

差し出された手に、そっと手を乗せる。

そうして話していることがばれないよう、なるべく口を動かさないようにして、小声で話しかける。

「殿下、お疲れ様です。ガス灯も花火も、素晴らしかったです」

私の背に手を当て、ステップを踏みながらヴァリオが微かに瞼を震わせる。

ヴァリオはほんの少しだけ微笑みながら、言った。

「ありがとう。上手くいって良かったよ」

そう礼を言うヴァリオは表情を全く変えなかったが、私の右手を握る手に一瞬ギュッと力をこめ、周囲にばれないように、より一層私の手をしっかりと握ってくれた。

私はダンスがあまり得意ではなかった。

それに多くの人がいる場所で踊る機会も聖王国ではなかったので、緊張して体が上手く動かなくなってしまう。曲の間中、次のステップや自分の姿勢が気になって、楽しむどころじゃない。

やっとの思いで何とかやりこなし、一曲が終わる。

ダンスの相手に礼を取るため、ヴァリオと向かい合って膝を折って顔を上げると、聖王とミーユが私達の側に来ていた。

驚いたことに聖王は私に手を差し出し、私の目を見て話しかけてきた。

「リーナ。久しぶりに、少しお前と話がしたい。サンルームで話さないか?」

こんな機会は滅多にない。久しぶりどころか、聖王国でもなかったのではないか。

深刻な話でもあるのだろうか。

本音を言えば、私は今まで聖王とは表面的な会話しかしてこなかった。自分の気持ちや考えを打ち明けたことはない。私にとっても、聖王は父である前に常に絶対的な支配者だったから。

けれど二人きりで話し合えば、これまでになかった展開があるかもしれない。

お互いの心の内を見ることができるまたとない機会にできるかもしれない、と期待してしまう。

私はぎこちなく聖王の腕に手をかけ、彼の先導でホールの一角にあるサンルームへ向かった。

サンルームには私達以外、誰もいなかった。日中は日が降り注いで暖かいのだろうが、夜はガラス張りのため、ホールよりも寒い。思わず体がぶるりと震え、自分の二の腕を擦《さす》る。

屋根にいたるまでガラス張りのサンルームからは、中庭がよく見えた。聖王はゆっくりとソファに腰を下ろし、中庭に視線を投げた。室内との温度差からかガラスは曇っていたが、ここからでもガス灯の明かりははっきり分かる。

「ヴァリオ王太子には驚いた。私は少々彼をみくびっていたらしい。ダルガンがあんなカラクリ技に長けているとはな」

カラクリ技ではない。技術だ。聖王にそう言いたかったが、その前に彼は再び口を開いた。

「ダルガンなんぞと偉大なる聖王国が和平協定を結ぶなど、言語道断だと思っていたが。お前の寄越した書簡の通り、気づかないうちに、世界の潮目は変わっていたようだ。やはり、共存が正しい道だったようだな。国境の砦の建設も、正式に中止することにした」

それを聞いて心から安堵する。ダルガンにとっては、終戦後の懸念材料だったのだから。

座っていいとは許しが与えられていないものの、慣れないダンスとヒールの高い靴に足が疲れてしまい、私も聖王の側のソファに腰掛けた。案の定、聖王はやや怪訝な顔をしたが、他国の王太子妃に対する遠慮があるのか、文句は言われない。代わりに彼は大きく息を吸ってから、低い声で私に尋ねてきた。

「ヴァリオ王太子とは、あまり上手くいってないそうじゃないか。すっかり聖王国にまで噂が広まっている。……お前たちが、白い結婚だとも」

「申し訳ございません」

物凄い恥辱《ちじょく》だった。

予想もしない指摘に、自分でもどうして謝っているのか分からない。でも恥ずかしすぎて、他に返す言葉が思いつかない。

聖王が私に心底失望したような溜め息を吐く。

「国王との謁見でも、お前の守護獣がいい笑いものになったそうじゃないか」

「笑われてはいません。ただ……お気には召さなかったようですが」

聖王が口を歪めて笑う。

「あのトカゲを気にいる奇特な者がいるものか」

聖王は目線を上げ、今度は私の背後を見た。何やら考え事をするかのように、顎を片手で擦っている。

何を見ているのか気になって後ろを振り返ると、そこにはホールで踊るヴァリオとミーユの姿があった。

私がホールを聖王と離れてから、二人で踊り始めたらしい。どちらから誘ったのか、気になってしまう。

二人は非常に目立っていた。王侯貴族のみならず、給仕達まで仕事を忘れて一時、視線を二人に奪われている。

美男美女が豪奢な衣服に身を包み、華麗に舞う姿は実に見応えがあった。

聖王が立ち上がり、私の隣に座る。それだけでもびっくりしてしまうのに彼は私の膝上の手に、手をそっと乗せた。

まるで娘を気遣う父親のように。

「嫁ぎ先に邪険にされているのは辛かろう。父として、胸が痛む」

「お父様。そんなことを仰って下さるなんて……」

ダルガンの王妃にはすっかり警戒されていたし、私とヴァリオが既知の仲だとは手紙に書かなかったせいで、聖王を本気で心配させてしまったようだ。申し訳ない気持ちになってしまう。

「お前が聖王国に帰りたいのなら、全力を尽くそう。――どうだ、お前にその気があるなら、離縁を私から提案するのもやぶさかではない」

「離縁、ですか？　そんな、唐突な」

心配してくれるのは嬉しいけれど、流石に行き過ぎだ。

聖王の提案に困惑してしまう。離縁だなんて、想像するだけでぞっとする。

（彼から――ヴァリオ様から離れるなんて。そんなのもう考えられないし、考えたくもない……！）

それにただでさえ聖王国では無価値な王女なのに、出戻りとなれば尚更身の置き場所がない。

聖王はさっきまで平和が大事だと痛感したようなことを言っていたのに、どういう意図があるのだろう。わけがわからない。

異様に私を覗き込んでくる聖王の目が怖くて、思わず目を逸らしてしまう。

「ダルガン王家も流石に茶色い髪のお前では、王家の一員として認めてくれなかったのだろう。リーナ、何も心配いらないから帰ってくるんだ」

重ねられた手に力が込められた気がして、思わず引き抜く。

「でも、私は友好のために嫁いだはずです。そんなことをしたら、両国の関係は壊滅的に悪化してしまいます」

「心配いらない。私は間違いを正そうとしているだけだ。離縁したらお前の代わりに、ミーユをダルガンに嫁がせる」

急すぎる斜め上の話に、中身が頭に入ってこない。

（えっ？　なんですって？　私が離縁した後、誰が誰に嫁ぐっていうの？）

「元々お前は補欠だったのだ。ミーユが正式にヴァリオ王太子の妃として嫁ぐのが、本来の筋だったし正しかったのだろう」

（正しい……？　私がダルガンに嫁いだのは、間違っていたと？　何を今更……？）

「何より、二人はあのように実に似合いの男女だ」

聖王が顔を上げ、再びホールの二人を見つめる。

手を取り合ってダンスをする王太子とミーユは、悔しいけれどどちらにとっても遜色ない。ミーユは異性と踊り慣れているからか、軽やかに楽しげに身をこなし、リードするヴァリオも顔を綻ばせている。二人は動きまでもがとても美しく、見たくなくても見入ってしまう。

チクリと胸が痛む。私とのダンスでは、王太子をあんなに楽しませられないし、彼の優れた容姿も引き立てられない。

ふと思った。

聖王のこの提案をダルガンの国王と王妃が聞いたら、もしかしたら喜ぶかもしれない。

けれど私は何を言われようと、ヴァリオと離れる気なんてない。

ヴァリオの妃は私だ。誰かにこの座を譲る気なんて、私には一切ない。

勇気を出してダルガンに嫁いだのに、また誰かの思惑で人生を大きく勝手に変えられるのはお断りだ。何よりダルガンでの日々を、無駄にしたくない。

（……俯かないと決めたばかりなのに。私もまだまだだわ）

ミーユは確かにヴァリオと見た目だけで言えばお似合いかもしれない。でも、ルーファスと出会ったのは私だし、ヴァリオが耳を赤くする姿を知っているのも、私だけだ。

私にも、譲れないものがある。

「お父様が心配してくださるのはありがたいのですが、私は嫌です。まだ結婚してから二ヶ月です。もう少し頑張らせてください」

「だが両国のことを考えれば、王太子は正当な王女と結婚すべきだ。お前のお陰で、ダルガン王宮には危険がないことも分かった」

「私は偵察のために嫁いだのではありません！」

洞窟を探検する時、探検隊は有害なガスが溜まっていないか、カナリアを先に放つという。気の毒なカナリアが戻らなければ、探検はやめるのだ。

まるで自分がそのカナリアにされた気分さえする。

「だが正統な王女とは言えないお前では、友好の架け橋としての役割を十分に果たせぬ。それにミーユならば、容易にヴァリオ王太子を懐柔《かいじゅう》するだろう」

「私は……、夫を譲る気なんてありません」

「意地を張っても、誰のためにもならん」

「私は、離縁なんてしません」

「お前は、一体誰に似てそんなに強情なんだ？」

聖王は大きな溜め息を吐き、立ち上がった。私を説得するのをあきらめたのか、ホールに戻っていく。彼と入れ替わるようにサンルームにやってきたのはレオンスだ。

レオンスは私の側まで歩いて来ると、ホールに戻った聖王の背中を見つめた。

「何を話されていたのですか？　お二人が話し込むなど、お珍しいですね」

「お父様は、ヴァリオ王太子にミーユではなくて私を嫁がせたことを後悔してらっしゃるのよ。ミーユをダルガンに行かせるべきだった、って。今更そんなことを言っても仕方がないのに」

レオンスは思いもしなかったようで、束の間絶句してから口を開いた。

「ミーユ様のお顔の発疹が完治されると分かっていれば、こんなことにはなっていなかったかもしれませんね」

「あれは治ったの？　私はてっきり、今日はお化粧で目立たなくしているのかと思っていたわ」

「そう言われますと、そもそも病になられてからずっとベールをされていて発疹自体を見ておりませんので、なんとも分かりかねますが……」

私は考え込んでしまった。しばらく口元に拳を押し付けて考え込み、湧いた疑問をレオンスにぶつける。

「顔の発疹って、本当にあったのかしら？　いいえ、それ以前に本当に流行病になったのかしら？」

私の今の疑問は、ダルガンの国境を超えた日に、ヴァリオにまさに言われたことだった。

レオンスは「えっ？」と呟いたきり、何も言い返してこなかった。

彼にとっても否定も肯定もしにくい仮定だったのだろう。

帰国した私とヴァリオは、バスティアンの祝賀パーティーについての報告会を兼ねて、ダルガン国王と王妃と王城で晩餐《ばんさん》を取った。

ダルガン国王はヴァリオからガス灯と花火のお披露目が成功裏に終わったことを聞き、大変喜んだ。

「我が国の技術を目の当たりにした皆の反応を聞いて、安心した。今後は新興国などと侮られることも減るだろう」

ヴァリオは「仰る通りです」と答えながら、牛肉のソテーを一口大にナイフで切り、フォークで刺した一切れを素早く床に落とした。その直後、目にも止まらぬ速さで黒いものがヴァリオの足元に駆け寄り、落ちた肉を食べ始める。

（ぼ、ボーグ⁉　びっくりした‼）

いつの間にヴァリオに呼ばれたのか、彼の椅子の下に大きな図体を隠すように丸くなり、分けてもらった肉を咀嚼《そしゃく》している。

気づいていないのか、国王が続ける。

「だが、手放しでは喜べんな。王太子妃の前では言いにくいが、我々にとってはシャルル王太子とビクトリア王女の婚約は、祝うよりも警戒しなくてはならない」

「と、仰いますと？」

「バスティアン王国は長年、どこの戦争にも首を突っ込んではこなかったが、未来永劫《えいごう》中立を貫くとは限らない。我が国にとっての最悪のシナリオは、聖王国とバスティアンが手を組んで攻め込んでくることだ」

そんなはずはない、と断言できない自分がいる。なぜなら、聖王が三十年戦争を終わらせる決断をするより前に、聖王自身がシャルルとビクトリア王女の縁談を強力にかつ慎重に推し進めていたからだ。

国王の隣で優雅に口元を拭いた王妃が、艶然《えんぜん》と微笑む。

「攻め込んできたらそれまでですわ、陛下。そうなれば我が国は王太子妃をお返しして、火球を聖王城に山ほど打ち込んでやればよろしいかと。何しろ、ヴァリオとリーナ王女はまだ、白い結婚のままですもの」

王妃の台詞がグサリと胸を突く。

（そんな。王妃様は、やっぱり本当にそのつもりで白い結婚を命じたの？　私をダルガンから追い返すつもりなの？）

たしかに私達は白い結婚だ。私は王妃にとって、いつでも聖王国に返せる仮の王太子妃でしかないのだ。受け入れられていないし、私の存在はヴァリオの家族にとって、いかに軽いのかを思い知らされる。

目の奥が熱くなり、涙が溢れそうなのを堪えながら、ヴァリオの反応を確かめたくてチラリと彼の様子を窺う。

ヴァリオは皿の上でパンを持ったまま、手の動きを完全に止めていた。手の指の節がくっきりと浮き、柔らかそうなパンを彼が強く握っていることが分かる。パンの半分ほどは、完全に潰れてしまっているに違いない。

ヴァリオはテーブルの上の真っ白いテーブルクロスを、ひたすらジッと睨みつけていた。

(私のために殿下も怒ってくれているのかしら?)

ピンと張り詰めた空気を緩ませたのは、呆れたような国王の大きな溜め息だった。

国王はやれやれといった様子で目をぐるりと回した。

「王妃よ。少しはその短気をどうにかいたせ」

国王が王妃を睨んでいる横で、ヴァリオが手の中で潰れたパンを、こっそりと床に放る。

すると今度こそ国王が気づいたのか、額を掌で覆い、長い溜め息を吐く。

「…………。ヴァリオ。お前はいくつになったらその最悪のテーブルマナーをやめるんだ？　ボーグに晩餐を分け与えるのは、何回目だ？」

「分かりません。数えておりませんので」

答えるヴァリオは澄ました顔に平坦な声だった。だが私は思った。もしかして、彼は堅苦しい王太子様業の隙を見て、気晴らしでボーグとテーブルマナーを破っているのかもしれない。

「まさか、あのマッキーまで呼んでいないでしょうね？」

王妃が険しい顔で椅子を引き、テーブルの下を覗く。

マッキーとは、もしやトッキーのことだろうか。一応、答えておく。

「あの、私の守護獣は呼んでおりません。トカゲですので今は冬眠中でして、それにマッキーではなく……」

「ガッキーでもラッキーでも、なんでも結構！　だいたい、冬眠するのはトカゲだからなの？　とにかく私は爬虫類《はちゅう》が苦手なのよ。食事中は絶対に呼ばないでちょうだい」

もちろんだと返事をしつつも、私は出てきてくれないトッキーが心配だった。冬眠が二週間も続いたことはないのだ。


ダルガンの春は、遅い。

四月ともなれば、聖王国ではとうに暖かくなっているのだが、ダルガンの王都ではまだ吐く息が白い。

寒さは相変わらずだったものの、凍《い》てつく冷たい態度に変化が現れたのはヴァリオの側近フィリップだった。

彼は出会って以来、ずっと私を目の敵にしてきたが、徐々にその態度が軟化してきていた。なぜならヴァリオがフィリップに私の護衛をするよう命じていたため、渋々ながらも私と共に過ごす時間が増えてきたからだ。

私は王都の郊外へと走る馬車の中で、向かいに座るフィリップに書類の束を見せた。

「ねぇフィリップ。建物の外観はどっちが素敵かしら？　改修費は同じくらいだけれど、決めきれなくて」

話しかけられたフィリップは、さも嬉しくなさそうに眉根を寄せた。

「別に、どちらでも……」

「どちらか選んでほしいの。お願い。貴方のセンスを信じてるから」

聖王国のように一人ぼっちで城の片隅で勉強ばかりする生活はしたくない。ここでは身を隠さないといけない王女ではないし、一方的に学ぶだけの生活は終わったのだ。今度は聖王国で学んだ知識を活かし、王太子妃にしかできないことを少しでも達成して、ダルガンの役に立ちたい。

聖王国の王妃のようなお茶会や観劇三昧の暮らしというのは、今までの私の生活とは違いすぎて目指したくない。

この国に来て私が今新しく取り組んでいるのは、職業訓練校を作ることだった。

書類を更に近くに押しつけられたフィリップが、長い溜め息を吐く。

「そもそもわざわざ郊外の廃校をご自分が聖王国から持ってこられた財産を使ってまで、なぜ作り直すのです？」

脚を組んで首を傾け、私を見下ろすフィリップは偉そうで、とても王太子妃に対する態度ではない。

けれど嫌々ながらも、彼は右手で片方の書類をポン、と叩いた。

「個人的には、こちらの建物の方が好みですが」

「ありがとう。あのね、私はただの学校を作るのじゃないのよ。職業訓練校を作りたいの。ダルガンの技術を教える学校よ」

私が笑顔を向けるなり、フィリップは目を逸らした。長いまつ毛が灰色の目を隠している。

「……こんなことを言ってはなんですが、妃殿下は王妃様に嫌われているではありませんか」

「そうね。それを面と向かって私に言ってしまうのが……貴方らしいわね」

ダルガン国王と王妃は今、執務で地方に出かけている。鬼の居ぬ間に、ではないが大きな動きをするには、王妃がいない時の方が目をつけられなくて済む。

「王太子殿下とも、特段距離が縮まっているようには見えません」

「ええ。的確に現状を描写すれば、貴方との距離の方が縮まっているわね」

向かいの席のフィリップを真っ直ぐに見つめて言い返す。フィリップは驚いたのか目を瞠り、どこかバツが悪そうにそっぽを向いた。

「……妃殿下はいつ離縁されて、もしくは王城から追い出されるか分からない身の上だというのに、人が好すぎやしませんか？」

「追い出されたら、この職業訓練校に入学するから大丈夫よ。持たざる者でも入れる学校だもの。良いアイディアだと思わない？」

開き直ってそう伝えると、フィリップは珍しく私の前で薄く笑った。

窓の方へ視線を移せば、丁度外に市場が見えてきていた。咄嗟に腰を浮かせ、フィリップに言う。

「あっ、馬車をここで止めて！　降りて見学がしたいの」

フィリップは不機嫌な表情を隠しもしない。

「まだ目的地ではありませんよ。あと三十分ほどはかかります」

「そうじゃなくて、市場が見えてきたのよ」

私は遠出をした時に市場を見つけると、必ず自分の足で歩いて市場の中を見て回るようにしていた。その地区の暮らしぶりが一番効率的に分かる方法だからだ。それに、新鮮な雰囲気の中に身を置くことで、新しいアイディアが湧いてくるので、王太子妃としての立場にも大いに役に立っていた。

フィリップは「はいはい、市場ですか」と呟き、中から声を張り上げて御者に命じて馬車を止めさせた。

早速降りる準備をする私を、面倒くさそうに見ている。

「少しはご自分のお立場をご自覚ください。計画外の場所を散策なさって、どんな不測の事態が起きるか分かりませんよ？　まだ聖王国を恨んで、王太子妃殿下を逆恨みする愚か者もおりますからね。いつぞやのように、生卵が飛んできても知りませんよ？」

嫌味の利いた忠告をするフィリップの台詞に、思わず感激してしまう。サラリと流れるように吐いた言葉のようだったが、今彼は凄いことを言ったのだ。

（聖王国を恨んで、私を逆恨みする――愚か者？　フィリップが、私を味方するようなことを言ってくれるなんて……！）

私を嫌う態度を取り続けてきたフィリップの思わぬ台詞に、心の中で驚きつつも喜ぶ。

先にひらりと馬車から降り立ち、渋々と言った様子で私に手を差し伸べるフィリップに、頑張って微笑みかける。

「心配してくれてありがとう。本当のことを言うと、私全然怖くないの。だって、王太子殿下の無敵の騎士が、一緒にいてくれるんだもの」

「なっ……！　そ、そんな甘ったれたことを仰って、万が一何か不測の事態があっても、知りませんよ！」

怒ったように顔を背けるフィリップだったが、彼の手に体重をかけて降りる私を、言葉とは裏腹にしっかりと支えてくれている。

ゆっくりでいい。だが、着実にお互いの関係を穏やかにできたらいいなと思う。


廃校を訪れ、工事関係者と丸一日打ち合わせをした私はへとへとだった。まだ椅子や机といった家具類を揃えなくてはいけない。一つ一つの選択によって、最終的な経費の合計がとんでもなく変わるから、注意深く話を進めないといけない。

帰りがけにはいくつかの教会にも立ち寄った。

ハイマーの大司教と話したことが気がかりだったのだ。ダルガン王家の国政の舵取りは、ゆくゆくは宗教界との対立を引き起こす可能性が高い。技術と魔術は相反する立ち位置にあるからだ。

今後のことを考えれば、持たざる者の代表のような私が、教会を尊重しているのだと表明しておくに越したことはない。

私は寒さと疲れのためか、王城に戻って間もなく、頭痛を感じ始めていた。寝る仕度《したく》をする頃には、もう何も考えずに寝台に横になって眠りたい気持ちでいっぱいだった。

側頭部に指先を当て、グリグリと押して頭痛を和《やわ》らげようとする私に気づいたネリーが医務室へと向かう。

早めに就寝しようと寝台に腰掛けた私に、戻ってきたネリーは優しく話しかけてきた。

「医務室から、頭痛薬をもらって参りました。お休み前にお飲みください」

ネリーが私の背中を労るように上下に撫でてくれ、それがとても心地よい。

私はネリーが差し出す木の丸いトレイを受け取った。

「ありがとう。後で飲むわね」

トレイには水で満たされたグラスと、見覚えのある錠剤が載っていた。黄と青色の錠剤だ。しばらく、色の対比が鮮やかなその錠剤を見つめる。

珍しいこの二色の配色からなる錠剤を見たのは、王太子の執務室だ。

肌身離さず身に着けているペンダントを開き、収納部を確認してみる。

ああやっぱり、というやるせない溜め息が漏れる。

二錠入っていたはずなのに、一錠しかない。

帰城して頭痛を周囲に訴えてからは、入浴中しかペンダントを手放していない。ということは、中にあった錠剤は、私の入浴中に抜き取られたのだろう。

ネリーはいかにも医務室で今しがたもらってきた錠剤かのように言っていたが、嘘を吐いてペンダントの中の錠剤を持ってくるとは、ますます怪しい。

私はこの時を待っていたのだ。

大好きなルーファスと結婚できたのに、冷めた仲を演じ続けてきたのは、真実を知るためだ。いよいよ私に向けられた悪意が、動きだしたのだ。

疲れているからか、脳裏をごちゃ混ぜに様々な記憶が駆け巡る。

誕生日会を開くために、乳母と食堂を飾りつけた日の、銀色のモールと料理の数々。

遠くから見上げるしかなかった、新年祭の大バルコニーの聖王一家。

彼らの一員であることを確かめたくて、毎朝の礼拝堂でのお祈りは、体調が悪かろうと参加を欠かすことがなかった。その同じ長椅子に座れることで、得られる安心感。

（聖王。――お父様にとって、私はちゃんと貴方の娘ですか？　お父様は、私を愛してくれていたのかしら……？）

私は早く眠りにつきたい気持ちを押して、寝台から下りて隣の部屋に向かった。

聖王に手紙を書くのだ。

これ以上何も疑いたくない。

私は賭けに出ることにした。

第六章　リーナ王女の死

ベルタに言わせれば、全くの想定外だった。

（あの聖王国の王女様だもの。どれほど高慢で居丈高な王女様がいらっしゃるのだろうと、身構えていたのに）

ところがどうだろう。ダルガン王城にやってきた王女は、思っていたより随分謙虚で、いっそ気弱過ぎるくらいだった。

ヴァリオ王太子はその恵まれた容貌からは想像がつきにくいが、長年仕えるベルタは知っていた。

――彼は、意外と奥手なのだと。

今まで彼の周囲で色恋沙汰が全くないわけではなかった。

ただ、文字通り「彼の周りだけで」起きていたのだ。

未来の王妃の座を巡るバトルは、たしかに存在した。

たとえば己に自信のある、美と家柄を備えた上流貴族の令嬢が。

親族に唆《そそのか》され、のし上がろうと目論んだ中流貴族の令嬢が。

ワンチャンありかも、と見目麗《うるわ》しい王太子に心奪われ、果敢にも彼の隣に立つ座を狙ったうら若い女官が。

王太子に愛を告白した女達は、ベルタが知るだけで、これまで十人は下らなかった。

だがそんな究極の賭けに出た女達に対し、王太子はいつも真摯に同じ返事をした。

「あの手強《てごわ》い聖王国との戦争を終わらせるまで、自分の結婚は考えられない。血のついた手で妃を迎えたくはない」

おまけに昨年の年明けからやたら物思いにふける姿を見せるようになり、国内の令嬢達は王太子との結婚に後ろ向きになってしまった。

率直なところ、ベルタは王太子には自国民を王妃に迎えてほしかった。

長年の敵国で、幾度も衝突をした聖王国に対する感情は、すぐには切り替えられない。

でも。それでも。

侍女一人を従えてやってきて、蜂蜜を垂らしたメロンを頬張り、「美味しい」と微笑んだ、純粋な何の打算もあざとさもない聖王国の王女の姿に、ベルタの心は揺らいだ。


王城の中を銀色のカートを押して歩きながら、ベルタは苦笑した。

(王太子妃様は、思っていた方とだいぶ違ったわ)

ベルタは王太子妃のいる書斎の廊下の前に、背の高い男が立っていることに気がついた。

誰だろう、と不思議に思って両手でカートを押したまま近づいていく。

書斎の扉にまるで耳を押し当てるようにして立っているのは、王太子の側近フィリップだった。

近くに王太子はいない。

ベルタは眉根を寄せて、尋ねた。

「こんな所で何をなさっているのですか？　王太子妃様にご用事が？」

振り向いたフィリップはサッと人差し指を口元に立て、静かにするよう求める。

「起きてくるのがいつもより遅いから、気になっている。――王太子殿下から護衛として妃殿下のお側にいるよう、命じられているからな」

「扉に張り付いて、護衛というより中の王太子妃様のご様子を探っているようにしか見えませんでしたけれど？」

女性の寝室に耳をそばだてるなんて、とベルタは気色ばむが、フィリップはいつもの涼しい顔で、まるで表情を変えなかった。相変わらずとらえどころがない。

腕も立ち、実家が侯爵家で国王からも覚えのめでたいフィリップは、城で働く女達から密かに人気がある。だが毎日顔を合わせていても一切打ち解けないフィリップが、ベルタは苦手だった。

「君こそ、なぜ王太子妃をそんなに簡単に信用する？」

フィリップの鼻で笑う仕草がベルタの癇《かん》に障《さわ》る。

「お言葉ですが、護衛でしたら、妃殿下をはなから疑う姿勢は、いかがなものでしょう」

だがフィリップは首を傾け、酷薄《こくはく》そうな灰色の瞳をベルタに向けた。

「護衛である前に、私は殿下の侍従だ。聖王が何か魂胆《こんたん》があって王女を送り込んできたのなら
……」

「魂胆も何も。両国の友好のために、嫁ぎにいらしたのです」

「表面的には、な。——妃殿下に目覚めの紅茶を運んできたんだろう？　そろそろ入らないと、冷めるぞ」

話は終わりだ、とでも言いたげにフィリップがカートを顎で指した。カートにはポットやティーカップが載っている。

フィリップの姿勢には納得いかないものの、たしかに立ち話で紅茶が冷めてはいけない。せっかくの特級茶葉の香りが弱くなってしまう。

書斎のドアの前に立ち、不満そうな顔を改め、口角を上げて王太子妃に披露するための微笑を作ってから、ベルタはドアをノックした。

ところがいつもなら「はい、どうぞ」という少し気弱さの滲む声が中から返ってくるのに、今朝は反応がない。

ベルタは扉を開ける前に、チラリとフィリップを見た。彼は冷めた表情で、微かに首を傾げる。

王太子妃に声をかけながら、そっと扉を開けて書斎に足を踏み入れる。

「おはようございます、妃殿下。お目覚めの紅茶をお持ちしました」

リーナはいつもならこの時間にはもう、寝室を出て隣の部屋でくつろいでいるものだったが、今朝は違うようだ。まだ寝室にいるらしい。

羽根ペンが一本だけ転がっているテーブルの上にとりあえず紅茶を準備し、ベルタはリーナが起きてくるのをしばらくの間、ソファの後ろに立って待った。

やがて痺れを切らし、寝室に繫がるドアをノックする。

「おはようございます。妃殿下、そろそろお時間でございますので、寝室のカーテンを開けさせていただきますね」

ガチャリと扉を開け、奥にある窓際に向かい、分厚いタフタ生地のカーテンを開く。残念ながら外は曇天《どんてん》のため、あまり日が差し込んでこない。

王太子妃の寝台を振り返ると、ベルタは気持ちよく起きてほしいと願って、優しく微笑みながら寝台に近づいた。

そしてリーナにもう一度呼びかけようと口を開き、そのまま彼女は絶句した。

リーナは寝具を被ってはおらず、寝台の中ほどに仰向けで横たわっていたのだ。両手は首元にあり、首には引っ掻き傷があった。しかも口は半開きで、口には乾いた血痕がこびりつき、枕元には血溜まりができていた。

「そんな、妃殿下ぁぁっ‼」

ベルタがリーナに駆け寄り、体を強く左右に揺するが全く反応はない。

叫び声を聞いたのか、外で警戒していたフィリップが駆け込んできて、リーナに縋《すが》りつくベルタを押し退ける。

「フィリップ、妃殿下がっ！　血を、血を吐かれてっ……」

フィリップはその白い顔をさらに白くさせ、急いでリーナの首元に指先を当てた。数秒後に、リーナの左手を取り、手首にも指を押し当て、脈を確認しようと試みる。

フィリップはリーナの手を寝台にそっと戻し、怯えるベルタを振り返った。

「亡くなっている……」

どすん、とベルタが床に尻餅をついた。唇を震わせてフィリップを見上げる。

「そんな、どういうこと？　だって昨夜まではお元気に馬車でお出かけされていたのに！」

「私に聞くな」

さまよえるベルタの視線が、寝台脇の小さなテーブルに止まる。天板には見覚えのあるペンダントが置かれていた。リーナが聖王国から持ってきて、毎日身につけていたものだ。

奇妙なことに、ペンダントは赤い石の部分が外側に開き、中から転がり出たのか小さな錠剤が一つ、テーブルの隅に落ちていた。

「このペンダントが容れ物になっていたなんて知らなかったわ。これは、何？」

混乱しつつも這うようにしてテーブルに近寄り、その青と黄色の二色の錠剤を摘み上げ、ベルタが見つめる。

ようやく身支度を終えたネリーが寝室にやってきたのは、その時だった。彼女は一歩寝室に入るなり、リーナの無惨な姿を見て目を極限まで見開きフィリップを、次いでベルタを見た。

フィリップがなんの感情もこもらない、いつもの冷淡な声で言う。

「妃殿下は何やら持参された怪しげな薬を飲まれたようだ。……残念だが、亡くなっている」

ネリーはフラフラと数歩進み、その場に崩れるように倒れ込んだ。

金銀をふんだんに用いて意匠を凝らして造られた聖王宮の長い廊下を、一人の騎士が駆ける。

聖王一家の私室が並ぶ南の棟は、初めて聖王宮に来た者なら誰もが一歩進むたびにその豪華さに息を呑み、足を止めてしまうほど贅を尽くした空間だったが、見慣れたレオンスは一瞥すらせず、ミーユの部屋の扉の前へ辿り着く。

「ミーユ様。レオンスが参りました。お呼びですか？」

カチャリと扉が開き、どこか物憂げに首を傾げるミーユが顔を出す。大きな窓からは白いレースのカーテン越しに赤い夕陽《ゆうひ》が差し、彼女の顔色を分からなくさせている。

「さっき、ダルガンから早馬が来たのよ。詳細は伏せられていたけれど、リーナお姉様が倒れて意識がないのですって。お父様とお母様は急いで明日、ダルガン南部の離宮に向かうの」

南部の離宮は、国境から遠くない。場所が離宮に指定されたのは、聖王国側への配慮に他ならない。王女の嫁ぎ先とはいえ、数年前までは敵国だったダルガンの王宮に聖王が乗り込むわけにはいかない。

レオンスは目を伏せて絨毯を見下ろした。赤地に金色の花の模様が描かれていて、華やかでいて鮮やかなその模様と彩りは、まさに王女の部屋にふさわしく思える。長年仕えた第二王女のリーナの部屋が脳裏に蘇り、そこはニスの剥がれた木の床だったことを、ふと思い出す。

「存じております。聖王陛下が大変なショックを受けられたご様子でしたから。……もしやリーナ様は、ご病気か何かでしょうか？」

硬い声のレオンスに対し、ミーユが鷹揚《おうよう》に首を左右に振る。

「分からないわ。でも、聖王を呼ぶということはかなり危険な状態ということなのでしょうね」

ミーユは部屋の中をゆっくり歩き、クロゼットを開けた。布で巻かれた大きな四角いものを両手で取り出し、部屋の真ん中にあるローテーブルの上に置く。

ローテーブルには華奢《きゃしゃ》な磁器のティーカップや大きなポット、それに焼き菓子が山ほど盛られた大皿が載っている。

姉が危険な状態かもしれないこの時に、優雅にお茶を楽しんでいたのだろうか、とレオンスが微かに違和感を覚える。

ミーユが布を取り去ると、中から現れたのは一枚の肖像画だった。レオンスが驚愕《きょうがく》のあまり、両手で自分の黒髪をかき上げる。

肖像画に描かれている男には、見覚えがあった。霧のかかる山々の前に立つその男は、ダルガンの王太子だ。

「な、なぜヴァリオ王太子の絵がこちらに？　それにご結婚前にリーナ様のお手元に届いたのは、全く別の絵のようでしたが……」

「お姉様が喜ぶところを見たくなかったからよ。それにこういうものは、美化して描くものでしょう？　まさか野蛮な小国ダルガンのヴァリオ様が本当にこの絵の通りの美丈夫で精悍《せいかん》な方だなんて、思わなかったんだもの」

レオンスは言葉を失った。ミーユが幼い頃から側妃の王女であるリーナを見下し、虐めてきたのは知っているが、今目の前にいる彼女はやや常軌を逸しているように見えた。

ミーユは両手で肖像画を持ち上げ、ヴァリオの顔に唇を押し付けた。

「わたくしの王子様だったのよ。本当はわたくしがこの方に嫁ぐはずだったのに、持たざる者でしかない、劣った血のお姉様に奪われてしまったの。こんな理不尽なことって、ある？」

ミーユは肖像画を再びテーブルの上に置くと、足音を立てずにレオンスの正面に立った。そのまま手を伸ばし、レオンスの黒髪を撫でる。

ミーユは先ほどの発言を忘れてしまいそうなほど、愛らしい笑みを披露して、硬直するレオンスを見上げた。

「レオンスが見習い騎士の頃から不運にもずっと第二王女付きだったことを、とても気の毒に思うわ。同期の騎士達と、すでに昇進に大きな差がついてしまっているのですってね？」

事実を言い当てられたレオンスがぎこちなく目を逸らし、無言を貫く。近衛騎士の中で、第二王女リーナの担当というのは、最も出世から遠ざかってしまう配属だ。それどころか、他の騎士達から常に同情と嘲笑の的にされる。

「第二王女に近しい者は出世の道が絶たれる、というのは周知の事実だもの。――でもね、レオンス。こっちを見て。貴方がわたくしの役に立てる時がきたのよ」

動揺するレオンスの手に、ミーユがそっと手を重ねる。彼女は一歩更に近づくと、サファイアのように美しい瞳をパチパチと瞬き、その美貌から目を離せないレオンスを上目遣いに見上げる。

「お前はリーナお姉様に誰よりも長く仕えたわ。……ねえ、なんでもいいの。何かお姉様の評判を下げるような、お前だけが知っているとっておきの話はない？」

「何を仰いますか。リーナ様には誠心誠意仕えておりましたから、そのようなことは致しかねます」

即座に抵抗を見せたレオンスに、静かにするようミーユが自分の薄紅色のぷっくりとした唇に人差し指を当てる。

「しぃーっ。分かっているわ。お前は生真面目で、だからこそ今度はわたくしに誠心誠意尽くすべきではないの？　今どうしてもお前の協力が不可欠なの。お願いだから力を貸して」

絶句するレオンスに、ミーユが甘い声をかける。

「ね、レオンス。いい子にしてくれたら、ご褒美をあげるわよ。騎士団長に命じて、貴方の評価を上げさせることもできるわ。それに……、わたくしがお前の頬にキスをしてあげる」

「そ、そんなこと……」と口ごもりつつも、レオンスの顔が一瞬で真っ赤になる。

その初心《うぶ》な反応に、ミーユは心の中でほくそ笑んだ。

「可愛い方。わたくしに仕える、わたくしのレオンスになってくれるわよね？」

ミーユがレオンスの手を更に強く握りしめる。

レオンスはごくりと生唾を嚥下した後でゆっくりと、だが明確に頷いた。

リーナのお付きの騎士は「思った以上に手玉に取るのが簡単だわ」とミーユは心の中で高笑いした。


聖王の馬車が聖王宮を出たのは、ダルガンから早馬が届いた翌朝だった。

馬車を引く馬は見た目を重んじた白馬にこだわり、なおかつ豪華な六人乗りの大きな車体を選んだせいで、速度が遅い。

聖王が乗っているため、他国に入国するとはいえたくさんの護衛騎士を引き連れていて大所帯である。

車内で旅用のグラスセットを広げた王妃が、赤ワインの入ったグラスを聖王に差し出す。

「お前、飲み過ぎではないか？　何杯目だ？」

「まだたったの五杯目ですわ、陛下。義理の娘の悲しい報《しら》せに、ヤケ酒をしても不思議はないでしょう？」

実のところ、祝い酒だ。

リーナが死ぬのは、計画のうちだった。

そもそもリーナは捨て石だったのだから。

聖王国がダルガンのような小国に負けるわけにはいかない。長い歴史と神から原初の光を与えられし地に建国された大陸随一の正統性を誇る聖王国は、威信と名誉が国を支える。ダルガンふぜいに譲歩するなど、あってはならない。

だからこそ、聖王はリーナを嫁がせて油断させ、大勢を整えた後にダルガンに攻め入るつもりだった。

そのために諜報員《ちょうほう》だったネリーを侍女として引き抜き、リーナに付けた。

聖王の筋書きはこうだった。

聖王から見れば、ダルガンの王太子と持たざる者である陰気なリーナは、どうせ上手くいかない公算が高い。万一、上手くいきそうな時はネリーに二人の仲を邪魔させる予定だった。頼る者のいないリーナは、ネリーを容易《たやす》く信じるだろう。元々は、もっとリーナと長年の付き合いのあるレオンスを同行させ、少しでもリーナを油断させるつもりだった。だがレオンスが帰国してしまったのだから、仕方がない。

そうして頃合いを見てネリーにリーナのペンダントに仕込んだ猛毒を使って、彼女をこっそり殺させる。王女がいつも身につけているペンダントなら、ダルガンも入国の際に分解して調べたりしないだろうから、一番安全な毒の持ち込み方に思えた。

リーナの死後に誰かがペンダントを調べたとしても、単なるロケットにしか見えないはずだ。そのために、聖王はわざわざ思い出したくもない不出来な側妃の絵を、ロケットの内部に描かせたのだ。

リーナが死ねば、聖王国はダルガンがリーナを殺したと騒ぎ、中立の立場をとっていたバスティアン王国を仲間に引き込み、両国でダルガンを攻めるのだ。流石にいかなる軍事国家といえど、ダルガンも二カ国が相手ではすぐに白旗を上げるだろう。

シャルル王太子とビクトリア王女の婚約は、このためにもどうしても成就させたかったのだ。

正面に座るミーユが、ドレスの胸元のフリルを整えながら王妃に話しかける。

「お母様、このドレスわたくしに似合っているかしら?」

王妃の紅い唇が弧を描き、大きく頷く。

「もちろんよ。ミーユは何を着ても美しいもの。特にそのドレスは桃色で、若い貴女に似合っているわ」

「ヴァリオ王太子殿下も、お気に召すかしら？」

聖王の誤算は、ダルガンが予想以上に強い国だったことだ。長年魔術をろくすっぽ使えない国として舐め切っていたが、リーナの手紙によれば彼らは技術なる怪しげなものを使って、種々の産業に役立てようとしているらしい。

リーナだけでなく、ネリーに横流しさせた情報からも、ダルガンの新兵器が侮れないとよく分かった。

聖王はギリギリと歯を噛み締めた。

バスティアン王国でヴァリオ王太子が披露したガス灯と花火にはしてやられた。

肝心のバスティアン国王まで褒めちぎるものだから、分が悪い。

その上、ミーユがヴァリオ王太子を気に入ってしまった。ここで聖王は方針を転換せざるを得なくなったのだ。そう、むしろダルガンを取り込んでしまえば良い。ミーユを気に入らない男がいるはずもない。

ヴァリオ王太子に、不出来なリーナの代わりにミーユを妃として与えるのだ。そうすればゆくゆくはミーユに骨抜きにされた王太子が、聖王国に技術とやらを横流ししてくれるようになるだろう。

ダルガンが諸外国を差し置いて優位に立とうとしている技術とやらを、盗んでやればいい。

聖王は愛娘《まなむすめ》を見つめ、心から言った。

「お前は間違いなく、世界で一番美しい未婚の女性だ。自信を持つがいい」

ミーユは馬車と並走する護衛のレオンスを一瞥した。彼の反応を確かめたかったのだが、案の定彼は自分に視線を奪われていたようで、目が合うなり気まずそうに素早く視線を逸らされた。

お堅く生真面目な騎士らしい仕草に、ミーユは満面の笑みを浮かべ、満足げに頷いた。


ダルガンの国王は地方に出かけていたため、離宮で聖王を出迎えたのはヴァリオ王太子だった。

ヴァリオは聖王一行を大広間に通すと、彼らに昨晩王城でリーナに起こった出来事を話した。

いつも通り寝室に入ったリーナは翌朝起きてくることがなく、枕元にはペンダントが転がっていたことを。

言葉を失う聖王の前に、黒いワンピースを纏ったネリーが歩み寄る。右手にはルビーのはまったペンダントを持っていた。

「リーナ様のお側でこちらのロケットが開いており、どうやら中にあった薬を飲まれたようなのです」

黒衣に身を包み、掠れた声で話すネリーの説明を聞き、王妃が訝《いぶか》しげに眉を顰《ひそ》める。

「ネリー、貴女なぜ喪服なんて着ているの？　嫌だわ、まさかリーナは……」

もはや立っていられないのか、ネリーが床に膝をついて俯く。

「聖王陛下、どうかリーナ様をお守りできなかった私を、お許しください」

ヴァリオが説明を続ける。

「一粒残っていた錠剤を調べたところ、猛毒でした。リーナはなぜこんなものを聖王国から持ってきたのでしょう？」

「知らぬ。余が知りたいくらいだ。そのペンダントは嫁ぐリーナに余が贈ったものだが、母の絵の側に毒を入れるとは到底思えんのだが。おお、信じられん。一体、なぜこんなことに！」

するとそれまで大人しく様子を窺っていたミーユが、白いハンカチで口元を押さえ、耐えきれないと言った様子で嗚咽を始める。

「実は、お姉様は……、王太子殿下とのご関係に悩まれているご様子でした」

聖王が気まずそうにチラリとヴァリオを見つめ、ミーユに重苦しい声で話しかける。

「何を言うのだ。リーナは自分の役割の大きさを十分理解していたはずだ」

「お姉様のお苦しみは、それだけではなかったのよ。お姉様には、実は恋人がいたのです。ご結婚が決まったにもかかわらず、あきらめきれずにずっとその方をお好きだったの」

「そんな馬鹿な。ミーユ、いい加減なことを言うんじゃない！」

なぜそんな外聞の悪い話をよりによってこの場でするのか、と聖王が眉根を寄せてミーユを睨む。

だが彼女は怯《ひる》むことなく、続けた。

「お姉様の護衛騎士も知っていることよ。相手の男性は王女と結婚できるような身分ではなかったの。それでもお二人は相思相愛の仲だったから、お姉様はあきらめきれなかったんだわ。その証拠に、お姉様は恋人からもらった指輪を、結婚が決まった後もずっと大事に持っていたの」

氷のように冷たいアクアマリン色の瞳でミーユを射貫いているヴァリオを横目に、ネリーが言いにくそうに口を開く。

「それはミーユ様……もしや、あの指輪でしょうか。殿下もご覧になったことがあるかと。リーナ様が左手の親指につけてらした、透明な石が載った銀色の指輪です」

「――あの指輪は、聖王国でリーナが秘密の恋人からもらったものだったと？」

ヴァリオが氷点下の冷たさかと思えるほどの低い声でミーユに問う。

「は、はい。そうです。お姉様にはこっそり逢引《あいびき》をしていた男性がいて、二人は愛し合う仲だったのです」

ヴァリオはいっそ無表情なほどに冷淡な反応しか示さず、ミーユにはそれが気がかりだった。

（わたくしの話を信じてくれたのかしら？　きっとお姉様が全くもって貞淑な女ではなかったところで暴露されて、王太子殿下もがっかりされたはずよね。それとも恋人が別にいても何も思わないほど、お姉様への愛情が薄いのかしら？）

「そうか。リーナは私との結婚に悩んで、薬を飲んだということか……。こうなったのは、私のせいなのか」

「殿下に責任など、あるはずもございません！」

ミーユは健気に慰めた後でチラっとヴァリオの様子を窺ったが、彼の何の感情もこもらない目と合い、少々気が挫《くじ》けそうになる。とはいえ、事態はおおむね計画通りに進んでいる。

ヴァリオは疲れた声で言った。

「聖王陛下、リーナにどうかお会いください」

「もちろんだ。娘に、早く会わせてくれ」

聖王一家はシャルル王太子を置いて、そのために来たのだから。

離宮の礼拝堂は静まり返っていた。

窓から差し込む夕陽が堂内を橙色《だいだい》に染め、まだランプが一つも灯されていないせいで、日差しが届かない奥の方は見えにくくなっている。

石造りの静謐《せいひつ》な礼拝堂に入るなり、聖王一家の目に飛び込んできたのは大きな白い棺《ひつぎ》だ。

聖王の安全のため、礼拝堂の中まで同行を許された護衛騎士のレオンスも、息を呑む。

リーナをまるで慕っていなかったミーユも流石に顔をひきつらせ、爪が食い込みそうなほど拳を握り締める。

「ああ、嘘よ。お姉様」

ゆっくりと足を進めて棺に近づいていく。蓋は閉じられているものの、顔の部分だけはガラス張りになっていて、聖王一家が言葉なく中を覗き込む。

棺の中のリーナは花々に囲まれていた。

両目は閉じられていて、聖王に嫌われた茶色の瞳を見ることはもうできない。

すでに血の気が通わない唇は白っぽく、そのせいで顔面全体は蒼白《そうはく》になっている。

ここまで聖王一家を案内してきた王太子が棺にそっと手を載せる。

「全て不甲斐ない私の罪です。皆様には、とても許しを乞うことなどできません」

「王太子殿下。どうかお嘆《なげ》きにならないでください。元はと言えば、病気になってしまったわたくしが悪いのですから。本当は貴方様の妃となるのは、わたくしのはずだったのです」

ミーユが悲しげに眦《まなじり》を下げ、棺を回って王太子の腕にそっと手をかける。

涙に濡れた青い瞳は哀れを誘い、ヴァリオはミーユの瞬きと共に彼女の白い頬を流れ落ちる涙を、無言で見つめた。

ヴァリオから離れたミーユは震える両手を前に差し出し、棺に縋りついた。

「ああ、お姉様。こんなの、突然すぎてあんまりですわ」

聖王は両目を閉じた。

リーナにはいずれ国家の駒として死んでもらうつもりだった。水風火どの力にも恵まれず、神にも愛されなかった存在だ。せめて秀でているものを持たさねば、という思いから幼い頃から教養だけはアンヌやミーユ以上に身につけさせた。痩せた家畜は他に付加価値をつけなければ、出荷できないのと同じように。

だがいざこうしてリーナの棺を前にして、聖王は自分の感情に驚いた。

(不思議だ。何の気持ちも湧き起こらない。長年、多数の兵達の死の報告で、麻痺《まひ》しているのだろうか)

ヴァリオはリーナと嘆く聖王一家の水入らずの時間を邪魔しないため、聖王に一礼してから礼拝堂を去った。

棺にもたれるようにして両肩を震わせて嗚咽していたミーユは、いつの間にか冷めた目でリーナを見下ろしていた。青い瞳はガラスのように無機質で、すでに冷めている。

「お姉様ったら、呆気ない終わりだったわね」

「ミーユ。貴女、声が大きいわよ」

王妃が慌ててミーユの肩を揺するが、ミーユは辺りを見回して肩をすくめた。

「大丈夫よ。もう礼拝堂には私達しかいないわ。王太子殿下は気を遣って出て行かれたもの」

護衛騎士のレオンスは王族にとっては影のような存在であるので、人数に入れていない。

無言を貫く聖王を案じ、王妃が彼を見上げる。

「陛下。持たざる者とはいえ、王女を失われたこと、とても残念ですわ」

だが聖王は両眉を跳ね上げ、王妃に答えた。

「本当の王女であれば、余も少しは感情が揺れたかもしれぬ。だがリーナは持たざる者だった。つまり余の子ではないということだ」

聖王一族の者達は、強大な魔力を持っていなければならない。聖王国の支配者として威信にかかわるからだ。それが長年の伝統であり、誇りでもあった。だからこそ聖王は側妃として、若い女性の中で際立った火の魔力の持ち主だった者を選んだのだ。上級貴族ではないものの、彼女の魔力に期待をかけて丁重に聖王室に迎え入れた。

（にもかかわらず、側妃が産んだのは……あろうことか汚い色の髪と瞳の赤子だった。信じ難いことに側妃は余を裏切り、不貞を働いたのだ）

リーナが生まれた日のことを思い出すだけで、聖王は側妃とリーナによって与えられた恥辱と憤《ふん》怒《ぬ》で、頭の中が沸騰しそうになる。

側妃は神の気まぐれでリーナが持たざる者になったのだと主張していたが、聖王がそれを信じたことはなかったのだ。

王妃とミーユは聖王の発言に少なからず驚き、しばらくの間何も言えずにいた。だがやがて王妃は薄っすらと微笑んだ。リーナを天に見放された運のない王女だと思っていたが、まさか聖王が側妃を疑っていたとは思ってもいなかったのだ。嬉しい誤算に密かに喜びつつ、聖王を慰める。

「たしかに陛下の仰る通りですわ。あの側妃は立場もわきまえず不貞を働いたに違いありません。あの時、塔から突き落としてよかったわ」

会話の流れが理解できず、ミーユが不思議そうに目を瞬く。

「お母様、側妃は事故死したのよね？」

王妃はミーユに近づき、長年ひた隠しにしてきたことを話した。

「リーナの母親は、事故で亡くなったのではないの。この世で最も尊い聖王家にみっともない持たざる者を王女として産んでしまった恥知らずな女に、私が制裁を加えたのよ」

王妃は満足げに告白しつつ、重たげな指輪がはまるほっそりとした手を食い入るように見た。

あの日、自分の敵でしかない憎い女を、塔の窓から突き落とした瞬間は、今でも思い出すだけで全身が興奮してしまうほど素晴らしかった。幼く非力なリーナを人質に取り、火の魔術使いとして自分よりも大きな力を持つ側妃を窓際に追い詰め、彼女が恐怖に顔を歪めて許しを乞う姿を見ているだけで愉快だった。

二人目の妊娠という祝福と喜びに溢れた日々に水を差した女を、許すつもりはなかった。リーナは持たざる者だったが、この先二度と聖王の愛情が戻らない保証もない。

窓の向こうに消え、地面に側妃の体が叩きつけられた衝撃音は、王妃には彼女の人生への祝福の鐘の音に思えた。

人生を完璧なものにするには、もうひとつ大きな野望があった。自分の生んだ王女が聖女として覚醒してくれれば、伝説級の王妃になれるだろう。

先代の聖女の守護獣はユニコーンだったというから、王妃はミーユが聖女としての資質を備えているのではないか、と密かに期待していた。

ミーユの守護獣は美しい馬で、ミーユの成人と共に額に一角が生えてくるのではないか。そして聖女の選定石である聖王の印章が輝き、ミーユが聖女であることが判明すれば、神に最も認められた存在を擁する聖王国は安泰だ。

何より、聖女の生母という、たとえ聖王の妃であってもなかなか到達しえない、至高の存在になることができる。

そんな期待を寄せていたからこそ、ミーユはなるべく他国に嫁がせたくなかったので、孤児院での流行病をでっち上げてリーナを代わりに嫁がせたのだ。

――だが、残念ながらミーユの守護獣は馬のままだった。

挙句に本人が実際に出会ったヴァリオ王太子に惚れ込んでしまった。もっとも、このことを責めるつもりはない。世の流れや自分の置かれた状況を具《つぶさ》に観察し、素早く方向転換をしていくのは、生き残るために重要なことなのだから。

「いいこと、ミーユ。築き上げた権力と地位の上に、胡座《あぐら》をかいてはだめよ。得たものは、こうして全力で守らなくては」

「分かっているわ。わたくし、この国で上手くやっていく自信があるの、お母様。不良品は返してもらって、私がヴァリオ王太子様に嫁ぐわ」

「そんなこと、絶対にさせない」

その声がどこから発せられたのか、聖王達は理解できず、互いに顔を見合わせた。

直後、バタンと何かを突く音に続き、重たげな蝶番が軋む音が響く。

聖王達は目の前で起きていることが信じられずに、揃って腰を抜かした。聖王を庇うように彼と棺の間に身を割り込ませたレオンスも事態が呑みこめず、思わず剣を抜いたものの何に対して剣を向けているのか自分でも分からない。

閉じていた棺の蓋が開き、横たわっていたはずのリーナが上半身を起こしたのだ。

目をはっきりと開き、茶色の瞳が驚愕する彼らを射貫いている。

リーナは棺の縁に手をかけ、ゆっくりと中から足を床に下ろした。彼女の体の周りに積まれていた色鮮やかな花々が、動きに合わせて音もなく転がり落ちていく。

王妃が顎をガクガク震わせつつ、言葉を発する。

「ううう、嘘よ、死んだはずじゃ……」

「死んだなんて、誰が言ったの？　よく思い出して、お義母さま。誰もその単語は使わなかったはずよ。貴方達は、私にネリーが毒を飲ませることを知っていたから、結末を勝手に疑わなかっただ

けよ」

「そんな、どういうこと⁉　死んだフリをしていたの？　何のために？」

ミーユが髪を掻きむしりながら王妃のスカートにしがみつく。

「聖王から贈られたペンダントの仕掛けのことは、ヴァリオ王太子殿下のお陰で私もとうに気がついていたのよ。……でもね、私は父親の愛情を信じたかった。だから、殿下に一芝居打ってもらったの」

突然扉が開き、驚いた聖王達が振り返る。礼拝堂の入り口からはヴァリオが衛兵とフィリップを引き連れ、大股で歩いてきている。フィリップはネリーの両手首を縛ったロープを手に持ち、彼女を連行していた。

「この侍女はリーナ様を見張るために、聖王陛下の手先としてつけていたのですね」

フィリップの台詞に驚き、ネリーが血相を変えて彼を見上げた。いつもは後毛一本ないきっちりと結い上げられた髪が今は大きく崩れて視界の大半を塞いでいるが、両手を拘束されているので払いのけようがない。

「私は何も知りません！」

「毒はリーナ様が勝手に飲んだことにする予定が、ご本人の証言のせいで崩れたな。ロケットの中に錠剤が入っていることをなぜ知っていた？」

「わ、私は疲労回復の薬だと聞かされていただけです！」

「嘘を吐くな。ではなぜ、早朝にわざわざ妃殿下の寝室に行ったんだ？　お前が入っていくのを見たぞ」

その場にいた誰もがギョッとしてフィリップを見た。

ヴァリオからリーナの計画を聞かされていたフィリップは、早朝からリーナの寝室を見張っていたのだ。

ネリーは恐怖に裏返りそうになる声で、フィリップやおそらく今この場で自分の命の手綱を握っているヴァリオに訴えかける。

「早い時間に一度ご様子を見に行ったのは、ご体調が心配だったからです。中扉から声をおかけしましたが、お返事がないのでお休みのようだと、安心して引き返しました」

「自分の寝室に引き返すついでに、わざわざ妃殿下の部屋にあった聖王宛の手紙を、燃やしたのか？」

ネリーの顔が引き攣る。

自分が生き残るために今懸命に探している細い細い道を、目の前のフィリップに非情にも寸断された思いがした。

「な、なんのことか……」

「お前の行動が妙だったから、妃殿下の部屋に私も入ったんだ。そこで暖炉の中に放り込まれたばかりのこれを見つけた」

言い終えるなりフィリップはポケットから折り畳まれた便箋《びんせん》を取り出した。四隅が焦《こ》げているものの、彼がすぐに風の魔術で火を消したお陰で文面はほぼ残されている。

「妃殿下は王太子殿下がいかに優れた方であるかと、ご自分はダルガン王国で頑張っていくつもりだといったことを書かれている。死を選ぶ様子など微塵もない。だからこそ、お前は燃やしたんだろう?」

(何か、言わなくては。黙っていたら、身の破滅だわ……)

王族を殺そうとしたのだから、この場を逃れられなければその先にネリーを待っているのは極刑だ。彼女は自分を救命するための細い道をなんとか探そうとしたが、焦れば焦るほど、見つからない。

自分が今立っているのは鬱蒼とした森の中で、目の前は獣道《けもの》もないような密集した木々で、後ろは突如として起きた地崩れのせいで、切り立った崖になってしまっていた。

こうなったら、洗いざらい話して少しでもマシな処刑方法にしてもらう方が、身のためかもしれない。ネリーはそう考え、哀れを誘うべく膝を床に打ち付け、縋る思いでヴァリオを見上げた。

「全て、殿下のご想像通りです。こうなったら正直に全て告白致します。私は聖王国の諜報部門の職員なのです。聖王陛下のご命令で、リーナ様を一番聖王国にとって最適なタイミングで殺すことが私の重要な任務でした」

「なんて残酷なことを」

押し殺した声で、ヴァリオが呟く。フィリップも同じ気持ちになりヴァリオを見たものの、リーナを見ることはできなかった。あまりにも彼女が気の毒だと思ったのだ。

(これが、私と聖王の真実だったのね)

リーナは棺の下に転がる花々に視線を固定したまま、冷静に事態を見つめた。

父である聖王は、本当は自分を実の娘だと思ったことはなく、完全に国の駒として育てていたのだ。リーナが信じて心の支えとしてきた父の愛という一條《いちじょう》の光は、幻想でしかなかった。

だが今、リーナは思ったほど絶望してはおらず、自分でも驚くほどすっきりとした気分だった。

昨夜、聖王への手紙を書いた後、秘密の通路を通って王太子に自分が思いついた計画を打ち明けた時。

ヴァリオは結論を出すまで長く考え込んではいたが、決して反対しなかった。彼はリーナが真実を知ることが大事だと考え、勇気を出して下した大きな決意を挫けさせたくなかったのだ。

何より、聖王の真意をあきらかにすることで、初めてリーナがダルガン王宮でも王太子妃として認められると王太子は考えた。

(殿下に信じてもらえたことで、私はそんなにショックを受けずにいられるんだわ。それに自分のために自分で決断して動いているからこそ、たとえ上手くいかなかったとしても私は後悔しない)

リーナはゆっくりと瞬きをすると、視線を花々から上げて聖王を真っ直ぐに見つめた。

「ネリーの証言は、本当ですか?」

聖王は正面に立つリーナを見つめ返し、首を左右に振った。お前の勘違いだと言いたいが、作戦の成功に気を抜いてここで話したことをリーナにもすでに聞かれてしまっている以上、取り繕いようがない。

「お、落ち着くんだ、リーナ。第一、こ、こんなことをしていいと思っているのか?」

「私は今、これまで生きてきた中で一番頭がすっきりしているし、冷静に判断しているつもりです。

やっと目が覚めました」

　聖王は近くの燭台にしがみつきながらやっと立ち上がると、努めて威厳ある声でリーナに命じた。

「そもそも、こんな風に余を騙していいと思っているのか？　お前は王太子を巻き込んで、とんでもないことをしている自覚がないようだな。――やはり、お前を嫁がせるべきではなかった」

「いいえ。私はダルガンに来て、良かったと思っています。聖王国を愛しているけれど、貴方達のために身を引くつもりはありません。私はヴァリオ様を愛していますから」

「お姉様は嘘つきだわ！　本当は人に言えないような身分の恋人がいるくせに。さっき殿下にもお話ししたわよ？」

　喚《わめ》くミーユはヴァリオに同意を求めたが、なぜか彼はリーナに歩み寄って彼女の左手をそっと握った。

「この指輪をリーナに贈った男のことか？　その男のことなら、私もよく知っている」

「えっ？　どういうこと？」とミーユが目を点にする。

　リーナが隣に立ったヴァリオに、はにかむような微笑を向けた。

「この指輪は、私が聖王都で殿下からいただいたものです。――まさに人に言えないご身分の方でした」

　見つめあうヴァリオとリーナが、人目もはばからずうっとりと笑みを交わすその様をしばし呆然《ぼうぜん》と見た後、ミーユは聖王の近くにいるレオンスを鋭く睨む。

「どういうこと、レオンス。わたくしを騙したの？」

「まさか。私もリーナ様が聖都で密かに逢《あ》われていた男性が、ヴァリオ王太子殿下だとは存じ上げませんでした」

レオンスのせいでとんだ大恥をかいたミーユは、帰国したらこの護衛騎士をどう調理してやろうかと、ギリギリと歯を食いしばった。

リーナがヴァリオから離れ、聖王の正面に立つ。

「今なら分かります。聖王国に聖女が二百年も現れなくて当たり前なんです。今の聖王家は自分のことしか考えていないのだから。王家として国を思うというのは、民のことを考えて寄り添うことなのだと思います。例えば新婚旅行先で屋台から落ちて道に散乱した玉ねぎを王太子殿下が店主と一緒に必死に拾った時のことのように。何より、自分が大きな力を持っているとしても、持たない民のために代わりとなるものを探し尽力する心根のことなのでしょう。聖王家の人達には民の暮らしを守る意思がないことを、神はお見通しなのですよ」

直後、聖王が悲鳴を上げた。何の前触れもなく、目の奥まで突き刺すような強烈な光が周囲を包みこんだのだ。

すぐ近くにいた王妃も数歩進んだ地点で立ち止まり、目を庇うように両腕で顔を覆う。

「この凄まじい光は何？　何が起きているの？」

王妃と同じく眩しさに目を閉じていたヴァリオがどうにか薄目を開けると、視界に飛び込んできたのはその場を埋め尽くすほどの眩《まばゆ》い光だ。その黄金の光はある一点から放たれていた。

聖王の指にはめられた、印章である。

ヴァリオや衛兵達も、困惑して棒立ちになっている。

印章は聖女選定に使われる道具でもある。聖女にふさわしい女性を選定石が発見すると輝くのだ。選定石に選ばれた聖女は、自分の意思でそれを輝かせることができるとも言われている。輝かせられるのは、聖女のみだ。

輝く印章は眩しいだけでなく高熱を持ち、聖王は火傷《やけど》をしそうなほどの熱さにパニックに陥った。主人の危機を感じ取ったのか、空間を切り裂いて聖王の守護獣である大蛇《だいじゃ》が現れ、印章に巻きついてその光をどうにか弱めようともがいている。

何度手を振っても光の弱まる様子がない指輪に腹が立ち、聖王がついに己の指から抜き取り、床に落とす。大蛇は聖王を守るようにその腕に巻きつき、尚も印章を睨みつけている。

「これはどういうことなの？　聖女が印章である選定石を反応させたということ？」

声をひっくり返しながら王妃が薄目でどうにか指輪に近づき、右手で摘み上げようとする。だが指先が触れた刹那、悲鳴を上げて飛び退く。

「熱いっ！　何なの、焼きゴテのように熱くて、触れやしないわ！」

指を庇ってのたうつ王妃を視界の片隅にとらえ、ミーユが指輪に近づく。

「もしかして……、印章はわたくしに反応したのかしら？」

ここに正統な聖王の娘は、わたくししかいないもの——という自信の表れか、左手を胸に当て興奮を抑えきれない様子で、ミーユは印章に辿り着くための栄光への一歩一歩を進んだ。

王妃は自分が長年夢見た、ミーユが聖女となるその時がついに来ることを確信し、眩しさをものともせず恍惚《こうこつ》とした表情で彼女の動きを目で追った。

気持ちの高揚のあまり手を震わせたミーユが指先を光の根源に近づける。

だが触れた瞬間のあまりの熱に、ミーユも耐えきれずに手を引っ込めた。再び手を伸ばすも、火傷しそうな熱さに到底手に取れそうにない。

「だめだわ、私も触れない。……どうしてよ！　おかしいじゃない！」

悔しげに顔を歪めて、ミーユが歯軋りをする。

そこへゆっくりと近づいたのは、リーナだった。

思い切って手を伸ばしたリーナが指輪に触れた途端。

まるで昼が一瞬にして夜に変わったように、指輪の光が収まった。熱もないのか、リーナは指輪をまるで何でもないことのように拾い上げている。

聖王はその様子に、唾を飛ばしながら激怒した。

「なんだ、これは。どういうことだ？　まさか、余の印章をダルガンの技術とやらで強制的に光らせているのではないだろうな！」

ヴァリオは聖王を振り向きもしなかった。代わりにリーナの腕に触れ、驚嘆の溜め息と共に呟く。

「リーナ……、印章は君が輝かせたんだ。選定石は君を選んだ。まさか、君が聖女だったなんて」

リーナは驚き過ぎて、息も絶え絶えに自分の手の中の指輪を見つめた。

「私が、聖女？　まさか……」

目を血走らせて王妃がヴァリオに向かって叫ぶ。

「そんなはずはないわ。聖女は聖王家の血を引く者にしか、現れないはずだから！　これはダルガンが仕組んだ茶番だわ！」

指輪から目の前の王妃に視線を移したリーナが怒りに満ちた声で答える。

「私のお母様をそれ以上貶めるのは、許さないわ。私が聖女なのは、間違いなく私が聖王家の王女だからよ」

「お前が王女なものですか。汚れた色の瞳と髪を持つお前が！」

ヴァリオが反論するより先に、リーナが前に踏み出し、怒りを込めて王妃の頬を引っ叩《ぱた》いた。指輪を持っていない左手ではあったが、一切の手加減をしなかったために、予想外に大きな音が響き、痛みより音の大きさに叩かれた王妃が驚きすぎて言葉を失う。

「二度と言わせないわ。私と同じ色を持つ者達全員を、貴女は侮辱したのよ！」

リーナは印章を持ったまま、自分の右手で左手を抑えた。こうしなければ、王妃の横っ面をまた叩いてしまいそうだったのだ。

「お義母様。……全部、棺の中で聞いたわ」

怒りは沸々と沸き起こり、抑えるのが大変だった。側妃を殺したことを得意げに、反省の色も見せずに語った王妃が許せない。

でっち上げられた流行病のせいで、おそらくは殺されたミーユの侍女の無念はいかばかりか。

だが同じく憤怒を露わにしているのは、聖王も同じだった。彼は仁王立ちになり、王太子とリーナを睨《ね》めつけた。

「この茶番、決して許さぬぞ。今すぐダルガン国王を呼べ！　くだらん技術とやらで、神聖なる聖女の地位まで捏造《ねつぞう》しようとは。これ以上聖王たる余を謀《たばか》るなら、終戦条約は破棄する。印章を返せ！」

聖王はまだ印章を持っているリーナに大股で近寄り、彼女の手首を力任せに摑んで指輪を奪い取り、大事そうに自分の指にはめ直した。

その直後。

礼拝堂に差し込む夕陽が突然遮《さえぎ》られ、室内は更に暗くなった。一体何が太陽を遮ったのかと誰もが顔を上げて窓を見やれば、人の大きさほどの生き物が、外から窓目掛けて突っ込んできていた。

信じられないほど大きな翼を広げ、鳥のように飛んでいるが、間違いなく鳥ではあり得ない。

次に起きることを予想した皆が、両手で顔を庇って屈み込む中、その翼を持つ大きな何かは窓を打ち破り、粉々のガラス片を礼拝堂に散らしながら、中へと飛び込んできた。

破片の転がる音がなくなると、皆が恐る恐る薄目を開ける。窓ガラスを破って飛び込んできた衝撃からか、それはしばらくの間、お腹を上にしてひっくり返ってジタバタと四肢を動かしていた。

緑色の皮膚は硬そうで、尾も太く長い。四本の脚の先から伸びる爪は、まるで短剣のように鋭い。翼は世に存在するどの生き物よりも大きく力強そうだ。

その異様な生き物は緑色の体を上手く捻《ひね》って起き上がると、ギョロリと大きな目でリーナと聖王を捉える。

翼を畳んだ緑色の生き物が、ドスンドスンと足を踏み鳴らしてリーナに近づく。

恐怖で硬直するリーナの周囲を急いで衛兵達が固める中、生き物はぐるんと回ると長い尾をムチのように聖王にぶつけた。

「ウオッ……！」

驚愕と困惑、そして痛みに短く叫ぶ聖王が、自分の大蛇ごと棺まで吹っ飛ぶ。

衛兵達は口々に囁いた。

「長い尾に、大きな翼……。これは、まさかドラゴンか……？」

ドラゴンはリーナの目の前まで来ると前脚を高く掲げ、急に固まった。

そのまま不思議そうに首を傾げる。

ドラゴンはなぜ自分がリーナと同じ目の高さにいるのか、分からなかった。ドラゴンに踏み潰されるのかと真っ青になるリーナを前に、上げかけた前脚をおずおずと下ろす。

大きな丸い目はやや眠そうで、体躯に似合わず間抜けだった。

リーナはまさかと思いながらも喘《あえ》いだ。

「その瞳……。まさか、貴方トッキーなの？」

ドラゴンはそうだとばかりに首を何度も振った。

いつものようにリーナの肩に駆け上がりたいのだが、登ろうものならリーナが潰れてしまいそうだ。トッキーは代わりにリーナに頬擦りをしたが、力加減がよく分からず、体格差のせいでリーナが転びそうになり、両足を踏ん張ってなんとか堪えた。

第七章　真実と明日

まさか、間抜けでおっちょこちょいな頼りないトカゲのトッキーが、ドラゴンだったなんて。

私は衝撃の事実に、眩暈がしそうだった。

冬眠の間に生えたらしき稲妻形の小さな二本のツノを近づけ頬擦りをしてくるドラゴンに、私は完全に固まってしまった。ヴァリオはトッキーに手を伸ばして、首筋を撫でながら苦笑している。

「ここのところ呼んでも全然姿を現さないと思っていたら。成獣になったのか。まさかお前がドラゴンだったとはな」

「あり得ん！　持たざる者が、伝説級の守護獣など持つはずがない」

半狂乱で聖王がそう言うのと同時に、彼の守護獣が長い身を素早くくねらせ、トッキーに向かっていく。大蛇はトッキーの首を締め付けようとしたのか、トッキーの首元に巻きつき始める。

だがトッキーは長い爪で大蛇を引き剝がし、大口を開けて大蛇の首に嚙み付いた。そのままガラスが割れて大きな穴と化した窓に向かうと、勢いよく大蛇の体を外に放り出す。

「や、やめろ！」と聖王が絶叫したものの、トッキーは耳を貸さなかった。代わりに聖王の方をサッと振り返り、再び大口を開ける。鋭利な牙の並んだその口に聖王がギョッとしたのも束の間。トッキーは口からまるで噴水のように大量の炎を噴いた。

想像を遥かに超える展開に、誰も止める間がない。

「きゃあああっ、陛下！」

聖王が丸焼きにされてしまう、と王妃が悲鳴を上げるが、実際にトッキーの噴いた火が燃やしたのは、聖王の髪の毛だけだった。聖王ご自慢の艶のある赤い髪は、根元だけとなってチリチリの黒焦げ状態で頭皮にこびりついていた。顔は煤《すす》で真っ黒だ。

酷い有様に声をかけるのをためらっている王妃とミーユだったが、ミーユはキッとリーナを睨み据え、両手を前に翳《かざ》した。

「不良品王女のくせに、生意気よ。わたくしはリーナが聖女だなんて、認めないから！」

風の魔法で吹き飛ばしてしまおうとでも目論んだのか、ミーユが詠唱を始めた刹那。

トッキーがくるりと振り向き、ミーユと王妃に向かって大きく口を開いた。喉の奥には、赤い炎がチラチラと見えている。

「ううう嘘でしょう……？」

どうやらトッキーは炎の照準を、ミーユと王妃に変えたらしい。詠唱をやめ、ミーユが王妃と手を取り合って震え上がる。

「こっちを見るんじゃないわよ！　この野蛮なトカゲめ！」

「お母様ぁ、助けて……」

主人を守ろうと二人の守護獣も現れる。

ミーユの守護獣である美しい白馬は、前脚を高く掲げていななき、床を踏み鳴らした。

王妃の守護獣の灰色狼は、全身の毛を逆立ててトッキーに向かって唸っている。

守護獣達は勇ましく二人の前に立ちはだかったものの、一瞬で盾としての役割を終えた。トッキーが長い尾を振るなり、あっさりと薙《な》ぎ払われたのだ。

ものの一撃で、王妃とミーユの守護獣が窓の穴から城外へと落下していく。王妃とミーユは叫ぶ間すらなかった。

暴れるトッキーの様子を見ながら、私は彼を止めるべきか悩んだ。守護獣は通常、人に危害を加えたりしない。だが、その主人を守ろうと行動している時だけは、例外だ。

トッキーは王妃とミーユを引っ叩いてやりたい私に代わって、二人を懲らしめようとしてくれているのだ。

今だけ、私は自分の良心に蓋をして成り行きを見守った。

トッキーが再び王妃とミーユに向き直る。

「ヒィイイッ……！」と二人が顔を真っ青にした直後。

トッキーは大きく息を吸い込み、その口の中から今度こそ炎を噴き出した。

王妃とミーユの髪の毛から大きな火柱が上がり、炎が燃え盛る。

「いやぁぁぁぁ〜っ！」

ドス黒い煙を巻き上げて燃える自分の頭上を、ミーユが物凄い形相で見上げ、口を両手で塞いで絶叫する。

王妃もミーユの炎を指さしながら、後ずさって呟く。

「ミーユ、貴女の髪の毛、燃えているわよ！」

「お母様こそ、燃えているわ！」

火が顔に燃え広がる様子がなかったからか、ダルガンの衛兵達は誰も消火のために動くこともなく、聖王は自分と同じ末路を辿っている妃と娘を、どうしてやることもできずに唖然として見つめている。

やがて火柱は小さくなって自然と消失し、後に残されたのは茫然《ぼうぜん》自失とする二人の女性達だった。

髪の毛は燃えて鉄線のように硬くなり、縮れて巨大なボールのように頭の上に乗っかっていた。

なぜか眉毛にも燃え移ったのか、眉は綺麗に無くなっている。

聖王国の豊かさを見せつけようと着てきた豪華なドレスは、煤で見るも無惨に真っ黒になっていた。

直後、バタンと扉が勢いよく開き、礼拝堂に入ってきたのは、ダルガンの国王と王妃だった。

思わず私はヴァリオと目を合わせた。地方に出かけている彼らの急な登場に驚きを隠せない。

空気全体が張り詰めたような緊張が、礼拝堂内を埋め尽くす。

困惑しきりでヴァリオが口を開く。

「お二人とも、お戻りは明日のはずでは？」

王太子が驚いて尋ねるが、二人は礼拝堂内の荒れ果てた有様に絶句していた。無理もない。

棺が置かれている上に、ドラゴンが鎮座《ちんざ》して、聖王一家がこの場にいるのだから。しかも黒焦げ

の状態で。

「お前達がここで妙なことをしようとしていると、王宮から早馬が来たのだ。予定を切り上げて急いで来てみれば、離宮の前に聖王国の馬車が止まっていて心底驚いたぞ」

国王はワナワナと身を震わせていたが、王妃は冷静に周囲を観察していた。

王妃は首をつんと仰け反らせ、何ら臆する様子もなくトッキーの前まで歩いてきた。むしろ彼女の圧倒的な威圧感に怯えたのか、トッキーがゴロンとその場に横になり、腹を見せて急に動かなくなった。

王妃は自分の両腰に手を当て、眉を顰めてトッキーを見下ろした。

「ロッキー。お前、ちょっと見ないうちに随分大きくなったじゃないの。そのみっともない死んだフリを今すぐやめなさい」

これほど容姿に変化があったのに、王妃はどうしてこのドラゴンがトッキーだと分かったのだろう。

「あの、お義母様。この子はロッキーじゃなくて、トッキーなんです……」

「貴女がやっと精神的に大人になったから、成獣になれたのね。それで、この黒焦げ三人衆はどうするつもりなの？」

酷い言われように驚きすぎて思考が止まったのか、聖王達三人は口をポッカリと開けたまま、何も言い返さない。

「何が起きたかは、お尋ねにならないのですか？」

「守護獣が人を害するのは、主に命の危機が迫った時のみよ。貴女の守護獣が暴れるだけの事情があったのなら、非がどちらにあったのかはあきらかだわ」

その上王妃は聖王の処置を国王ではなく、私に尋ねていた。決定権が私にあるということだろうか。突然の国王夫妻の登場に慌てふためき、まだ頭の中が冷静に戻れないでいる私の手を、ヴァリオが優しく握る。

「リーナ、言ってくれ。君は聖王に、何を望む？」

ごくりと生唾を嚥下し、私はゆっくりと王太子を見上げた。

優しいアクアマリンの瞳に心の中が凪《な》いでいき、どうにか落ち着きを取り戻す。

――私の望みは……私が望むものは、最初から変わらない。

聖王の目を真っ直ぐに見て、私は彼に言った。

「本当の和平を目指して、二度とダルガンを攻めようとしないと約束してください。最初に目論んだような、裏のある和平はたくさんです」

聖王は礼拝堂内にいる皆の顔を不安そうにキョロキョロと見回してから答えた。

「わかった、約束しよう」

「ご決意と、私を殺そうとした経緯を文書に残してください。事実と異なる噂が広まるのは困りますので」

聖王は私の提案にあからさまに気分を害したようだった。

だが、トッキーが聖王を睨みつけながら大きく息を吸い込むやいなや、再び炎を吐かれると恐れをなしたのか、大急ぎで頷く。

「わ、わ、分かった！　仕方がない。お前の言う通りにしようじゃないか！」

「お父様は、聖王として私が聖女であることを認めますか？」

聖王は睨みつけるようにしてトッキーを見つめた後で、私に言った。

「守護獣がドラゴンであるならば、お前は本当に聖女なのだろう」

チラリと王妃を見やると、彼女は絹のハンカチを引きちぎりそうな勢いで両手で握りしめている。

王妃は悔しげに唇を震わせて呟いた。

「こんなはずじゃ……。ダルガンに嫁いだリーナが聖女だなんて……！」

私と同じく王妃を見ていた聖王が、私に視線を戻して口を開いた。

「たしかに、聖女は聖王国の繁栄を約束する存在だ。我が国に所属すべき聖女を、ここに置いていくわけにはいかぬ。――こうなった以上、やはりお前は聖王国に戻らねばならぬ」

「リーナは我が国の王太子妃だ。勝手なことを仰られても、困りますな」

私の代わりに聖王に答えたのは、ダルガン国王だった。

思わず近くにいる王妃を見たが、私を認めていなかったはずの彼女も、特に異論は唱えない。

気を強く持って聖王に答える。

「私が思うに、聖王家の人々は、聖女を都合よく解釈してきたんだと思います。聖女は国を繁栄させる存在ではなく、本来選定石は国を純粋に思う心に反応するだけで、聖女には何の意味もないのではないでしょうか」

聖王は到底納得できない、という様子で仏頂面だった。聖女を神聖視することで権力に箔をつけていた聖王国からすれば、全く面白くない展開だろう。

私は胸に手を当て、心の中に聖王都の光景を思い浮かべた。歴史ある美しい街並みと、新年祭を楽しむ人々の姿を。彼らがずっと笑顔でいられればいい。

（あっ、コツが摑めた気がするわ）

そう感じた直後、瞼を突き抜けるような眩しい光が再び礼拝堂に広がった。

「ウオォッ、熱いっ！」

輝く印章を指にはめていた聖王が手を振り回し、耐えきれなくなったのか指から引き抜いて床に放る。

「光らせ方が分かったわ」

ヴァリオが少し興奮したように、目を輝かせる。

「凄いな、君は。もしかしたら、印章が聖王宮にあってもダルガンから祈れば選定石を光らせられるかもしれないな」

ヴァリオの思いつきを聞かされた聖王が、蒼白になる。

床に落ちた印章に手を伸ばし、指先で触れるとまたもや光が収束していく。

私は印章を掌に載せ、聖王に差し出した。

「もしも聖王国がダルガンを裏切るような真似をしたら、私はまた印章を輝かせます。二度と馬鹿な真似はなさらないでください」

聖王は煤で汚れた顔を今度は赤くしながら、ぎりぎりと歯を食いしばって小さく頷いた。余程悔しかったのだろう。


満天の星のもと。

がっくりと項垂《うなだ》れた三人の人影が、トボトボと覇気《はき》のない足取りで馬車へと進んで行く。

私は離宮の正面玄関に立ち、聖王達が出て行くのを見つめていた。

ダルガン国王の気遣いのお陰で、聖王たちは煤だらけになった服を着替えていたものの、髪の毛はどうしようもなかった。

ミーユはカツラを所望したが、国王は「カツラは離宮にはないし、最近のダルガンには王太子妃の影響で茶髪を隠す者がいないので、髪を隠せるベールもない」と至極残念そうに答えたのだ。流石にベールくらいはあるはずなのだが。「この嘘つき」と反論したそうな、ミーユの羞恥と怒りで真っ赤な顔が忘れられない。

大きな布で代用できそうなところを、それすら国王が貸与しなかったのは、聖王への軽蔑心からだろう。

結果、聖王達は揃いのチリチリ頭で帰国する運びとなった。

「レオンス、待って」

私は列に近寄り、護衛騎士達の最後尾を歩くレオンスに話しかけて彼を止めた。

「ねぇレオンス。貴方本当は新年祭の時に私が外出する時も、私を一人で出かけさせまいとして、こっそりついて来てくれていたんじゃないかしら？　私が川下りをする船に乗るまで近くにいて、私を聖都から逃がそうとした男性の顔を見ていたのではないの？　でも当時はその人がダルガンの王太子だとは思いもしなかったから、貴方は下船した私を待ち構えて王宮に連れ戻したんだわ」

「何を仰いますか」

レオンスは即答したが、真っ直ぐに見上げる私の目から逃れるように、サッと目を逸らした。実直な彼は、嘘が下手なのだ。

「生真面目な貴方が、私の護衛を怠るとは思えないわ。新年祭に行く時も、気づかれないように距離を取って私と一緒にいたのよね？」

あの日、国境を越えた後にレオンスが王太子に「剣を置いて聖王国へ戻れ」と命じられた時。

レオンスは私に「ヴァリオ王太子殿下に一本取られた」と言った。あれは私が上手く丸め込まれて護衛を手放さざるを得なくなったことを言ったのかと思っていたが、レオンスは私と聖都で出会って私を船に乗せた男性の正体にあの時に気がついたのだろう。

「一本取られた」とは王太子が身分を偽って聖都で私に会っていたことを言ったのではないか。

ずっとついて来てくれると言っていたのに、私を案じる様子を見せずにあっさり帰国したのは、私に指輪をくれた人物の正体に気づいたからに違いない。

「私がこの指輪を誰からもらったのか、実は私より先に貴方は気づいたのよね。だからあえてミーユに誤解させるような話し方で指輪のことを教えて、ミーユが王太子殿下に妙なことを噴き込んで自滅するのを、誘導しようとしたのではないの？」

レオンスは答えなかった。それが今彼にできる、最大限の肯定の表現なのだろう。

「貴方、帰国したらミーユに絶対に怒られるわ。騎士の身分を剝奪《はくだつ》される可能性もあるし。大丈夫なの？」

「構いません。お守りしたいと思うような方々ではないと、今日はっきりわかりましたので」

私はチリチリ頭のミーユを見た。

「貴方は私の護衛騎士になってしまったせいで、出世の望みが断たれてしまって、ずっと申し訳ないと思っていたの。本当は……ミーユや他の王族の護衛になることが、貴方の希望だと思っていたのだけれど。どうしてミーユを裏切るような真似をしたの？」

「リーナ様。男女の恋愛だけが、人の持てる熱い思いや感情の全てではありません」

レオンスは私と五歳しか変わらないけれど、時々私が思いもよらないようなことを言う。私よりもずっと経験豊かな大人なのだ。私の隣に控えているフィリップが、護衛としてそれまで周囲に視線を巡らせていたのを中断し、ジッとレオンスを見つめている。同じ護衛として通じるものがあるのだろうか。

(レオンスに「守る価値がない」と思われないよう、私も精進しなければいけないんだわ)

子供時代にレオンスが私の護衛担当になってから、初めて彼に命令をする。

「レオンス、ダルガンに来なさい」

「は、はい？」

全く予想もしていなかったのか、レオンスは目も口も無防備に開き、返事に困っているようだった。

「去年の新年祭の後で、私に言ったでしょう？　護衛なのだから、私は貴方について来なさいと命じることができるって」

「あ、あれは……」

「だから今度こそ命じるわ。ダルガンにいる私を護衛するために、ここに残りなさい。聖王国に戻らないで」

レオンスは気後れするようなやや弱気な表情で、前方を歩く聖王一家を見た。彼らも私の話を聞いていたらしく、憮然《ぶぜん》とした様子で私達を睨んでいる。

私は聖王の言質《げんち》を取るべく、彼のもとまで歩いた。

滑稽《こっけい》なチリチリ頭をなるべく見ないようにして、正面に立つ。

「レオンスをダルガンにくださいい、お父様」

「だめよ！　レオンスは聖王国の騎士なのよ」

聖王より先に返事をしたのは、今しも馬車に乗り込もうとしていたミーユだ。

「ミーユ、貴女には聞いてないわ。割り込んでこないで」

私が反論すると思っていなかったのか、ミーユが驚いたように口をパックリ開けて言葉を失う。

私にはまだ聖王に言うべきことがあった。

「お父様。先ほど私は貴方とお義母様との会話を棺の中で聞いていました。だからこそあえてお尋ねしたいのです。今も貴方は私の母が、貴方を裏切る行為をしていたと思いますか？」

私は自分が聖王の子ではないと思ったことなど、一度もなかった。事故死とされていた母は実のところ無残にも正妃に殺されたというのに、その挙句長年聖王に不貞を疑われていたなんて酷過ぎる。悲しいのを通り越して、ただひたすら腹立たしい。

なぜなら私は持たざる者に生まれたが、聖女選定石を光らせることができたのだから、聖王の血を引いているのは確実なのだ。母の名誉のために、聖王を問い質したい。

聖王は答えにくそうに目を逸らし、口を真一文字に結んで少しの間逡巡してから言った。

「いや。今思えば、側妃は……余を裏切るような真似はしていなかったのだろう」

「私の母の名は『側妃』ではありません」

「そんなことは分かっておる。あれは……」

そこまで言いかけ、聖王は言葉を止めた。彼のいつも自信と威厳に満ちた瞳が、束の間焦点を失ったかのように見えた。

不貞を働いたと思い込み、冷遇した女性が実は側妃などというただの記号ではなく、何の落ち度もないどころか聖女という代々の聖王が欲してやまなかった存在を生んだ妃なのだと、ようやく事実を認識できた——けれども、事実を認めて言葉にすることに抵抗があるようだった。

だがうやむやにするのは許せない。最後まで聖王に言わせるために、続きを促す。

「私には永遠にかけがえのない存在でした。母を殺したことを、貴方達はこれからずっと後悔と懺《ざん》悔《げ》し続けることになるでしょう」

「余は殺してなどおらぬ！　事故として処理させたが、むしろ……本当は事故ではなく、エレナは自害したのだと思っていたのだ！」

　どうやら聖王は母の名を覚えていたようだ。

　自害となると、教会から葬儀も埋葬も拒否されてしまう。だから最後の温情として、事故扱いにしてやった、と言いたいらしい。

　自害したと思われるほど追い詰めていたのは聖王自身だというのに、都合よく自分を善人にしようとしている。

「聖王陛下。母を追い込んで死なせたのは間違いなく貴方ですし、更に貴方は細工をしたペンダントを使って、私に同じことをしようとしたではありませんか」

　聖王は何か言おうとしたが反論も弁解も思いつかなかったのか、開きかけた口を閉じた。

「聖王陛下。私は私に親切にしてくれた人を、これ以上貴方がたが不当に扱うのを見たくありません。一度しかお尋ねしませんので、慎重にお答えください。——貴方は私が聖王国からダルガンに来る時に、レオンスを随行員として選んでくださいました。もう一度彼に命じて、彼をここに残していってください」

　急に自分の名前が出されて驚いたのか、直立不動で私達の会話が終わるのを待っていたレオンスが、頭や手を微かに動かしたのが視界の隅に入る。

「そうは言っても、我が国の近衛騎士を……」と口ごもる聖王の発言に割り込み、ミーユが喚く。

「そんなわがままが通るわけがないでしょう！　お姉様は身の程知らずだわ！」

「ミーユ、余計なことを言うな！」

焦ったように聖王がミーユを止める。

「本当に身の程知らずなのは貴女よ、ミーユ。隣国の王太子妃である私に対して、取るべき態度があるんじゃないかしら？　何より私は貴女の姉なのよ？　私を本当に姉だと思ったことはなかったんでしょうけど」

何も反論する術がないのか、ミーユは悔しそうに燃えて産毛すら残らない眉根を顰めて拳を握り、ただ口を無駄に開け閉めしている。

「良かろう。レオンスはダルガンに残らせる」

吐き捨てるようにそう言うと、聖王はこれ以上少しでも長くダルガンに滞在したくはないのか、素早く馬車に乗り込んだ。ミーユはまだ不満そうにしていたが、王妃に腕を掴まれて半ば無理やり馬車に乗せられていく。

ドレスの裾を車内に引き摺り込みながら、ミーユが捨て台詞のように私に言う。

「こんな横暴が通ると思うの？　お、覚えていなさいよ！」

「その言葉、そっくりそのまま貴女達にお返しします。聖王国は本当に聖女が必要な時に、それを失ったのよ。自分達のしてきた悪事としっかり向き合うのは、貴女達の方よ」

バタン、と馬車の扉が閉まる直前に、私は彼らが絶望の淵に立ったような表情をしたのをたしかに見た。

私は強力な魔術を持つ両親から生まれた、初めての「持たざる者」なのかもしれない。だが今後魔術が失われていく中で、魔術に頼り過ぎた国の未来はどうなっていくのか。

残念ながら聖王国は長い時間をかけて、これから衰退の一途を辿っていくと私は確信している。私の母の名は時の流れの中に消えていくだろうが、現聖王の名は聖王国の黄金期を維持できなかった不名誉な為政者として、後世まで名を残すに違いない。

聖王の馬車を守るために近衛騎士達が騎乗しても、レオンスは馬に乗らなかった。

彼は戸惑った視線を私の後ろにいるヴァリオに向けた。

「殿下、本当に私がここに残っても、よろしいのでしょうか?」

ヴァリオが砕けた調子で言う。

「もちろん。今後はもう、お前から剣を取り上げるような真似はしない。約束しよう」

ヴァリオの笑顔に釣られそうになったレオンスが口角を上げかけ、けれどその反応は不敬だと思ったのか、彼は咳払いと共に唇を一度引き結んだ。

聖王の車列が前進を始め、レオンスを置いていく近衛騎士達の馬達が蹴り上げる砂埃が緩やかに辺りに舞う。

私は確かめるようにレオンスに言った。

「このままダルガンに残ってくれるでしょう?」

再度尋ねる私に対し、レオンスは片膝をついて首を垂れた。右手で拳を作り、自分の胸の前に当てて彼は言った。

「仰せのままに。王太子妃殿下。……長年貴女様にお仕えしてきたことを、今日ほど誇りに思えたことはありません」

「ありがとう、レオンス」

顔を上げれば、聖王の馬車列の最後尾にいる騎士の後ろ姿が夜の闇に消えていくところだった。馬車に取り付けられた魔術による明かりも、木々の陰に隠れてもはやここからは見えない。

無言で聖王を見送る私に声をかけてきたのはヴァリオだ。

「リーナ、大丈夫か？　これで本当によかったのか？」

優しく問いかけながら、ヴァリオが後ろから私を抱きしめる。

彼はこの結果に私が傷ついていると思ったのかもしれない。私は腕の中で振り返りながら、同じように両腕を伸ばして抱きついた。

「もちろんです。ダルガンの皆様には、私を受け入れてくれて感謝しかありません。この国で魔術の有無に左右されない国を目指して、私と同じ立場の人々の模範となれるよう、王太子妃として凜《りん》と生きていきたいです」

ヴァリオは私を抱き寄せる手に力を入れ、ぎゅっと抱きしめた。

「君は初めて会った時から、凜としていた。目を伏せて俯いてはいても、心は誰にも屈していないのが私には分かっていたよ」

「そうだったかしら。自分ではよくわからないわ」

もしも七歳のあの日に戻れたのなら。

私は家族が誰も誕生日会に来てくれないことに涙する自分を、慰めてやりたい。

公園で自分の誕生日を祝うことが、こんなに素敵な男性との出会いに繋がるのだから。

ゴホンと咳払いをしつつ、私とヴァリオの前に仁王立ちになったのは国王だった。

「さて。二人にはこれがどういうことなのかじっくり説明してもらおうか。特にそなた達はいつの間にそれほど仲良くなっていたのだ？」

「あら、陛下。二年連続で聖王国の新年祭に合わせたかのように、王太子が体調不良で執務を休んだことを、まさか偶然だと思われていたので？」

広げた扇子で口元を隠しながら、王妃が驚きの発言をする。

「は、母上？　ま、まさか……。私が密かに聖王国に出かけていたことを、ご存じで？」

国王はヴァリオの発言が信じられなかったのか、目を極限まで見開き、ヴァリオと王妃を交互に見ている。

「お前がお供に連れて行った護衛が、きちんと事前に私に報告してくれていましたよ。大事な世継ぎを守るために、私が裏で護衛を更に手厚くしていたことに、気づいていなかったようね」

「で、ではご存じだったのなら、尚更――母上はなぜ……私とリーナに白い結婚など命じられたのです？」

するとホホホホ、と白い喉を鳴らして王妃が笑った。

「私が慎重になるよう釘を刺さなければ、浮かれ切った王太子が聖王国とダルガン両国の世の趨勢《すうせい》も見極めずに、王太子妃を溺愛してしまうのが目に見えていたからではありませんか」

ヴァリオは最早返す言葉を失ったのか、黙ってしまった。王妃に何か言う代わりに、私の後頭部にそっと唇を押し付け、清々《すがすが》しく笑う。

「なるほど。ご指摘の通りです」

国王が側頭部を押さえながら、もう片方の手を微かに震わせて王妃を指す。

「つ、つまりそなたは……、二人が結婚式の前から親密だと知っていたということか？」

王妃は腕組みをすると、胸を張って答えた。

「親密どころか、二人はとうに愛し合っていましたよ。そうでしょう、リーナ？」

突然王妃に答えを求められ、しどろもどろになりながら私は口を開いた。

「は、はい。仰る通りです。聖王国の新年祭を見学に来られた殿下と、聖王宮に隣接する公園で偶然出会いまして……」

ヴァリオが代わりに続きを引き継ぎ、王妃に言った。

「今までは人目を忍んでリーナと愛を確認し合っておりましたが、これからは堂々と愛を伝えることができそうです」

「お前の妃なのだから、勝手にしなさい」

話は以上だと言わんばかりに、王妃がクルリと踵を返し、離宮の中へ戻っていく。

(これはつまり、王妃様に私を王太子妃として認めてもらえたということ？)

戸惑う私の前を、国王が早足で通り過ぎていく。

「離宮に長居は無用だ。早いところ王宮に戻ろう」

少し進んだところで国王は思いついたように足を止め、ニッと笑って私を振り返った。

「守護獣は間違っても馬車に乗せるんじゃないぞ。壊しかねん」

「も、もちろんです。心得ております」

はははは、という国王の豪快な笑い声が夜の静けさによく響いた。

「――びっくりしたわ。あれを母親の勘と言うのかしら」

「もしくは王妃の勘かな。いずれにせよ、これからは堂々と自分の妃にキスができるな」

そう言うなり、ヴァリオは私の肩をグッと引き、次の瞬間には視界いっぱいに彼の顔が近づき、温かな唇が私の唇に押し当てられる。

唐突なキスに驚き、どう反応したらいいのかも分からないうちに、ヴァリオは私の肩を離して離宮を見上げてから、手を取って歩きだした。こちらにも心の準備が必要なのにと小言を言おうかと思ったものの、私と目を合わせず、妙に真顔で離宮を見ている。

(あっ、もしかして……)

隣のヴァリオを見上げながら気がつく。暗くて分からないだけで、きっと彼は今、顔を真っ赤にさせている。

たぶん彼もとても照れていてお互い様なのだ。そう思うと私も彼を今まで以上に、とても近い存在のように思える。

私はダルガンでヴァリオと上手くやっていける――そんな予感じみた自信が胸いっぱいに広がり、気分を高揚させていく。

「ほら、行くぞ。これから忙しくなるからな。覚悟しておけよ」

フィリップの声がして振り返ると、彼は立ち呆《ぼう》けていたレオンスの背をバンと軽く叩き、そのま

ま背を押して一緒に歩かせ始めた。

私と目が合ったレオンスが生真面目な彼にしては珍しく、小さく笑顔を見せる。

不思議なことに、夜の闇の中を四人で歩きながら、私は安心感に似た居心地の良さを感じていた。

居心地の良さは自分で作るものであり、また近くにいてくれる皆にとっても、同じように感じられる空間であってほしい。

今まで長い間自分はずっと一人だと思っていたけれど、そうじゃない。私はダルガンという大きな家族の中に飛び込んだのだ。

前を向いて背を伸ばし、堂々と胸を張って歩こう。

顔を下げている時間がもったいない。

私にできることは、きっとたくさんある。

エピローグ　茶色い髪のお妃様は

ハイマーの教会で一人の王女が祭壇の前に膝をつき、祈りを捧げていた。

隣国バスティアン王国に嫁ぐことになったその王女は、かつてこの教会を訪れた自分の曽祖母に思いを馳せつつ、祈りを終えた。

伏せていた目を上げ静かに息を吐く王女の隣に、大司教が並ぶ。

「王女殿下。いよいよ来週にはご出国ですね」

「はい。緊張して仕方がありませんけれど、——かつて敵国だったこの国に嫁いでこられたひいお祖母《ばあ》様のことを思えば、大したことはないのですよね」

大司教は教会の入り口に視線を投げ、少し誇らしさを含んだ声色で言った。

「聖王国からいらした王女様は、我が国の王太子殿下と共に新婚旅行でこちらをご訪問され、思い入れがおありだったのか、その後も何度もいらしてくださったそうです」

入り口から祭壇の上に取り付けられた原初の光のレリーフまでを、大司教が目で辿る。おそらくその時に王女が王太子と歩いたであろう道のりを。きっと、当時の教会内部は緊張に包まれていたに違いない。多くの関係者が詰めかけ、二人の来訪を静かに見守ったのだろう。

王女が思い出すかのように自分の顎に細い手を当て、愛らしく小首を傾げる。

「その頃、たしかバスティアン王国の王女と聖王国の王太子の婚約も成立していたんですよね？」

「はい、左様にございます。当時のビクトリア王女とシャルル王太子ですね。……ですが聖王の悪事が世に広く知られて威信が失墜したために、婚約は破談になったのです」

「きっとその頃は、将来ダルガン王国の王女がバスティアン王国の王太子に嫁ぐことになるなんて、誰も想像していなかったでしょうね」

王女が戯《おど》けて言うと、大司教は失礼かと思いながらも小さく笑いながら大きく頷く。

二人は揃って顔を上げた。教会の壁には一枚の大きな肖像画が掲げられている。

慈悲深い王妃として民に愛された、ダルガン王国の王妃・キャロリーナの肖像だ。敵対する国から来た王女だったけれど、周囲の心配をよそに、王太子とは大変仲睦《なかむつ》まじかったという。

技術の発展に力を入れるというダルガン国王の舵取りに、王妃は深い理解を示し、国民の教育と啓蒙《けいもう》に尽力した。彼女は現在のダルガンの国際的地位を高める大事な一翼を担ったと言われている。

王女は自分と同じ、その茶色の髪と瞳の曽祖母の絵を見上げた。

もしも聖王国からこの王女が嫁いで来なければ、誇りを胸にバスティアン王国へと出発する今の自分も、いろんな意味で存在しなかっただろう。

「ひいお祖母様。私に勇気をありがとう」

王女は曽祖母の優しい茶色の目に見守られているような温かな気持ちになりながら、教会を後にした。

番外編　俺の自慢

リーナは馬車の窓に齧りついていた。

ようやく目的地に近づき、長いこと待ちわびていた瞬間が訪れたのだ。

窓に額まで押し付けていて、今自分が王太子妃としてみっともない真似をしているのは分かっている。だが興奮を抑えきれなかった。

「ついに改修が終わったのね。ここのところ忙しくて見に来られなかったから、感慨もひとしおだわ！」

王太子夫妻と護衛のフィリップを乗せた馬車が、王都郊外にある完成したばかりの皇立職業訓練校の前に止まる。正面に太く長い二本の柱が立ち、花の模様の刻まれた大きな両開きの扉を持つクリーム色の建物だ。

リーナは外観の装飾を含めた完成図の図面をフィリップの助言を得て自分で決めたため、あらかじめ外観を知ってはいたがこうして実物を目の前にすると、自分のアイディアでダルガンに初の職業訓練校を創立させた達成感でいっぱいになる。

「ねぇフィリップ、図面通りで感動を覚えるわね」

「図面通りでなかったら、困ります」

「とても綺麗で壮観な建物だと思わない？　やっぱりこのデザインにして大正解だったわ」

「ご決断にご満足されたようで、良かったです」

「ええ、本当に。デザインは貴方に最後に決めてもらう、という決断をして良かったと思うの」

リーナはフィリップを褒めているつもりなのに、彼は無感情な返事を寄越すばかりで素っ気ない。

けれどそんな彼にリーナも慣れたもので、気にする様子もなく会話を続ける。

「車窓から建物が段々見えてきたから少しずつ興奮したけれど、もし目隠しをされて建物の前で外してもらえたら、極度の興奮で叫んでしまったかもしれないわ」

「そのような状況を防げて良かったです」

フィリップは建物の外観を見上げるより、周囲への警戒に勤《いそ》しんでいるため、リーナにつれない。馬車の周りに集まる人々の中に不審者がいないか。おかしな動きや物がないかを気にしつつ、万が一不測の事態が起きた場合に逃げる経路を確認するため、辺りに鋭い視線を走らせる。

同乗するヴァリオもフィリップが職務に専念していることを分かっているため、リーナへの態度を注意することはない。

安全を確認したフィリップが馬車の扉をようやく開け、王太子夫妻が職業訓練校の前に降り立つ。

歓声に包まれながら、リーナはヴァリオと共に二人を待ち侘《わ》びていた校長の案内で、校内へと入っていく。フィリップは彼らに少し遅れて続いた。

すでにダルガンの短い夏は終わり季節は秋を迎えているため外は寒かったが、一歩中に入るなりホッとするほど暖かく、リーナの口元が自然と綻ぶ。

建物は五階建てで一階には主に大きな教室ばかりが集められているが、中は隅々まで暖かい。校長は二階にある会議室へと王太子夫妻を案内しながら、誇らしげに言った。

「石炭を燃やす際に発生する熱を利用して、建物の中を温めております。効率的でございましょう？」

「ええ、本当に。暖炉を使うより、よほど暖かいですね。素晴らしいです」

「動力源としてガスを利用するだけでなく、副産物である熱まで有効に使うとは、無駄がなくていいな。逆に暑い夏はどう使うか、計画はあるのか？」

純粋な疑問をヴァリオが口にすると、校長はニンマリと笑った。

「ゆくゆくは水も温め、大浴場や子ども達の水遊び場を併設したいと考えております」

「なるほど！　湖や海に行かずとも、リゾートが楽しめるということか。発想次第でどんな風にも使えるものだな」

リーナとヴァリオが目を合わせて微笑み合い、職業訓練校の未来への期待で胸を膨らませる。

会議室には職業訓練校で働く予定の教師達が勢揃いしていた。皆一列に並び、順番に王太子夫妻に膝を折っていく。

その場に集った二十人ほどの教師達の顔を見て、リーナは新しい時代の扉がここから開かれようとしていることを実感する。彼らの大半が茶色の髪の持ち主の持たざる者なのだ。

誰もベールは被っておらず、皆の顔に自信が溢れている。

校長は会議室の中央にある大きな円卓まで歩みを進め、卓上の資料をめくってリーナに見せた。

「初年度の入学予定者達の名簿でございます。このように実に多くの応募がありまして、当校に対する期待の高さが窺えます。選考に苦労したほどでした」

名簿を手に取ると重さがずっしりと実感でき、リーナは綴《つづ》られた一人一人の名前に指を滑らせた。応募してくれた全員を訓練校に入れることができず申し訳ないと思う一方で、たくさんの人々に興味を持ってもらえるのはやはり嬉しくもある。

建物内部の視察を終えて校舎から出てきた王太子夫妻を迎えたのは、彼らが来た時よりも大きな歓声だった。早くからここに来て場所取りをし、王太子夫妻を待っていた彼らにとっては、実は今からが本番なのだ。

最近はこの「視察現場への到着時よりも帰る時の方が、群衆が盛り上がっている」状態がずっと続いているので、王太子夫妻は正直なところ周囲のこの反応を予想してはいた。

道の奥が見えないほど駆けつけた人々を見渡し、ヴァリオが苦笑する。

「さて、リーナ。やはり私が想像していた通りになったよ。皆は私や美しい王太子妃を見に来たのではなく……」

「トッキー殿下！　トッキー殿下のお出ましを！」

最前列にいた若い女性の黄色い声を皮切りに、一気に「トッキー殿下」への呼びかけが沸き起こる。

ヴァリオが少し屈んでリーナの耳元に唇を寄せる。

「トッキーにはすっかり殿下の呼称が定着しているな。私達より人気なようだ」

リーナの少し後ろに立っていたフィリップは、彼にしては珍しく少し口角を上げて微笑を浮かべ、呟いた。

「妃殿下がこちらの訓練校にご入学される日は、もう来ないでしょうね」

「そ、そうね。流石だわ、フィリップ……。私が前に話したことをよく覚えているわね」

改修中の職業訓練校をリーナがフィリップと一緒に見学に来た時のこと。彼女は自分がもし王宮から追い出されたら、職業訓練校に入学するつもりだと打ち明けたのだった。

リーナとフィリップの今の会話に、怪訝な顔でヴァリオが首を傾げる。

「なんだ？　リーナがなぜここに入学するんだ？」

リーナの茶色の瞳が、気まずそうにヴァリオからそっと逸らされる。

「な、なんというか……ちょっとした言葉のあやです」

「怪しいな。――どんなあやだ？」

「え、ええと……」

目を泳がせた挙句、リーナは助けを求めてフィリップに視線を投げたものの、彼は何食わぬ顔で今更ながら校舎の観察を始めていて、すでに取り付く島もない。

（そ、そうよね。フィリップに援護を期待した私が馬鹿だったわ……！）

ヴァリオが誤魔化されないぞといった表情で更に覗き込んできて目を合わせてくるので、リーナは渋々正直に話しだす。

「私も万が一、ダルガンで居場所に困った時はここで手に職を付けようかなと思っていたんです。万が一ですよ、万が一！」

自分を見下ろすヴァリオがどんどん顔を曇らせていくので、焦ったリーナが可能性は限りなく低かったことを強調する。

「一もなかったはずだ……」とぼやくヴァリオに申し訳なく感じ、リーナは素早く話題を元に戻す。

「あの、トッキーを呼んでも大丈夫でしょうか？　トッキーを見たいという声に応えて視察のたびにトッキーを呼んでいますけど、なんだか私が皆さんに自分の守護獣を場所を問わず披露したがっているようで、恥ずかしくて気が引けます」

するとヴァリオは少し機嫌を直したのか、両眉を上げてから微笑んだ。

「何の問題もない。ドラゴンは伝説級の守護獣だから、皆が見たい気持ちはよく分かる」

「皆が喜んでくれるなら、いいんですけれど」

「――それに私は自分の妃が世界に二頭といない貴重な守護獣を持つ可愛い女性であることを、民に見せびらかせるからな。俺のリーナを見てくれ、凄いだろ！　ってね」

そう言いながらヴァリオがリーナの腰に右手を回し、彼女を引き寄せる。

二人の体が密着すると同時に、ヴァリオがリーナの茶色い髪に唇を落とし、瞬時に彼女の顔が真っ赤に染まる。

リーナは最近気がついたのだが、実はヴァリオが「俺」という一人称を使うと、やたらに彼に対する恋心が呼び起こされてしまう。

「ヴァリオ様。ルーファスさんを突然出さないでください。秘密の恋愛をしているみたいな妙な気持ちになって、変にドキドキしてしまうんです」

今度こそすっかり機嫌が良くなったヴァリオは眦を下げて甘い微笑みを浮かべ、愛《いと》しげにリーナを見下ろしてから左腕も彼女に回して抱き込む。

「ちょっ、ヴァリ……」

「それはいいことを聞いたな。たまにはルーファスにも登場してもらって、背徳的な夜を過ごそうか――？」

「と、トトトトッキー、出てきて頂戴！」

素早くヴァリオの腕の中から脱出したリーナが群衆の上に向かって手を伸ばし、虚空《こくう》に呼びかける。

秋晴れの空にキランと黄金の光が現れ、空間を裂いて飛び出してきたのは大きな生き物だ。

緑色の瞳を持つ小さな頭部には、二本のツノが生えている。その背には大きく力強い翼があり、尾はしなるほどに長い。同じ生き物は大陸中探したとしても、見つからないだろう。

ドラゴンのトッキーは群衆の遥か上に現れたが、その羽ばたきで起こす風圧はかなりのもので、風が起こるたびに群衆達は片手で庇を作って目を庇うほどだ。

絵本でしか目にしたことのない幻想的な生き物を前に、皆の興奮が最高潮に達する。

トッキー自身も大注目を浴びることにすでに慣れたもので、地上から向けられる大勢の笑顔に応えるように「グオオオオオッ」と野太い咆哮《ほうこう》を上げてみせる。王宮にいる時はゴロゴロしてばかりいるトッキーだが、皆を喜ばせる方法を最近は分かってきており、主人であるリーナへの普段の甘えん坊な姿を今は完全に封印している。

大きく円を描くように空を飛びながら、トッキーは両手を振って歓喜する眼下の観衆の反応に満足して密かにニタリと笑う。

全員の目が上空を滑空するトッキーの勇姿に集まる中、ここぞとばかりにヴァリオはリーナとの距離を詰め、再び彼女を腕の中に捕える。

「トッキーは無敵だな。皆はドラゴンに夢中だが、私は自分の妃に夢中なんだ」

たしかに誰もこの瞬間は王太子夫妻に注目していない。それでも大勢の前で抱きしめられるのは喜びより恥ずかしさが勝ち、リーナは身を捩《よじ》って抵抗を示す。

嬉しさと緊張からくる異様な動悸《どうき》を抑えようと胸に片手を当てつつ、リーナが困った顔で苦情を言う。

「またお義母様に叱られてしまいますよ？　先日はパレードの最中に手を繋いでいたことを注意されたばかりなのに」

結婚直後はリーナに対して素っ気ないフリをしていたヴァリオだったが、彼女と結婚前から会っていたことが周囲に知られてからは、人前であっても愛情を隠さずに表現することが増えていた。そんな場面を見かけては王妃が「それ見たことか」と呆れた様子でヴァリオに小言を言うのだった。

ヴァリオは不満そうに自分を見上げてくるリーナを、腕の中に閉じ込めたまま見下ろす。

「大丈夫。皆今はトッキーしか眼中にない。――リーナが妃であることが……こうしてここに二人でいられることが、嬉しくて仕方がないんだ。――キスさせて」

「ええっ？　さっきしたばかりなのに」

「髪だけじゃちっとも満足できない」

どういう意味か聞こうと開きかけたリーナの唇は、上から降ってきたヴァリオの唇で物理的に塞がれた。

そうしてその直後。

二人のキスを目撃した群衆が歓声を上げ、すぐに耳が割れんばかりの拍手喝采に変わる。

それは間違いなく、今日一番皆が興奮して盛り上がった瞬間だった。

人質として嫁ぎましたが、
この国でも見捨てられそうです
Kouduki Kiton
鬼頭香月
Illustration
鈴ノ助
フェアリーキス
NOW ON SALE
君を守るために離縁を選ぶ
従属国の証として大帝国の皇太子アランのもとへ嫁ぐことになったマリエットとアニエス。虐待を受けながらも心優しい王女に育ったマリエットは側妃として、一方、創生主の神子と崇められて育った気位の高いアニエスは正妃として。しばらくは白い結婚という形だが、美しい心を持つマリエットにアランは引かれ愛し合うようになる。しかしアニエスは彼女が稀有な魔力を持ち秘密にしていることを知り、自分の力だと偽り利用しようと企んで!?
フェアリーキス
ピュア
fairy kiss

生まれ変わったら結婚しようと約束しましたが、どうかなかったことにして下さい
月神サキ Saki Tsukigami
Illustration 双葉はづき
フェアリーキス
NOW ON SALE
前世の誓いは破棄して、いいですか？
第二王女のカタリーナは、姉のお見合い相手・アスラート王子を見た瞬間、お互い同時に前世の記憶を思い出してしまう。一緒に非業の死を遂げ、来世こそ結婚しようと誓いあった仲であることを。アスラートは目を輝かせてすぐさま熱烈求婚するが、今世では性格も考え方も変わってしまったカタリーナは終わった過去のことだとけんもほろろに拒否。それでも彼の猛アタックに気持ちは揺れ動く。しかし姉からアスラートのことが好きだと告げられて!?
フェアリーキス
ピュア
fairy kiss
Jパブリッシング　https://www.j-publishing.co.jp/fairykiss/　定価：1430円（税込）

Saaya Mizuno
水野沙彰
Illustration 氷堂れん
なんせ私は王国一の悪女ですから
初恋の皇子様に嫁ぎましたが、
彼は私を大嫌いなようです
1
悪女ですが完璧な
淑女を目指します！
フェアリーキス
NOW ON SALE
悪女と蔑まれながらも、王国に害をなそうとする王妃を欺き、国を守るため奮闘してきた王女クラリッサ。そんな彼女に急な縁談が舞い込み、しかも相手は初恋の皇子様ラウレンツ!?　戸惑いながら喜ぶも、この婚姻の裏で兄から与えられた任務は帝国社交界で立派な淑女として立場を築くこと。「必ずこの役目、果たしてみせます」覚悟を新たに嫁ぐが、再会したラウレンツのあまりの美声にドキドキしっぱなし。そんなクラリッサに彼はどこまでも冷たい態度で——。
フェアリーキス
ピュア
fairy kiss
Jパブリッシング　https://www.j-publishing.co.jp/fairykiss/　定価：1430円（税込）

落ちこぼれ花嫁王女の婚前逃亡

著者　岡達英茉
イラストレーター　m/g

2024年11月5日　初版発行

発行人　藤居幸嗣

発行所　株式会社 J パブリッシング
〒102-0073　東京都千代田区九段北3-2-5 5F
TEL 03-3288-7907　FAX 03-3288-7880

製版所　株式会社サンシン企画

印刷所　中央精版印刷株式会社

ISBN：978-4-86669-715-4
Printed in JAPAN